W0032216

BASTEI
LÜBBE

REBECCA GABLÉ

JAGDFIEBER

KRIMI

BASTEI LÜBBE TASCHENBUCH
Band 14 987

1. Auflage: Juli 2003
2. Auflage: Oktober 2005

Vollständige Taschenbuchausgabe

Bastei Lübbe Taschenbücher
in der Verlagsgruppe Lübbe

Lektorat: Karin Schmidt
Umschlaggestaltung: HildenDesign, München
Satz: hanseatenSatz-bremen, Bremen
Druck und Verarbeitung: Nørhaven Paperback A./S., Viborg
Printed in Denmark
ISBN 3-404-14987-4

Prolog

Jetzt bin ich also tatsächlich im Knast. Und die Klugscheißer, die mich hier und da ungebeten ein Stück auf meinem Weg begleitet haben, haben allesamt recht behalten. Es ist genau das eingetreten, was sie mir immer prophezeit haben. Glückwunsch.

Natürlich habe ich nicht versucht, meinen Boß umzubringen. Ich meine, die Behauptung ist doch einfach lächerlich. Sprich es mal laut aus, dann hörst du, wie irrsinnig das klingt. Und wer weiß. Wenn dir passiert wäre, was mir passiert ist, hättest du vielleicht auch getan, was ich getan habe.

Jedenfalls, wie's aussieht, werde ich eine unbestimmte Zeit hier in der ›Ulmer Höh‹ verbringen; sie haben den Haftverschonungsantrag abgelehnt. Das hätte ich an ihrer Stelle vermutlich auch getan. Der Staatsanwalt hat sehr nachdrücklich ausgeführt, daß akute Fluchtgefahr bestehe. Er meinte wohl, ich sei weit genug runtergekommen, um meine Kinder und alles andere einfach hinter mir zu lassen und mich abzusetzen. Er war so überzeugend, daß ich's zuletzt fast selbst geglaubt hätte.

Ich habe also jede Menge Zeit. Darum werde ich jetzt alles aufschreiben, was passiert ist. Nur so, weil mir nicht viel anderes zu tun übrig bleibt. Oder vielleicht auch, damit ich nicht den Verstand verliere. Die Gefahr besteht durchaus, da sollte man sich lieber nichts vormachen. Im Laufe eines Tages hört man hier so viele Schlösser rasseln, daß man glaubt, man sei Lichtjahre von der Welt draußen entfernt. Man kann glatt auf die Idee kommen, daß man es niemals schaffen wird, durch all diese verschlossenen Türen jemals wieder rauszukommen. Die Nächte sind die wahre Zerreißprobe. Wenn ich mal mehr als zwei Stunden schlafen kann, schätze ich mich glücklich. Meistens liege ich wach und denke über die Typen nach, denen ich das alles verdanke. Ich stelle mir vor, daß sie ein rauschendes Fest feiern, weil sie ungeschoren davongekommen sind. Daß sie auf meinem Grab tanzen, während mir meine Niederlage die Luft abschnürt.

Ich könnte mir vorstellen, daß so was schon Robustere als mich ins Land der Wüste getrieben hat.

1

Es war sieben oder halb acht, als ich endlich nach Hause kam. In der Küche empfing mich warmes Licht und der Duft von Apfelkuchen. Nicht schlecht. Ich warf die Schlüssel auf den Küchentisch und öffnete den Kühlschrank auf der Suche nach den Kuchenresten. Fehlanzeige. Ich schnappte mir ein Bier.

Grafiti lag auf der Fensterbank und hob mit mäßigem Interesse den Kopf.

»Na, Alter.«

Er erhob sich umständlich, streckte sich, sträubte das Fell und sprang auf den Boden. Auf dem Weg zur Tür warf er einen Blick in seinen Futternapf und sah mich dann abschätzend an. Ich schüttelte den Kopf. »Du wirst zu fett, Kumpel.«

Er kniff die Augen zu; irgendwie sah er ziemlich dämlich aus, wenn er das machte, aber ich wußte, was es hieß: Was kümmert mich deine Meinung? Er trat behäbigen Schrittes hinaus in den Regen.

»Hey, jemand zu Hause?« Ich war müde oder vielleicht eher gerädert. Ich ließ mich auf einen Stuhl fallen.

»Papi!?«

Von irgendwoher erscholl Annas Eibenstimme, und im nächsten Moment kam sie in die Küche gefegt. Ich fing sie auf, als sie zu mir hochsprang.

»Papi, wo warst du denn so lange? Daniel hat mir einen Apfelkuchen gebacken!« verkündete sie atemlos.

Ich drückte sie vorsichtig an mich, ich fand sie immer noch so zerbrechlich wie am Tag ihrer Geburt vor fünf Jahren.

»Himmel, du riechst so gut, Prinzessin.« Mit einem Mal traf mich bleierne Traurigkeit wie ein Hammerschlag. »Und? Wie war der Apfelkuchen? Habt ihr mir was übriggelassen?«

Sie lachte und schüttelte ihren winzigen, blonden Kopf, so daß die Zöpfe hin und her tanzten. »Nein, es ist alles auf.«

»Saubande.«

»Sei nicht traurig. Komm, wir fragen Daniel, er backt bestimmt noch einen für dich!«

Da war ich nicht so sicher. »Nein, laß mal. Ich werd' mir 'ne Pizza bestellen.«

»Oh, ich möchte auch eine! Mit Pilzen und viel, viel Tomatensoße! Ja?«

»Vergiß es. Du wirst jetzt schlafen gehen.«

»Och, wie doof. Bitte, bitte.«

»Na schön, meinetwegen.«

Ich setzte mich an den Küchentisch, verfrachtete Anna auf mein linkes Knie und sah sie an. Sie wurde ihrer Mutter von Tag zu Tag ähnlicher.

»Hat deine Mutter angerufen?«

Sie sah ratlos zu mir hoch, doch ehe sie antworten konnte, sagte eine wütende Stimme von der Tür: »Nein, natürlich hat sie nicht angerufen. Warum sollte sie ausgerechnet heute anrufen?«

»Hallo, Daniel.«

»Hi. Schon zu Hause?« Er grinste humorlos.

»Erspar mir den Rest, ja.«

Das Grinsen wurde noch eine Spur impertinenter.

Ich betrachtete meinen Sohn mit dem üblichen Unbehagen. So sehr Anna nach ihrer Mutter kam, so ähnlich sah Daniel mir. Zugegeben, ein zweifelhafter Vorzug. Und genau wie ich in seinem Alter, war er dürr und schon ziemlich groß. Nur kann ich nicht sagen, ob ich meinen Vater auch immer mit wütenden Kugelblitzblicken traktiert habe, als ich dreizehn war. Vermutlich nicht. Daniels Zorn jedenfalls richtete sich bei jeder Gelegenheit gegen mich, und das machte mich ratlos. Und nicht selten machte es mich auch wütend. Meine Qualitäten als Vater sind ebenso bescheiden wie die als Ehemann. Er hatte das sehr klar erkannt. Er hielt seinen Vater für einen Versager auf der ganzen Linie, und in schwachen Stunden gab ich ihm durchaus recht. Mein Sohn und ich, wir steckten in einer Dauerkrise.

Sein Blick machte mir zu schaffen, er nagelte mich regelrecht fest. Ich machte mich mit Mühe davon frei und starrte auf das Bild an der Wand neben der Tür. Blaues Meer, blauer Himmel, ein Eiland mit gelbem Sand und ein stattliches Segelschiff. Daniel hatte es vor ein paar Jahren gemalt. Und ich wußte genau, was dabei in ihm vorgegangen war. Aber du kannst rennen und rennen, mein Sohn, so weit du kannst, du findest niemals das Eiland und das Meer und das Segelschiff.

»Komm schon, setz dich zu uns, Daniel.«

»Nein, kein Bock.«

Er drückte sich im Türrahmen rum wie ein streunender Kater, fixierte mich und zwang mich ohne jede Mühe, ihn wieder anzusehen.

»Na los, Junge.«

»Was?«

»Ich seh' doch, daß du mir was sagen willst.«

»Tatsächlich?«

Wie kann ein dreizehnjähriger Bengel ein solcher Zyniker sein? Er vergrub die Fäuste in den Taschen seiner Jeans und senkte den Kopf wie zum Angriff. »Ich hab' einen Brief für dich. Ich hatte mal wieder Ärger in der Schule. Sie wollen wohl, daß du mal vorbeikommst. Ich denke, diesmal wollen sie mich ernsthaft rausschmeißen.«

Sein Ärger in der Schule war nicht neu, daß sie ihn rauswerfen wollten, schon. Mein Magen verkrampfte sich, weil ich für diese ganze Misere keine Kraft hatte, ich wollte nichts davon hören. Ich hatte genug Scherereien mit mir selbst.

»Was hat's gegeben?«

Er verzog das Gesicht und hob die Schultern. Sagte nichts. Er wollte es spannend machen. Ich war zu zermürbt, um ihn zu packen und zu schütteln, also mußte ich es ertragen.

Ich spürte Annas ängstlichen Blick; sie haßte es, wenn er und ich uns stritten.

Schließlich hielt Daniel die Zeit für gekommen. »Da ist dieser Frank Wefers in meiner Klasse.«

Ich hatte den Namen schon gehört.

»Heute mittag hatte er eine echt komische Idee. Wir saßen mit ein paar Leuten zusammen und aßen, da fing er an rumzutönen, er hätte *sie* am Sonntag mit diesem Wichser auf dem Tennisplatz gesehen.«

Ich zuckte zusammen, ehe ich es verhindern konnte. Weil mir das Thema nicht gefiel und ebensowenig die Vorstellung, daß sie ihre Sonntage jetzt auf Tennisplätzen verbrachte.

»Daniel, ich bin wirklich nicht an langen Ausführungen interessiert. Was ist passiert?«

»Was ist ein Wichser, Papi?« wollte Anna wissen.

Phantastisch.

Daniel sprach weiter, als wäre er nicht unterbrochen worden. »Vermutlich war sie wirklich mit diesem Typen auf dem Tennisplatz. Ich mein', mir ist ja egal, wo sie sich rumtreibt. Das hab' ich auch zu Frank gesagt. Er meinte, er könnt' sich nicht vorstellen, daß ihm das egal wär', mit wem seine Alte bumst. Er hat dann ziemlich häßliche Sachen über sie gesagt, eben über Frauen, die's mit jedem machen und so. Ich hab' ihm gesagt, er soll aufhören mit dem Quatsch, aber er kam immer mehr in Fahrt. Na ja, da bin ich eben auf ihn los und hab' ihm sein verdammtes Maul gestopft.«

Er machte wieder eine Pause. Offenbar fand er es plötzlich schwierig, mich anzusehen, und das beunruhigte mich ziemlich.

»Und?«

»Na ja. Das Problem ist, ich hab' ihm ein paar Knochen gebrochen. Den Kiefer zum Beispiel. Er liegt im Krankenhaus.«

Ich starrte ihn einige Sekunden lang an. Plötzlich war mir kalt, und ich verspürte ein leises Grauen bei der Einsicht, daß dieser Fremde nur das Gesicht meines Sohnes hatte. Ich wußte schon lange nicht mehr, wer das war. Um so böser traf mich diese Überraschung.

Alle Kraft schien aus meinen Armen gewichen, als ich Anna im Zeitlupentempo auf den Boden stellte. »Geh nachsehen, wo Flip ist, okay?«

»Aber was ist denn nun ein Wichser?«

»Ich erklär's dir später. Schieb ab, okay?«

»Na gut.«

Sie verschwand, und in der Küche blieb dieses sirupdicke Schweigen zurück. Ich wußte überhaupt nicht, was ich tun sollte, wo diese verdammte Sache ein Paar Hörner hatte, die ich hätte packen können.

»Bitte, Daniel, setz dich.«

»Wozu?«

»Ich sag's nicht noch mal!«

»Na schön. Kann ich ein Bier haben?«

Er wollte mich also in Rage bringen. Ich sah ihn scharf an, ohne Erfolg. Unmöglich, seine Strategie zu durchschauen. »Natürlich nicht.«

»Auch gut.« Zögernd kam er näher, ließ mich nicht aus den Augen.

Ich versuchte durchzuatmen und mich an den Gedanken zu gewöhnen, daß mein Sohn seinem Kumpel den Kiefer gebrochen hatte. Ich merkte sofort, daß dieser Gedanke und ich niemals Freunde werden würden. Schließlich gab ich mir einen Ruck. »Ich dachte, Frank Wefers ist dein Freund.«

»Seit wann interessierst du dich dafür, wer meine Freunde sind?«

Ich starrte auf meine Bierflasche. Keine Ahnung, wie lange ich sie schon wie ein Irrer zwischen den Händen drehte, lange genug jedenfalls, daß das Bier pißwarm geworden war.

»Wolltest du wirklich ein Bier, oder wolltest du mir nur auf die Eier gehen?«

»Ich schätze, ich wollte beides.«

»Wenn du eins holst, kannst du einen Schluck abhaben.«

Er stand auf, ging zum Kühlschrank, stellte die Flasche

vor mich hin und rutschte wieder auf die Bank mir gegenüber. Ich öffnete die Flasche mit dem Feuerzeug, schnappte mir ein Glas und füllte es zur Hälfte.

»Warum hast du das getan, Daniel? Ich meine, wenn es schon sein mußte, daß du dir den Kerl vorknöpfst, warum hast du ihn so übel zugerichtet?«

»Ich weiß nicht, ich kann mich nicht erinnern.«

»Komm mir nicht damit.«

»Aber es ist so. Als wär' ein Filmriß in meinem Kopf. Ich kann mich erst wieder daran erinnern, daß er am Boden lag und röchelte und blutete und Rotz und Wasser heulte. Dann ist mir schlecht geworden, und ich hätte um ein Haar vor dem ganzen Publikum mitten in der Caféteria gekotzt.«

Ich steckte mir eine Kippe an und zog ein bißchen zittrig daran. Wenigstens redete er offen mit mir. Das war einigermaßen selten.

»Mach dir nicht vor, du wüßtest nicht, warum das passiert ist. Denk darüber nach und sag es mir.«

Er starrte auf die Tischplatte, als gäbe es da irgend etwas Außergewöhnliches zu sehen. »Als ich zu Frank sagte, er sollte aufhören mit dem Gequatsche, hat er überhaupt nicht reagiert. Im Gegenteil. Er hat immer weitergemacht. Und es kamen immer mehr Leute dazu. Ich mein', das war kein Spaß mehr oder so, er wollte mich fertigmachen. Ich kam mir so verladen vor. Und alle haben gelacht. Alle. Ich wußte nicht, daß Wut so weh tun kann. Im Bauch. Und ich hab' immer nur gesagt, er soll aufhören, das wär' unfair, er soll aufhören. Dann konnte ich auf einmal gar nicht mehr reden, so als wär' irgendwas blockiert. Ich weiß auch nicht. Irgendwas Irrsinniges passierte in meinem Kopf. Da war ein Summen, das wurde immer lauter, und mein Kopf fing an, weh zu tun. Ich hatte das Gefühl, als könnte ich mich nicht mehr rühren, nicht mehr Luft holen, als würd' ich stocksteif dastehen und nur zusehen. Es war wirklich so, als wär' ich das gar nicht selbst, richtig unheimlich. Ich glaub', ... na ja, ich bin wahrscheinlich so ausgerastet, weil sie tatsächlich mit dem Kerl bumst.«

»Ja, natürlich tut sie das. Er ist ihr neuer Freund, das ist ganz normal. Willst du es dir deswegen zur Gewohnheit machen, Leute, die die Wahrheit sagen, krankenhausreif zu schlagen? Die Welt ist eine Kloake, Daniel, die Dinge laufen selten so, wie wir wollen.«

»Ach, hör doch auf! Ich bin das so satt, mir solche Sprüche von dir anzuhören. Du willst doch nur drüber wegtäuschen, daß sie dir abgehauen ist. Weil du nie, nie, nie zu Hause bist! Weil alles, was hier zu Hause abgeht, dich immer einen Dreck gekümmert hat! Da mußte sie sich ja verarscht vorkommen!«

Das ließ mich nun wirklich nicht kalt, ich biß sofort an. »O ja, natürlich. Meinst du, das ändert irgendwas daran, was du getan hast? Ist dir klar, daß du in verdammten Schwierigkeiten bist? Willst du das jetzt vielleicht mir anhängen? Aber wenn wir schon davon reden, sag' ich dir, wie es war: Als sie mir damals diesen Job anboten, hab' ich lange mit deiner Mutter drüber gesprochen. Sie fand das völlig in Ordnung, sie hat mich sogar dazu gedrängt. Verdammt, Daniel, *sie* hat hier das Handtuch geschmissen, nicht ich. Aber mir gibst du die Schuld daran. Findest du das fair? Glaubst du, für mich ist es leichter als für dich?«

Er schoß eine ganze Batterie an stummen Vorwürfen auf mich ab. Das ging mir irgendwie an die Nieren. »Los,

Junge, sag's mir. Warum starrst du mich an, statt es auszusprechen, damit ich was dazu sagen kann?«

»Weil es keinen Sinn hat. Du wirst es nicht schaffen, daß es so wird wie früher. Denn das willst du ja gar nicht. Für dich wäre das die Hölle, die ganze Woche, jeden Abend hier zu Hause zu sein, ein Familienleben macht dich doch krank.«

»Okay. Du willst also unbedingt mir an allem die Schuld geben. Meinetwegen. Aber im Augenblick bist du derjenige, der den großen Mist gebaut hat. Du hast dich gehenlassen und jemanden verletzt. Sogar ziemlich übel. Meinst du nicht, du solltest dich dazu mal äußern? Mal über dich selbst nachdenken? Verdammt, es ist möglich, daß Franks Eltern dich anzeigen. Weißt du, was dann los ist?«

»Pah, mir doch egal. Und du wärst doch wahrscheinlich erleichtert, wenn sie mich in ein Heim stecken.«

»Ja, das würde dir wahrscheinlich gefallen, was? Das würde dein Martyrium perfekt machen. Vergiß es. Sie werden dich in kein Heim stecken. Daniel, hör verdammt noch mal auf, dir so unendlich leid zu tun. Das bringt dich keinen Schritt weiter.«

»Meinst du, dein blödes Gequatsche bringt mich weiter? Du meinst also, ich tu' mir leid, ja? Du weißt doch überhaupt nichts von mir!«

»Nein?«

»Ich kümmere dich doch einen Dreck. Dir wird doch schon flau, wenn du nur an mich denkst.«

»Wieso bist du so sicher?«

»Weil du nie mit mir redest. Ich meine, nie wirklich. Dir ist doch völlig gleich, was es für mich bedeutet, aus der Schule zu fliegen.«

»Falsch. Es ist mir nicht gleich. Sag es mir.«

»Ach, vergiß es!«

Als er trank, sah ich, daß er versuchte, zwei Tränen wegzublinzeln, aber sie ließen nicht locker. Langsam rollten sie über sein Gesicht, trafen sich an seinem Kinn, und er wischte sie mit einer verschämten Geste weg, ohne mich anzusehen. Das brachte meine eiserne Haltung total zum Einsturz. Ich kam mir vor wie der letzte Dreckskerl.

Ehe ich es mir anders überlegen konnte, stand ich auf, ging zu ihm hin und nahm ihn in die Arme. Sein Körper strahlte eine unglaubliche Wärme aus. Entsetzt wehrte er sich gegen meine Umarmung. Ich hielt ihn trotzdem fest. »Komm, laß es raus, Daniel. Es ist schon in Ordnung. Niemand sieht uns.«

Er erstarrte eine Sekunde, dann brach sein Widerstand plötzlich zusammen wie ein Damm in einer Sturmflut. Er weinte lange und so verzweifelt, daß mir himmelangst davon wurde. Ab und zu kam ein heiseres, krampfiges Schluchzen heraus, aber die meiste Zeit blieb er stumm, hatte eine Hand in mein Hemd gekrallt, die andere boxte er mir gelegentlich zwischen die Rippen.

Ich strich ihm ratlos über den Rücken. Jeden einzelnen Wirbel konnte ich spüren.

»Okay? Besser?«

Er nickte. Dann schniefte er ein paarmal, bevor er sich entschloß, mich anzusehen. »Bist du sauer auf mich?«

»Nein. Ich bin ziemlich geschockt, aber das spielt im Grunde keine Rolle. Ich bin der letzte, der es sich leisten könnte, sauer auf dich zu sein, denn deine Neigungen zum Ausklinken hast du von mir. Ich weiß, worüber wir reden. Und darum will ich, daß du dich in Zukunft sehr genau im Auge behältst. Denn das wird nicht das letzte Mal sein, daß dich die Raserei packt. Sie ist ... irrsinnig gefährlich. Sie schaltet dein Gehirn aus. Laß es nicht zu.«

»Okay.«

»Und morgen wirst du zu ihm ins Krankenhaus gehen und mit ihm reden. Du mußt dich entschuldigen.«

»Waas?!« Er wurde stocksteif in meinen Armen. Ich ließ ihn los.

»Einen Dreck werde ich tun! Ich soll mich entschuldigen, nachdem dieser ...«

»Ja. Und wenn er dich rausschmeißt, dann mußt du das eben wegstecken. Und wenn er dich nicht rausschmeißt und du dich dadurch noch lausiger fühlst, mußt du auch das wegstecken.«

»Meinst du nicht, ich sollte das selbst entscheiden? Kannst du dir eigentlich vorstellen, wie ich mich heute mittag gefühlt hab'?«

»Das spielt jetzt keine Rolle mehr. Du hattest trotzdem kein Recht, ihn so zuzurichten.«

»Nein, wahrscheinlich nicht. Ich hab' nie ein Recht. Auf gar nichts.«

»Ach, hör schon auf. Verdammt, du weißt ganz genau, daß du dich ins Unrecht gesetzt hast, als du ihn angefaßt hast. Spätestens als du ihm ... den Kiefer gebrochen hast.« Großer Gott, ich konnte das immer noch nicht glauben. »Du mußt doch irgendwie versuchen, das in Ordnung zu bringen. Selbst wenn er nicht dein Freund wäre. Wenn du das nicht tust, bist du ... ein Feigling, oder?«

Ich zündete mir eine neue Kippe an und ignorierte Grafitis Kratzen an der Tür. Er mußte warten. Ich wollte sehen, ob Daniel nicht wenigstens fühlte, daß ich recht hatte, egal, ob er das nun zugab oder nicht.

Ich hab' immer versucht, meine Kinder so wenig wie möglich zu manipulieren. Mir war egal, wie sie aussahen oder wie sie redeten, ich mischte mich da nicht ein. Aber es gab ein paar Sachen, die fand ich wirklich wichtig. Und so was Ähnliches wie Ehre gehörte wohl dazu.

Aber er schien mich in dem Punkt nicht für kompetent zu halten. »Ein Feigling, he? Und was bist du? Du hast dich bei mir noch nie dafür entschuldigt, daß es dir lieber gewesen wäre, sie hätte mich abgetrieben und du hättest sie nicht heiraten müssen.«

Ein Unsichtbarer war in die Küche geschlichen und hatte mir eine unsichtbare Eisenstange in den Magen gerammt.

»Wie kommst du auf so was?«

»Sie hat es gesagt. Als ihr euch mal wieder angeschrien habt. Kurz bevor sie abgehauen ist.«

Das hatte sie wirklich. Ich erinnerte mich daran. Das Miststück hatte immer so laut gebrüllt, wie es ihr paßte. Und ich konnte dann anschließend durchs Haus schleichen und meine weinenden Kinder beruhigen. Manchmal war ich auch zu gerädert dazu. Meine Ehe hatte mich mitunter ganz schön ausgelaugt.

»Das hat sie gesagt, um mir eins auszuwischen, um mir weh zu tun eben. Aber es ist nicht die Wahrheit.«

»Bist du sicher?«

Ich war mir ganz und gar nicht sicher. Gütiger Himmel, ich war erst einundzwanzig gewesen, als sie schwanger wurde. Ein Kind war so ziemlich das letzte, was ich wollte. Aber ich hatte nie ein Wort von Abtreibung gesagt. Das hatte sie tatsächlich nur erfunden, um mich auszumanövrieren. Als wir in den letzten Zügen lagen.

Ich sah ihn an. »Ich schwör's dir.«

Er betrachtete mich argwöhnisch, wollte ganz sicher gehen, ob ich ihm in diesem Punkt was vormachte oder nicht. Aber weil ich ihn an diesem Abend zum ersten Mal seit langer Zeit wieder wirklich liebte, war es nicht schwer, ihn zu überzeugen.

Schließlich raffte er sich mit großer Mühe zu einem Entschluß auf. »Also meinetwegen. Ich geh' morgen zu Frank.«

Ich war wirklich erleichtert. »Und was ist mit der Schule? Willst du dableiben, oder würdest du es lieber woanders noch mal neu versuchen?«

»Hm. Ich würd' schon gern bleiben. Ich meine, die Schule hat das beste Physiklabor in der Stadt, nur bei uns können wir flüssigen Sauerstoff herstellen, und das ist wirklich wichtig für das Experiment, an dem ich gerade mit ein paar Leuten arbeite.«

Ich starrte ihn an. Ich hatte keine Ahnung gehabt, daß er sich für naturwissenschaftliche Forschung interessierte. Er war doch noch ein Junge!

»Was ist mit diesem Brief, wer hat den geschrieben?«

Er verzog das Gesicht zu einer haßerfüllten Fratze. »Meurer. Der Terminator. Stellvertretender Direktor.«

»Was ist das für ein Typ?«

»Ein Arschloch. Ich glaub', er hat seit Monaten darauf gewartet, daß so was passiert. Er hat heute mittag Aufsicht in der Caféteria geführt, hat also ganz genau mitbekommen, was da abging. Aber er hat so getan, als würd' er nichts hören und nichts sehen. Erst als ich dann so ausgerastet bin, kam er angestürmt. Da war er aber zu langsam. Als ich später in sein Büro kam, hat er zu mir gesagt, er hätte immer schon gewußt, daß ich an der Schule nichts zu suchen hätte. Ich wär', warte mal, ein ... gemeingefährlicher Amokläufer, hat er gesagt. Und das wär' kein Wunder, schließlich käm' ich aus asozialen Verhältnissen. Dann hat er auf mich eingedroschen, bis ich dachte, sie könnten den nächsten Krankenwagen direkt für mich bestellen ...«

»Er hat *was* getan?!« Mir wurde richtig flau vor Wut. »Also ich weiß nicht, ob ich will, daß du auf dieser Schule bleibst, Daniel. Das ist doch wohl das Letzte.«

»Ach, reg dich nicht so auf. Das Physiklabor ist wichtiger.«

»Scheiß auf das Physiklabor ...«

»Wer entscheidet das? Du oder ich?«

Ich dachte nach. »Du, schätze ich.«

»Gut. Hier ist der Brief.« Er zog einen zerknüllten Umschlag aus seiner Hosentasche. »Ich denke, seine Telefonnummer steht drin.«

Ich nahm ihn ohne große Lust. »Asozial, he? Findest du auch, daß du aus asozialen Verhältnissen kommst?«

Er zuckte mit den Schultern. »Was heißt das schon. Ich finde, es trifft auf uns nicht zu, denn wir haben ein ziemlich großes Haus, viel Kohle und ein Kindermädchen und eine Putzfrau und all diesen Quatsch. Trotzdem, irgendwas stimmt hier nicht.«

Ich konnte nur nicken, besser hätte ich das auch nicht ausdrücken können.

Ich riß den Umschlag auf und las den Brief. Meine Überzeugung, daß dieser Meurer tatsächlich ein Arschloch war, festigte sich. Ich zerbrach mir eine Weile den Kopf, wie ich vorgehen wollte, dann schnappte ich mir das Telefon. »Weißt du Franks Telefonnummer?«

Er gab sie mir. »Was willst du damit?«

»Wart's ab.«

Franks Vater war nicht besonders gut auf mich zu sprechen. Konnte ich verstehen. Es schien ihm viel dran zu liegen, mir klarzumachen, wie erschüttert vor allem Frau Wefers wegen der ganzen Geschichte war. Von mir aus. Konnt' ich auch verstehen. Wahrscheinlich machte sie ihm die Hölle heiß.

Ich ließ ihn sich erst mal auskotzen und erfuhr bei der Gelegenheit, daß Frank nicht nur den Kiefer, sondern auch beide Handgelenke gebrochen hatte *(Was hast du mit ihm gemacht, Daniel?)*, daß er aber wieder ganz in Ordnung kommen würde. Diese hoffnungsvolle Aussicht machte ich mir zunutze, und dann redeten wir in aller Ruhe darüber. Von Vater zu Vater sozusagen. Im Grunde war Wefers ein ganz vernünftiger Kerl. Vorsichtig erklärte ich ihm, wie es zu Daniels Entgleisung gekommen war, hütete mich aber, seinen Jungen dabei auch nur andeutungsweise zu beschuldigen. Trotzdem schaffte ich es, daß er über seinen Sohn regelrecht empört war und sich bei mir entschuldigte.

Wirklich erstaunlich, wozu man Leute bewegen kann, wenn man sie an der richtigen Stelle zu fassen kriegt. Und die richtige Stelle kann man meistens ganz leicht rausfinden. Man muß nur genau hinhören. Das war eine Sache, die mir fast immer gelang, es ist auch eine Frage des Trainings. Denn das war mein Job. Leute dazu zu bringen, Dinge zu sagen, die sie eigentlich nicht sagen wollten. Geständnisse abzulegen, zu denunzieren, Geheimnisse preiszugeben. Und es ist wirklich ganz leicht, wenn man weiß, wie's geht.

Franks Vater jedenfalls hatte ich nach kürzester Zeit weichgekocht. Wir kamen überein, daß man sich über ein Schmerzensgeld bestimmt auch außergerichtlich einigen konnte, und daß eine Anzeige eine völlig unnötige Belastung für Daniels Zukunft sei. Ich war erleichtert. Wirklich ein ganz vernünftiger Kerl. Ich hatte das Gefühl, daß er mich um ein Haar auf ein Bier eingeladen hätte, bevor er auflegte.

Daniel grinste mich an. »Nicht übel. Jetzt kannst du Meurer sagen, daß Franks Alter mich nicht anzeigt, und dann wird er nicht mehr soviel Wind in den Segeln haben.«

»Du bist wirklich nicht auf den Kopf gefallen, Junge.«

Trotzdem war dieser Meurer eine harte Nuß. Zuerst hatte ich seine Frau am Telefon, und dann mußte ich die ganze Zeit an den Lehrer aus dem Zeichentrickfilm in ›The Wall‹ denken, dieses Männlein, das von seiner Alten an Marionettenfäden rumgezerrt wird. Denn schon ihre Stimme war furchteinflößend, sie klang, als sei sie fett, hätte einen kleinen, dunklen Oberlippenbart und als sei mit ihr ganz und gar nicht zu spaßen.

Während sie ihren Mann ans Telefon holte, gab ich meiner Flasche den Rest, und nach kurzem Zögern gab ich Daniels Glas auch den Rest. Er hatte fast nichts davon getrunken. Kluger Junge.

»Hallo?«

»Malecki. Herr Meurer?«

»In der Tat. Sieh an. Sie sind also der Vater dieses Subjektes.«

»Wenn Sie damit meinen Sohn Daniel meinen, ja. Und ich möchte Ihnen raten, ihn in Zukunft nicht mehr als asozial oder Amokläufer zu bezeichnen.«

»Ich fürchte, Sie schätzen die Situation nicht korrekt ein. Ich gedenke nicht, Ihre Ratschläge zu befolgen oder zukünftig überhaupt noch mit Ihnen zu tun zu haben, da Ihr Sprößling von der Schule entfernt wird. Es ist nicht im

Sinne der Schule, und es ist auch den anderen Schülern oder Eltern nicht zuzumuten, einen Schüler zu behalten, gegen den ein Jugendstrafverfahren läuft und der eine Gefahr für die Moral seiner Mitschüler ist. Ich kann Ihnen nur empfehlen, Ihrem Sohn einen Platz auf einer guten Schule für Verhaltensgestörte zu suchen. Vielleicht besteht dann noch Hoffnung, daß etwas aus ihm wird.«

Mein Herzschlag beschleunigte sich ein bißchen, ich spürte förmlich, wie mir die Farbe aus dem Gesicht fiel.

Nur die Ruhe, Mark, alter Junge. »Nein, Sie sind offenbar derjenige, der die Situation verkennt. Denn es wird kein Jugendstrafverfahren geben. Frank Wefers' Vater, der die Lage anscheinend objektiver beurteilen kann als Sie, ist der Ansicht, daß sein Sohn an den Ereignissen nicht schuldlos ist, und er war ganz zuversichtlich, daß wir unter uns zu einer Einigung kommen würden. Es wird Ihnen also schwerfallen, ausreichende Gründe für Daniels Schulverweis zu finden. Nicht genug jedenfalls, um einen Prozeß zu riskieren, auf den ich es bedenkenlos ankommen lassen würde. Und jetzt sag' ich Ihnen noch was: Es ist bestimmt richtig, daß Daniel heute einen schweren Fehler gemacht hat, keiner weiß das besser als er selbst. Aber es ist schwierig, immer die Nerven zu behalten, wenn ein Junge sich zusätzlich zu seinen persönlichen Problemen noch mit scheinheiligen Biedermännern rumschlagen muß. Wenn ich noch mal das Gefühl habe, daß Sie Daniel aus persönlichen Gründen benachteiligen, und, vor allem, wenn es Ihnen das nächste Mal einfällt, ihn anzurühren, dann bringe ich Ihren Arsch vor den Schulausschuß und mache Sie so fertig, daß Sie sich anschließend nur noch an den nächsten Baum hängen können!!«

»Sie wollen mir drohen?!«

»Warum nicht. Und jetzt sagen Sie mir freundlicherweise, ob Sie immer noch versuchen wollen, Daniel von der Schule zu schmeißen.«

Er brauchte eine Weile, ehe er seine Antwort rausbekam. So, als wäre sein Widerwillen so groß, daß die Worte einfach nicht aus seinem Mund wollten. »Nun, ich fürchte, wenn Herr und Frau Wefers sich so gegen die Interessen ihres Sohnes und die der Schule stellen, werden wir keine Möglichkeit haben ...«

»Wärmsten Dank.«

Ich legte auf, besser, ich knallte den Hörer auf das Telefon, so daß ein kleiner Riß im Plastik aufsprang und dann ein winziges schwarzes Plastikdreieck mit einem leisen Klicken auf den Boden fiel. Ich stierte es an und wischte mir mit der Hand über die Augen.

»Wow! Starker Vortrag.« Daniel strahlte mich regelrecht an.

»Ich würde mir an deiner Stelle keine großen Hoffnungen machen, daß er dich in Zukunft zufrieden läßt. Vielleicht will er es dir jetzt erst recht zeigen. Und mir. Besser, du nimmst dich vor ihm in acht.«

»Ja, wahrscheinlich hast du recht. Trotzdem. Es war geil, wie du's dem Kerl gezeigt hast.«

Ich war ziemlich erstaunt über seine Begeisterung, so hatte er mich lange nicht angesehen. Vermutlich war es egal, ob dieser Meurer jetzt noch eifriger hinter ihm her war oder nicht.

Vielleicht war es wichtiger, daß Daniel mal erlebt hatte, wie sein Vater sich für ihn ins Zeug legte.

Wer weiß.

Grafiti kratzte wieder an der Tür. Ich stand auf und ließ ihn rein. »Tschuldige, Kumpel.«

»Fährst du heut' abend noch in die Stadt?« fragte Daniel lauernd.

»Weiß noch nicht. Kommst du mit nach nebenan?«

»Nein, ich hab' noch was zu tun. Bin den ganzen Tag zu nichts gekommen. Anna mit ihrem Apfelkuchen und so weiter. Also, ich verschwinde dann. Nacht. Und vielen Dank.«

»Nacht, Daniel.«

Ich sah ihm nach, als er durch die Tür ging. Dann verschwand er auf der Treppe. Und ich fragte mich, wie das alles weitergehen sollte.

2

»Mark.«

»Hm.«

»Komm schon, Junge. Wach auf.«

Ich schlug widerwillig die Augen auf. Vertrauter Anblick: eine dunkle Holztheke mit Tausenden von Macken und Kerben und einer starken Maserung. Mein Kopf lag darauf. »Tarik.«

»So ist es. Hier ist ein Kaffee.«

Ich hob den Kopf und zog die Tasse zwischen meine Ellenbogen.

Tarik stand hinter dem Tresen und wischte Gläser. Er wirkte gelassen und heiter, wie immer am Ende einer langen Nacht. Er hatte die richtige Konstitution für einen Altstadtwirt. »Was hast du getrieben letzte Nacht, he?«

Ich dachte kurz darüber nach. Dann fiel es mir ein. Ich war von zu Hause aus hierher gekommen. Aber die leere Kneipe hatte mich genervt, ich war raus auf die Straße. Es goß in Strömen, innerhalb von Sekunden war ich naß bis auf die Knochen. Ich war einfach ein paar Stunden rumgelaufen, durch finstere, menschenleere Straßen ohne Laternen.

Ich seufzte. »Ich glaub', ich hab' ein, zwei Fensterscheiben eingeschlagen.«

Er nickte kommentarlos.

Ich trank von meinem Kaffee, und es durchrieselte mich angenehm. »Na ja. Manchmal kann man irgendwie nicht anders, oder?«

Er sah von einer Pilstulpe auf. »Und willst du ewig so weitermachen? Denkst du nicht, du solltest dich langsam mal zusammenreißen?«

»Tarik, um Himmels willen. Keine Predigt.«

»Mann, das geht jetzt schon fast zehn Monate so. Ist sie das wirklich wert? Daß du dich kaputtmachst deswegen?«

Gute Frage. Ich hatte keine Ahnung. Ich winkte ab und trank meinen Kaffee aus.

Er zog den Stöpsel aus dem Spülbecken. »Du bist nicht der einzige Kerl, dem das passiert ist, weißt du.«

»Nein. Und wenn schon. Ich denke, ich verschwinde lieber. Laß mich meinen Deckel bezahlen, und dann fahr' ich nach Hause.«

»Du hast deinen Deckel schon bezahlt. Wenn ich dich gelassen hätte, hättest du ihn dreimal bezahlt.«

Ich rutschte von meinem Hocker. »Auch gut. Also dann.«

»Ja. Mach's gut, Mark. Und jetzt geh zur Arbeit. Es ist Zeit.«

»Nein, heute nicht.«

Aber er überzeugte mich irgendwie, und ich machte mich ohne viel Elan auf den Weg.

Das Praktische und gleichzeitig so Verhängnisvolle war, daß kaum zehn Minuten Fußweg mein Büro von der Altstadt trennten. Das war einer der Gründe, warum ich mich so oft dort rumtrieb. Jetzt am Vormittag erschienen mir die Straßen mit dem alten Kopfsteinpflaster tot und glanzlos. Selbst ein paar Einkaufsbummler konnten das Bild nicht retten. An regnerischen Vormittagen zeigt die Altstadt ihr wahres, freudloses Gesicht. Ich zog die Schultern hoch, sah mich so wenig wie möglich um und stiefelte Richtung Heinrich-Heine-Allee.

Mein Büro lag in der siebten Etage eines Glaspalastes an der Breite Straße, der Zentrale des Bankhauses Kienast, allerfeinste Adresse. Beim Anblick der geschniegelten Gestalten im gleißenden Neonlicht unten in der Schalterhalle rebellierte mein Magen wie immer. Ich machte, daß ich nach oben kam. Beim Eintreten knipste ich die Deckenleuchte aus; das Licht, das durchs Fenster drang, war dumpf und melancholisch, angenehm. Ich lehnte mich mit dem Rücken an die geschlossene Tür und atmete tief durch.

Paul sah auf und schüttelte seufzend den Kopf. »Mann, du siehst furchtbar aus.«

»Ich fühl' mich auch furchtbar.«

»Hoffentlich hat dich niemand gesehen.«

»Kannst du nicht mal aufhören, dir Sorgen um mein Image zu machen? Alle haben mich gesehen, jeder, der die Augen offen hatte. Ich bin durch den Haupteingang gekommen. Die Sicherheitsschleuse am Personaleingang ist nach zehn Uhr nicht mehr besetzt, da kommt kein Staubkorn mehr rein oder raus. Wußtest du das nicht?«

»Woher denn? Ich bin immer um neun hier.« Er stieß sich mit den Füßen ab und rollte mit seinem Schreibtischstuhl zum Fenster. Auf der Fensterbank hatte er immer ein Glas mit Marshmallows stehen, diese ekelhaft süßen, bunten Dinger, die wie Schaumgummi aussehen und, wenn du mich fragst, auch genauso schmecken. Er konnte jedenfalls nicht leben ohne das Zeug. Er langte ordentlich zu.

»Ja. Um neun, ich weiß. Manchmal machst du mich krank.« Ich setzte mich und zündete mir eine Kippe an.

Durch das Milchglas unserer Bürotür drangen gedämpfte Geräusche, Schreibmaschinen und murmelnde Stimmen, schemenhafte Gestalten hasteten über den Gang. Ich legte die Füße auf den Schreibtisch und den Kopf in den Nacken.

»Hör mal, Mark, sitz hier nicht einfach so rum. Geh dich mal rasieren. Er war mindestens schon fünfmal hier und hat nach dir gefragt.«

»Wer? Ferwerda?«

»Wer sonst? Besser, er sieht dich nicht in diesem Zustand.«

»Ich wäre besser gar nicht erst gekommen.«

»Meinste echt? Glaubst du nicht, daß sie dich irgendwann einfach feuern werden?«

»Nur zu.«

Ich hatte Kopfschmerzen.

Aus meinem Schrank schnappte ich mir ein paar Klamotten und Rasierzeug, dann ging ich zum Waschraum.

Diese Dusche war einfach das Letzte, entweder zu heiß oder zu kalt, und man mußte hin und her springen, um von dem kümmerlichen Strahl einigermaßen naß zu werden. Trotzdem, als ich fertig war, ging es mir schon besser. Ich war in der Lage, eine Rasur ernsthaft ins Auge zu fassen, und ich fing damit an, bevor ich es mir wieder anders überlegen konnte.

Ich war so gut wie fertig, als er reinkam. »Ah! Da sind Sie also endlich!«

»Morgen.«

»Morgen?! Sind Sie im Bilde über die Uhrzeit?«

»So ungefähr.«

»Es ist nach elf!! Wofür halten Sie sich eigentlich, Malecki? Das wüßte ich wirklich zu gern! Wieso glauben Sie, daß Sie sich das leisten können?«

»Geht das nicht ein bißchen leiser? Ich hab' Kopfschmerzen. Ziemlich heftige.«

»O nein. Wenn ich mit Ihnen fertig bin, dann haben Sie Kopfschmerzen. Jetzt noch nicht.«

Ich rasierte mich weiter und sah ihn im Spiegel an. Er sah wirklich so aus, als ob er das ernst meinte. Ich schaltete den Rasierer aus. »Kann ich mich vorher noch fertig anziehen?«

»Sie würden mir eine echte Freude machen, wenn Sie sich ausnahmsweise mal eine Krawatte anziehen würden!«

»O nein, müssen wir die Nummer mit der Krawatte heute wirklich unbedingt abziehen?«

»Jetzt hören Sie mir mal gut zu, Mann: Meine Geduld mit Ihnen hat sich vorläufig ganz und gar erschöpft! Ich weiß nicht, was ich verbrochen habe, daß ich mich mit Ihnen rumplagen muß! Aber jetzt habe ich einen Job für Sie, und den werden Sie verdammt noch mal auch machen! Und Sie werden morgens um neun damit anfangen!!«

Ich drehte mich zu ihm um und lehnte mich gegen die Kacheln. »Nur weiter.«

Er seufzte. »Wozu. Kennen Sie doch alles. Ich hab' nur mal wieder Scherereien wegen Ihnen, das ist alles.«

Ich gähnte verstohlen. »Was gibt's denn?«

»Kommen Sie in mein Büro, wenn Sie hier fertig sind. Wir müssen mal in Ruhe reden. Wollen Sie ein Frühstück?«

Mir wurde unbehaglich. Das letzte, was mir fehlte, waren väterlich wohlmeinende Ermahnungen. »Na ja, warum nicht.«

Er ließ mich allein, und ich raufte mir die Haare.

Wenn Leute mich fragen, wie ein Kerl wie ich an einen Job wie meinen kommt, bin ich immer ratlos. Ich weiß selbst nicht so genau.

Als Ilona damals schwanger wurde mit Daniel, hatte sie einen Job bei dieser vornehmen Düsseldorfer Privatbank. Ich hatte nie was Vernünftiges gelernt und fand eigentlich nicht, daß das ein besonderes Versäumnis war, aber sie wollte aufhören zu arbeiten, und irgendwoher brauchten wir schließlich einen Lebensunterhalt. Also redete sie mit ein paar Leuten bei ihrer Bank, und ich bekam einen Job in der Zentralkasse. Das war okay. Zwei-, dreimal am Tag hatten wir Stoßzeit, ansonsten zockten wir. Um Millionenbeträge. Das Zeug lag ja einfach nur so da rum. Wenn wir Feierabend machten, räumten wir die Bündel wieder in die Tresore und strichen die letzten sechs Nullen von unseren Spielschulden weg. Wahrscheinlich würde ich heute noch da unten im Keller hocken und pokern, hätte nicht der Chefkassierer mit zweien von den anderen zusammen ein krummes Ding abgezogen und über eine halbe Million an die Seite geschafft.

Das ließ mich persönlich ja völlig kalt, nur als die Sache aufflog, schoben sie es auf mich und eins der Mädchen. Sie hatten sogar Beweise gegen uns fabriziert. Es sah wirklich düster aus, und das Mädchen hatte Abgase in ihren Käfer geleitet und war gestorben. Ganz so nahm ich mir das nicht zu Herzen, aber die Staatsanwaltschaft ermittelte gegen mich, und keiner wollte mir glauben. Also zerbrach ich mir den Kopf und kam schließlich drauf, wie sie es angestellt hatten. Ich kannte mich ja aus und wußte, wie die Dinge in der Zentralkasse liefen. Ich besuchte den Chefkassierer des Nachts zu Hause und konnte ihn überzeugen, daß es besser war, ein Geständnis abzulegen.

Am nächsten Tag bestellten sie mich wieder in die Revision, oben in der siebten Etage, wo ich in den Tagen zuvor endlose Stunden lang von irgendwelchen blasierten Krawattenhälsen verhört worden war. Aber diesmal führten sie mich nicht in das deprimierende Kämmerchen, sondern ins Büro des Abteilungsdirektors Dr. Ferwerda. Er wollte wissen, wie ich dahintergekommen war. Ich erklärte es ihm, und er bot mir einen Job an. Ich lehnte ab. Hätte ich ihn damals schon so gut gekannt wie heute, hätte ich meinen Atem gespart. Man hat fast keine Chance gegen ihn, wenn er sich was in seinen Kürbiskopf gesetzt hat.

Ich sagte, ich hätte keine Ahnung von Bankgeschäften, er sagte, das kommt schon. Ich sagte, ich hätte keine Bullenmentalität, er sagte, nein, stimmt, aber ich hätte jede Menge kriminelle Energie, und das war's, was man für diesen Job brauchte.

Er hatte recht. Als Anna zur Welt kam, war ich der Revisor mit der höchsten Aufklärungsquote beim Bankhaus Kienast. Nur noch selten schickten sie mich zu diesen Routinerevisionen, denen die Filialen regelmäßig unterzogen werden, wo jeder Leitfaden auf Herz und Nieren überprüft wird, ob auch ja alle Vorschriften eingehalten werden. Ich bekam mehr und mehr die heißen Eisen. Sonderuntersuchungen. Unterschlagungen, Veruntreuungen, Geldwäsche und all dieses Zeug. Denn das kann ich am besten. Vielleicht, weil es einen gewissen Unterhaltungswert hat. Ich war niemals immun geworden gegen die menschlichen Tragödien, die sich hinter den meisten Gaunereien verbergen, aber jeder ausgeklügelte Betrug bedeutete für mich eine Abwechslung vom grauen Bankalltag. Und ich verdiente nicht schlecht; Revisoren werden in der Regel ziemlich gut bezahlt, damit sie nicht so leicht zu bestechen sind. Ich glaubte, alles sei einigermaßen in Ordnung, und wir kauften unser Haus in Himmelgeist.

Schade nur, daß das Bankhaus Kienast überall in Deutschland und in allen großen Städten der Welt Filialen unterhält, wo krumme Dinger gedreht werden. Schade, daß ich so gut wie gar nicht mehr zu Hause war. Schade, daß meine Frau mir erst sagte, daß ihr das nicht paßte, als ich sie mit dem Koffer in der Hand an der Tür traf. Da war's zu spät. Ich erfuhr, daß sie mich schon eine ganze Weile mit diesem Typen aus ihrem Tennisclub betrog, und sie zog direkt zu ihm. So geht das eben.

In der ersten Zeit, nachdem sie weg war, schickte Ferwerda mich nicht auf Tour, weil ich mich um meine Kinder kümmern mußte. Und weil ich außerdem völlig am Boden zerstört war. Ich hätte nichts Vernünftiges zuwege gebracht. Er schien das zu verstehen, und er hatte wirklich viel Geduld mit mir.

Seit Monaten hatte ich also nur Bürokram gemacht. Und wie immer, wenn ich mich eine Zeitlang ohne Unterbrechung in der Zentrale aufhielt, hatte mal wieder irgendwer Anstoß an mir genommen.

»Und was ist es diesmal?« Wir saßen in seinem Büro an dem Besprechungstisch vorm Fenster, vor mir ein Tablett mit Frühstück, vor ihm eine Tasse Tee.

Er nahm ein Schlückchen. »Tja. Sie haben die Zweigstellenleiterin in Bilk ein profilneurotisches Miststück genannt.«

Ah ja. Ich entsann mich. Ich zuckte mit den Schultern.

»Das ist sie. Der Laden läuft nicht, weil sie keine Verantwortung übertragen kann. Sie hält alle außer sich für Idioten.«

»Ja, ja, mag ja sein, aber sie ist die Schwägerin von Wermershausen.«

»Na und? Wer ist das?«

»Der ist im Vorstand, Malecki.«

»Mir doch egal ...«

»Ich weiß, ich weiß. Trotzdem, Wermershausen ist schlecht auf Sie zu sprechen und liegt mir in den Ohren. Von wegen Ihrer Erscheinung, Ihrer Arbeitsmethoden, all diese Sachen.«

»Er wird sich beruhigen.«

»Wer weiß. Vielleicht. Dann war da noch die Sache mit dem Schließfach von diesem Mafia-Boß, das Sie haben versiegeln lassen.«

»Na und? Das zu tun war mein Job, oder? Wie ich höre, schwebt der Staatsanwalt im siebten Himmel über die Beweise, die er in diesem Schließfach gefunden hat.«

»Schon. Aber der Mafioso hat seinem Anwalt gesagt, daß er Ihre Eier zum Frühstück verspeisen wird.«

»Tja, Geschmäcker sind verschieden ...«

»Ja, ja, Sie nehmen immer alles auf die leichte Schulter, bis Sie wieder mal im Krankenhaus landen. Aber dieser Mann ist wirklich gefährlich. Ich will ja nicht sagen, daß Sie falsch gehandelt haben, aber ich halte es für das beste, wenn Sie eine Weile nicht in der Stadt sind. Außerdem, ich kann Sie nicht ewig hier beschäftigen, ich kann auch auf Dauer nicht riskieren, Sie von der wirklichen Arbeit abzuziehen. Wird Zeit, daß Sie wieder auf Reisen gehen. Ich denke, Sie werden eine Weile in den Schwarzwald fahren ...«

»*Was?*«

Er lächelte treuherzig.

»Nach Ellertal. Sie werden eine Routinerevision durchführen und so lange dort bleiben, bis ich Ihnen sage, daß Sie zurückkommen können.«

Ich wollte meinen Ohren gar nicht trauen. »Was zum Henker soll ich im *Schwarzwald*?«

Er warf mir einen Stapel Papiere in den Schoß. »Sehen Sie sich das genau an. Ellertal ist eine kleine, ländliche Gemeinde in der Nähe von Freiburg, ungefähr dreitausend Seelen. Es gibt am Ort vier Banken, aber unsere Filiale hat beinah neunzig Prozent Marktanteile. Vor allem Einlagen und Wertpapiere. Horrend.«

Ich wurde langsam wach. »Schwarzgelder?«

»Das sollen Sie herausfinden. Die letzte Revision war vor drei Jahren. Bergmann und Michels haben sie gemacht. Sie kamen zurück mit leeren Händen und einem miesen Gefühl. Jetzt sind Sie dran.«

»Warum ausgerechnet jetzt? Irgendwelche neuen Erkenntnisse?«

»Nein. Nur weitere Umsatzsteigerungen. Der Filialleiter in Ellertal ist ein Mann namens Brelau. Ihn werden Sie unter die Lupe nehmen. Ich schlage vor, Sie fahren am Montag.«

Ich faltete die Unterlagen zusammen und steckte sie ein. »In Ordnung.«

Er lächelte schwach. *»Bonne chance.«*

»Wir haben also mal wieder das große Los gezogen«, bemerkte Paul, als wir abends zusammen in der Bahn saßen. »Schwarzgeld im Schwarzwald, wie passend.«

Er nahm es gelassen. Wir waren seit mehr als fünf Jahren ein Team, und er hatte sich längst daran gewöhnt, daß unsere Einsätze selten wie die anderer Revisoren von langer Hand geplant wurden, sondern daß es uns jederzeit und ohne lange Ankündigung in irgendeinen entlegenen Winkel der Welt verschlagen konnte. Für ganz dringende Fälle hatten wir beide immer eine fertig gepackte Reisetasche in unserem Aktenschrank stehen. Wenn wir Glück hatten, war es irgendwas wie Rio oder Bangkok, alles schon vorgekommen. Aber für gewöhnlich war es irgendwas Fades wie ein langweiliges Nest im Schwarzwald.

Paul war Revisor für alle Fragen der Technik. Ich fand diese Typen phänomenal, die wußten nicht nur, welcher Stempel wie oft auf welches Formular draufmußte oder wie lange diese oder jene Akte aufbewahrt wurde, sondern sie verstanden auch was von Hard- und Software, sie waren die reinsten Genies im Aufklären vertrackter Kassendifferenzen, wußten, wie man Tresore knackt und Kreditkarten fälscht oder woran man echte Scheine von Blüten unterscheiden kann. Wenn eine Kontrolle wirklich umfassend sein soll, muß immer einer für die Technik dabei sein, während Typen wie ich die eigentlichen Bankgeschäfte prüfen.

Also schickte Ferwerda uns fast immer zusammen los, und das machte meinen ungeliebten Job für mich erträglich. »Was hast du von Burkhard und Olli erfahren?«

Ich hatte Paul zu den beiden Kollegen geschickt, die die letzte Revision in Ellertal durchgeführt hatten, um sich ihre Meinung anzuhören.

Paul zuckte mit den Schultern. »Wenig. Sie waren

ziemlich zugeknöpft, als ich das Thema anschnitt. Sie waren gründlich und haben nichts gefunden. Und sie finden die Idee lächerlich, du und ich könnten mehr Erfolg haben.«

»Und was sagen sie über diesen Brelau?«

»Ebenfalls wenig. Der Name schien sie ein bißchen nervös zu machen.«

»Hältst du's für möglich, daß er sie gekauft hat?«

»Also jetzt mach aber mal 'nen Punkt, ja. Okay, du kannst Burkhard nicht ausstehen, ich weiß, aber er ist absolut integer.«

»Wenn du es sagst ...«

»Mit Nachdruck. Hör mal, Mark, da du offenbar nicht die Absicht hast, mich einzuladen, frag' ich eben. Krieg' ich ein Bier?«

»Klar. Wenn's dir nichts ausmacht, daß es eine Szene geben wird.«

»Glaubst du das?«

»Keine Ahnung. Möglich. Du weißt ja, Daniel ...«

Die Bahn hielt, wir stiegen aus und schlugen die Kragen hoch.

»Also, ich finde, Daniel ist echt ein netter Junge. So einen hätte ich auch gern mal irgendwann«, sagte er nachdenklich, während er neben mir her schlenderte, die Hände in den Taschen, und einen Kieselstein vor sich her kickte.

»Kein Wunder, daß du das denkst. Er steht auf dich, dir zeigt er immer seine Zuckerseite.«

»Quatsch. Er ist ein Kind, Mark, er kann mir nur zeigen, was er ist.«

»Also liegt es an mir, richtig?«

»Natürlich liegt es an dir. Du denkst, er gibt dir die

Schuld an allem. Und weil du insgeheim glaubst, daß er recht hat, gehst du ihm aus dem Weg. Dabei ist alles, was der Junge will, ein bißchen Interesse.«

Ich konnte das nicht glauben. »Nein. Du irrst dich. Er würde viel drum geben, wenn seine Mutter ihn mitgenommen hätte. Das ist es, was ihn so wild macht.«

Paul schüttelte ärgerlich den Kopf. »Nein, Mann, *du* irrst dich. Und wenn du dir diesen Blödsinn einredest, dann machst du's dir zu leicht. Du gibst Daniel überhaupt keine Chance. Aber du bist der einzige, der ihm helfen kann. Vielleicht willst du's nicht einsehen, weil dir das zu sehr zusetzen würde. Vielleicht bist du einfach ... verbittert geworden, seit sie weg ist, he? Egoistisch.«

Das Wort schlug mich vorübergehend mit Stummheit. Ich hätte ihm liebend gern gesagt, daß das nicht stimmte, daß ich höchstens ein ganz klein bißchen verbittert und ganz sicher kein Egoist geworden war, aber schon in meinem Kopf klang es defensiv und schwach. Also sagte ich nichts, kramte in der Manteltasche nach dem Schlüssel und wünschte, er und all die anderen würden sich um ihren eigenen Dreck kümmern und nicht ewig an meinen bitteren Kelch rühren.

Paul blieb auf ein paar Biere und half Daniel mit den Matheaufgaben. Es wurde ziemlich spät, bis er aufbrach. Die Kinder waren im Bett, und ich saß allein mit Flip, einem Bourbon und meiner kleinen Wasserpfeife im Wohnzimmer. Wir hörten eine alte Nummer von Deep Purple, *Sweet Child in Time*, und rauchten abwechselnd in friedvoller Eintracht.

»Was ist los mit dir?« fragte sie unaufdringlich, so, als sei sie nur mäßig an einer Antwort interessiert.

»Was soll schon sein.«

»Keine Ahnung. Du redest kein Wort.«

»Willst du nichts trinken?«

»Doch. Bleib nur sitzen, ich mach' das schon selbst.«

Sie stand auf, ging raus und ließ die Tür offen, so daß ich sie in der Küche umherschwirren sehen konnte. Vermutlich machte sie das mit Absicht. Sie hatte einen winzigen Fetzen von einem schwarzen Minirock an, wie üblich. War sie auch sonst vielleicht keine Schönheit, eine tolle Figur hatte sie auf jeden Fall. Und sie nutzte ihr Kapital. Das war wohl ihr gutes Recht. Flip war Annas und Daniels Kindermädchen. Früher war sie abends um sechs nach Hause gegangen. Jetzt wohnte sie hier. Sie sah ein bißchen nach dem Rechten und sorgte dafür, daß der Laden einigermaßen lief. Ich war heilfroh, daß tagsüber jemand hier war, vor allem wegen Anna, sie war doch noch so klein. Flip hatte alle Vorzüge eines guten Kindermädchens, große Mutterbrüste, zum Beispiel, und ein feines Gespür für Kinder. Sie behandelte sie mit einer Engelsgeduld und sehr liebevoll. Anna und Daniel vergötterten sie. Und manchmal, wenn ich irre wurde vom Alleinsein, war sie auch mein Kindermädchen.

»Ist es die Sache mit Daniel und Frank, die dir zu schaffen macht?« erkundigte sie sich, als sie zurückkam.

Ich zuckte lustlos mit den Schultern. »Keine Ahnung. Was gestern passiert ist, war nur ein Symptom, oder? Ich meine, so was steckt eigentlich nicht in ihm.«

»Hm, schwer zu sagen. Er ist dir ähnlich. Steckt so was in dir?«

»Was denkst du?«

»Puh, keine Ahnung. Jedenfalls, was immer du zu ihm gesagt hast, hat großen Eindruck auf ihn gemacht. Er hat Frank heute im Krankenhaus besucht.«

»Und?«

»Na ja, was erwartest du? Es war scheußlich. Aber ich denke, irgendwie haben sie sich vertragen.«

Ich bewunderte und bedauerte meinen Sohn. »Gut.«

Wir saßen am Boden, kaum einen Meter auseinander, und es dauerte nicht lange, bis ich meine Hand unter ihren Minirock schob. Sie wußte genau, wie sie meine Verteidigung durchbrechen konnte. Vermutlich kannte sie mich hundertmal besser als ich sie.

»Du mußt wieder wegfahren, oder?« fragte sie, als ich ihr den Pullover auszog.

»Ja.«

»Bald?«

»Montag.«

Sie seufzte und beeilte sich mit den Knöpfen an meinem Hemd, so als liefe uns die Zeit davon. »Bist du froh?«

»Was? Wie kommst du darauf?«

»Na ja, ich meine ...«

Ich warf einen sehnsüchtigen Blick auf ihre Beine. »Laß uns später drüber reden, okay?«

Sie lächelte ein bißchen traurig. »Na ja, war ja zu erwarten. Die Jagdsaison ist endlich wieder eröffnet. Nicht zu ändern.«

Ich legte die Arme um sie und zog sie näher, bis ich ihre warme Haut auf meiner spürte. Ich nahm ihre Brustwarzen abwechselnd in den Mund.

»Wirst du das Zigeunerleben eigentlich nie leid?« fragte sie leise, ihre Stimme konnte manchmal so sanft sein.

Ich nickte, ohne den Kopf zu heben. »Ja. Manchmal wünschte ich, ich wär' zu Hause geblieben und Hufschmied geworden, wie mein Vater und mein Bruder.«

Sie legte sich hin, lachte und zog mich zu sich herunter. »Zu schade, daß das Paradies für dich immer am anderen Ufer ist.«

3

Mark.«

»Paul.«

Das war alles, was wir sagten, bis wir die ersten paar hundert Kilometer hinter uns hatten. Es war noch Nacht, als ich ihn abholte, drei oder halb vier vielleicht. Eine unchristliche Zeit, um zur Arbeit zu fahren. Als die Sonne aufging, tranken wir einen Kaffee auf die Schnelle und kamen so gegen halb acht in Ellertal an. Beim ersten Anlauf rauschte ich glatt durch das Dorf durch; kaum war ich an dem Ortseingangsschild vorbei, waren wir schon wieder draußen. Ich fluchte und wendete.

Wie sich rausstellte, war der Ort gar nicht so winzig. Von der Hauptstraße bog die eigentliche Dorfstraße nach links ab. Entlang dieser Straße zog sich das Dorf, und eine ganze Reihe von Höfen, die weiter außerhalb verstreut lagen, gehörte auch noch dazu. Der Ellertaler Hof, das war der geistreiche Name unserer Absteige, war nicht schwer zu finden. Er lag am anderen Ende des Dorfes, vielleicht dreihundert Meter hinter dem Marktplatz. Wir fuhren auf den Parkplatz, ließen unsere Klamotten im Auto und gingen die Straße zurück zur Filiale vom Bankhaus Kienast.

Auch hier unten war's kühl und regnerisch, Aprilwetter der scheußlichsten Sorte. Man konnte denken, es würde den ganzen Tag nicht richtig hell werden. Vereinzelt rauschten Autos die Dorfstraße entlang und spritzten dreckige Fontänen auf, die mit einem eisigen Klatschen auf den Bürgersteig trafen oder auf die unvorsichtigen Passanten, die zu nah am Bordstein gingen. Eine lärmende Schar Schulkinder hüpfte an uns vorbei, auf dem Weg zum Bus.

Wir drängten uns müde und mißmutig in den Windfang der Bankfiliale und warteten auf den ersten, der zur Arbeit erscheinen würde, um ihm eine nette Montagmorgenüberraschung zu bereiten.

Die erste Figur, die aufkreuzte, war Till Hansen, und das war *meine* Überraschung. Ich kannte den Typen. Er war mal ein paar Monate zur Ausbildung in der Revision der Zentrale gewesen. Das war Jahre her, vor Pauls Zeit.

»Hey, Till. Das gibt's ja nicht.«

»Mark.« Er war nicht übermäßig erfreut. Aber das wunderte mich nicht weiter. Revisoren sind ungefähr so gern gesehene Gäste wie Gerichtsvollzieher.

Paul streckte ihm die Hand entgegen. »Schumann.«

»Hansen.«

»Freut mich.«

»Mich auch.«

Till steckte seinen Schlüssel ins Schloß. »Ich will mal drauf verzichten, eure Dienstausweise zu kontrollieren, in der Hoffnung, daß ihr das nicht als Versäumnis in euren Bericht schreibt. Kommt rein, Leute.«

Ich fand die Bemerkung ziemlich daneben und ärgerte mich ein bißchen. Klar, Revisoren haben den Ruf, mit jedem Lächeln eine hinterhältige Falle zu tarnen. Und die Geschichte mit der Ausweiskontrolle war immer die erste von allen. Wer einen Fremden morgens mit in die Bank nahm, nur weil er behauptete, ein Revisor zu sein, riskierte schließlich, einen Bankräuber reinzubitten. Natürlich wurde das hinfällig, weil Till mich kannte, und er hätte wissen sollen, daß ich keinen Wert drauf legte, mir für meine Berichte was aus den Fingern zu saugen.

Wir folgten ihm in die dämmrige Schalterhalle. Er trat durch eine Tür in die Teeküche, da hing offenbar der Sicherungskasten. Reihe um Reihe flammten die Neonröhren auf. In Etappen wurde das Halbdunkel zurückgedrängt.

Paul und ich wechselten einen verstörten Blick, und er pfiff leise durch die Zähne. »Mann, was ist das hier?«

Ich sah mich fasziniert um.

Alle Kienast-Filialen sind für gewöhnlich gleich eingerichtet, *Image* nennen sie das. Das hat wohl was mit ihrer Werbestrategie zu tun. Ganz gleich, in welche Filiale auf der Welt du reinstolperst, du findest immer einen vertrauten Anblick und kannst dich leicht zurechtfinden. Das entspricht dem Geschmack der erlesenen Kundschaft deutscher Privatbanken, weil diese Leute aufgrund ihrer fortgeschrittenen Gehirnverknotung eine Sucht nach Routine entwickeln. Jeder Individualismus, jede Abweichung von ihren sicheren Gewohnheiten erscheint ihnen suspekt.

Weil Kienast ein feiner Laden ist, ist die Standardeinrichtung nicht übel, höchstens für die tropischen Regenwälder: Möbel und Wandtäfelung aus dunklen rötlichen Edelhölzern, viel Messing, schallschluckende, dezente Teppichböden. Das hier sah dagegen aus wie ein Antiquitätenladen. Von Image keine Spur. Der Boden war aus dunklem Marmor und mit persischen Teppichen bedeckt, die Schreibtische waren filigrane Sekretäre, die

Aktenschränke massive Kostbarkeiten mit wundervollen Schnitzereien, ein Vermögen stand hier rum. Das einzig Vertraute war das Kassenhäuschen aus Panzerglas, es stand verloren in der Raummitte und wirkte ganz und gar deplaciert.

»Mann, so was hab' ich noch nie gesehen. Hey, Till!«

Er war in der Küche verschwunden, vermutlich, um Kaffee zu kochen, und steckte auf mein Rufen den Kopf durch die Tür.

»Was?«

»Was bedeutet das hier?«

»Was denn?«

»Diese Klamotten, die Möbel.«

»Ach, wußtet ihr das nicht? Unser Boß sammelt Antiquitäten. Das hier gehört alles ihm. Er hat eine Sondergenehmigung, das Zeug hier aufzustellen, darüber braucht ihr euch also keine Sorgen zu machen.« Der letzte Satz hatte einen deutlich sarkastischen Unterton, und ich fing an, mich ernsthaft zu ärgern.

Ich hatte ihn ziemlich gemocht, als er in der Zentrale aufgekreuzt war. Wir hatten uns ganz gut verstanden, ich war auch abends schon mal mit ihm losgezogen. Aber er schien sich mächtig verändert zu haben. Vielleicht hatten sie ihn zu guter Letzt doch noch umgekrempelt. Sie haben da so ihre Methoden.

»Mann, mir ist doch egal, was hier für Zeug rumsteht.«

»Ich sag' ja nur.« Er grinste mich an, sollte wohl versöhnlich aussehen, aber ich kaufte ihm das nicht ab.

Ich sah mich weiter um und dachte, daß sein Boß wirklich ein steinreicher Mann sein mußte.

»Trinkt ihr Tee oder Kaffee?«

»Kaffee.«

»Ist gleich fertig.«

»Okay.«

Till kam aus der Küche und ging an einen der Schreibtische. Er schloß eine Schublade auf und holte sein Zeug raus.

Paul stand an das Kassenhäuschen gelehnt, die Hände in den Taschen. »Ich hoffe, euer Kassierer kommt bald. Sonst kann ich nicht garantieren, daß wir fertig sind, bevor eure ersten Kunden auftauchen.«

Till lächelte und hob die Schultern. »Wenn schon. Wir sagen ihnen einfach, daß wir die Revision im Haus haben. Dann wird jeder verstehen, daß der Laden nicht läuft.«

Ein paar Minuten später tauchte der Kassierer in Gestalt von Herrn Thoma endlich auf: kurzatmig und fett. Zu hoher Blutdruck, dachte ich mir, und im Herzinfarktalter. Wir baten ihn höflich um seine Schlüssel und rieten ihm, in Ruhe einen Kaffee zu trinken, bis wir fertig waren.

Die Kassenaufnahme ist immer die erste Aktion einer jeden Standardrevision. Vielleicht gibt es eine Menge Dinge bei einer Bank, die wichtiger sind als das Kassengeschäft, und die größten Schweinereien passieren auch in anderen Bereichen.

Aber die meisten hängen immer noch mit dem Bargeld zusammen. Und bei der Kontrolle des Kassenbestandes spielt auch der Überraschungseffekt die größte Rolle. Denn da sind die Spuren relativ schnell und leicht zu verwischen.

Wir öffneten den Tresor und setzten den Computer in Gang.

Wir mußten die Sollbestände aus dem Computer mit

dem tatsächlich vorhandenen Geld vergleichen. Sprich, wir mußten den ganzen Mist zählen. Und nicht bündelweise, sondern jeden Schein einzeln. Wir mußten schon auf Nummer Sicher gehen.

Eigentlich war das Pauls Job, aber weil die Zeit knapp wurde, bis um neun der Kundenverkehr anfing, half ich ihm. Normalerweise war das immer schnell getan. In der Zentralkasse hatte ich den Dreh rausgekriegt, ich konnte ziemlich schnell zählen, und Paul war auch keine Schnekke. Aber diese Massen schafften uns. Wir starrten den Tresorinhalt fassungslos an.

»Lieber Himmel, was tun sie mit soviel Geld?« murmelte Paul. Das hätte ich auch gerne gewußt.

Es blieb uns nichts übrig, als uns durch den Berg durchzuwühlen. Nach fünf Minuten hatten wir schwarze Finger, man glaubt gar nicht, wie dreckig Geld ist. Eklig. Wenn man dem Gesundheitsministerium glauben will, gibt es nur einen größeren Bakterienträger als die Türklinken öffentlicher Bedürfnisanstalten: den guten, alten Zehnmarkschein.

Wir brauchten fast eine Stunde, aber die Kasse war okay. Der Bestand war zu hoch, fast eine Million, und ihr Versicherungslimit lag bei fünfhunderttausend, aber ansonsten war alles in Ordnung.

Wir räumten das Feld für den leicht entnervten Kassierer und wuschen uns gründlich die Hände. Dann wollten wir eigentlich erst mal Kaffee trinken, aber dazu kamen wir nicht. Um Viertel nach neun kreuzte der Filialleiter auf, mit einem edlen Lederköfferchen in der Hand. Er war vielleicht Mitte Fünfzig, graue, kurzgeschorene Haare, grauer Schnurrbart in einem autoritären, kantigen Gesicht. Eine gedrungene Gestalt in einem dunklen Anzug mit Weste und Uhrkette. Marke abgewichster Erfolgstyp. Er betrachtete uns eine Sekunde und machte keinerlei Anstalten, uns die Hand zu geben. »Guten Morgen, meine Herren. Folgen Sie mir bitte.«

Zwei Dinge fielen mir sofort auf. Erstens, daß er ein fast sterilles Hochdeutsch sprach und somit todsicher nicht aus dieser Gegend stammte, und zweitens, daß ich ihn zum Kotzen fand.

Er betrat vor uns sein Büro, dessen Einrichtung dieser Plundersammlung wirklich die Krone aufsetzte. Sein Schreibtisch war riesig und komplett mit dunklem Leder bezogen, an den Rändern mit matten Goldverzierungen. Er beherrschte den großen Raum total, die kleine Sitzgruppe aus Ledersesseln wirkte verschämt dagegen.

Er ging um das imposante Teil herum und stellte seinen Aktenkoffer dahinter ab, kam dann zu uns zurück, die wir ziemlich dämlich in der Raummitte standen, und streckte eine manikürte Hand aus. »Alwin Graf Brelau.«

Darauf wette ich. Ich rang um ein ausdrucksloses Gesicht. »Malecki.«

»Schumann.«

»Bitte, meine Herren, setzen Sie sich doch.«

So kurz wie möglich erklärte ich ihm, was mich interessierte und welche Unterlagen ich brauchen würde. Er nickte mit einem Lächeln, das sich nur auf seinen Mund beschränkte und ungefähr vierundsechzig Zähne zeigte, und sicherte mir seine volle Unterstützung zu. So was macht mich immer gleich mißtrauisch.

Dann wandte er sich an Paul. Während die beiden sich unterhielten, sah ich mich ein bißchen um.

Zwei Bilder hingen an den holzvertäfelten Wänden, Jagdmotive, eins sah afrikanisch aus, das andere zeigte einen erlegten Tiger. Die Wand hinter dem Schreibtisch war mit Büchern bedeckt. Ich sah die Reihen entlang und versuchte, auf die Entfernung ein paar Titel zu entziffern (deine Augen werden auch nicht besser, Malecki), dann entdeckte ich in der obersten Reihe die Katze. Sie hatte ein schwarzes Fell, mit unregelmäßigen, kleinen weißen Flecken, wie aufgesprüht. Eine Vorderpfote war weiß bis zur Ferse. Die Ähnlichkeit erstaunte mich, denn diese Zeichnung ist ziemlich selten, aber sie sah tatsächlich aus wie Grafiti. Sie lag in einer eigentümlichen Haltung auf dem Regal, eine Pfote hing lässig runter, aber der Kopf war seltsam verdreht, die Schultern hochgezogen. Keine typische Schlafhaltung, fand ich. Dann sah ich die Staubfäden in ihren Barthaaren. Und ihre Augen. Sie waren aus Bernstein.

Sie war tot. Ausgestopft.

Mir wurde speiübel.

Ich riß mich mühsam zusammen und sah wieder zu Paul und Brelau. Ich hatte kein Wort von dem gehört, was sie geredet hatten.

»Nun, vermutlich ist es sinnvoll, wenn Sie sich an Hansen wenden. Er ist der Innenleiter, in allen Fragen der Technik kennt er sich am besten aus. Viel Erfolg.«

Paul verstand durchaus, daß er in Gnaden entlassen war. Er warf mir einen kurzen Blick zu, grinste flüchtig und ging.

Brelau wandte sich mir zu. »Möchten Sie einen Tee?«

Ich schüttelte den Kopf. »Ich denke, ich werde auch besser anfangen. Hier ist eine Liste von Kreditakten, die ich gern gesehen hätte.«

Ich gab sie ihm und stand auf. Irgendwie hatte ich keine Lust, länger als nötig in seinem Büro rumzuhängen.

»Augenblick.« Er ging wieder zu seinem mörderischen Schreibtisch und nahm daran Platz. Er wirkte wirklich beeindruckend dahinter. Obwohl von seiner Statur eigentlich zu klein für dieses Monstrum, verstärkte sich seine Aura von Macht, sobald er daran saß. Ich vermutete, daß er den Schreibtischstuhl so hoch geschraubt hatte, daß er gerade noch mit den Füßen auf den Boden kam. Wenn überhaupt.

Er betätigte eine Gegensprechanlage. Eine blecherne Frauenstimme meldete sich. »Herr Direktor?«

»Ist Frau Herberat noch nicht da?«

»Nein, sie ist heute morgen beim Zahnarzt.«

»Sie soll gefälligst im Urlaub zum Zahnarzt gehen. Kommen Sie bitte herein, ich habe hier eine Liste mit Akten, die der Herr von der Revision benötigt. Suchen Sie sie bitte zusammen.«

»Ja, Herr Direktor.«

Nein, Herr Direktor, ja, Herr Direktor. Das war wirklich ungewöhnlich. Hier herrschte ein geradezu preußischer Ton. Und selbst in einem so verknöcherten Laden wie dem Bankhaus Kienast war so was eigentlich nicht mehr üblich.

Und das war nicht das einzige, was hier nicht stimmte.

Ich wollte nicht, aber ich mußte wieder zu der Katze hochsehen.

Brelau entging das nicht. Er blickte ebenfalls nach oben und schenkte mir ein joviales Grinsen. »Sie ist mir einfach vor die Flinte gelaufen. Zuerst dachte ich, es sei ein Hase.

Als ich meinen Irrtum bemerkte, nahm ich sie trotzdem aufs Korn. Ich werde nie verstehen, wie jemand diese verschlagenen, räuberischen Kreaturen einem treuen, gehorsamen Hund vorziehen kann. Jetzt steht sie da oben und glotzt. Haha! Fehlt Ihnen was?«

»Nein.« Der Kerl war so widerlich, daß mich schauderte.

»Jagen Sie?«

»Nein. Ich lebe weitgehend vegetarisch, und wenn es gelegentlich vorkommt, daß ich Fleisch esse, dann kaufe ich das im Supermarkt. Ich finde das weitaus praktischer.«

Er sah mich einen Moment scharf an, es war erstaunlich, wie schnell diese farblosen Augen den Ausdruck größter Wachsamkeit annehmen konnten. »Hm. Das ist bedauerlich. Ich halte die Jagd für einen ausgesprochen lehrreichen Sport.«

Ich nickte. Das glaubte ich ihm aufs Wort.

Es klopfte, und nach kurzem Zögern kam eine Frau rein, eine hagere Gestalt in einem grauen Kostüm, Mitte Dreißig, flachbrüstig und ohne erkennbaren Hintern, ein nichtssagendes Gesicht voller Hoffnungslosigkeit. Sie blieb in angemessenem Abstand vor dem Schreibtisch stehen und faltete die Hände vor ihrer Bluse. »Ich sollte etwas heraussuchen?«

»Ja. Hier ist die Liste.«

Sie griff danach und wollte gehen.

»Frau Jakobs!«

»Ja?«

»Sehen Sie irgendwo in meinem Büro eine Teetasse?«

»Oh, Verzeihung, Herr Direktor.«

»Funktioniert denn hier gar nichts, wenn Frau Herberat nicht da ist?«

»Ich werde mich sofort darum kümmern.«

Er nickte kurz, und sie floh.

Wir sahen uns für eine Sekunde an. Dann ließ er seinen Blick mit einer kurzen, zackigen Auf- und Abbewegung über meine Erscheinung gleiten. Der Fall war klar. Er verabscheute mich ebenso wie ich ihn. Wir kamen von verschiedenen Sternen.

Ich ging einfach. Ich hätte geschworen, daß er mir nachstarrte, und ich hatte dieses seltsame Gefühl im Nacken. Nicht weil ich seinen Blick im Rücken wie ein Fleischermesser spürte, es war dieses warnende Gefühl direkt über dem Atlaswirbel, ein Kribbeln, eine fahle Übelkeit. Jeder kennt das irgendwie, beim einen ist es stärker ausgeprägt, beim anderen schwächer. Ich weiß nicht, was es ist, aber ich hatte gelernt, mich auf dieses Gefühl blind zu verlassen, irgendwo da lag auch der Schlüssel zum Geheimnis meiner Aufklärungsquoten. Seiner Intuition zu trauen und sie zu nutzen in einer Umgebung, in der die Intuition offiziell abgeschafft ist, kann von großem Vorteil sein. Weil man Dinge sieht und spürt, die anderen verborgen bleiben. Jedenfalls nahm ich mir vor, möglichst bald möglichst viel über Alwin Graf Brelau in Erfahrung zu bringen.

Das sagte ich auch abends zu Paul. Wir schlenderten die regennasse Straße entlang auf dem Weg zum Hotel, vorbei an Fachwerkhäusern mit Vorgärten voller Krokusse. Paul schien nachdenklich.

Ich hatte tagsüber nicht viel von ihm gesehen und keine Gelegenheit gehabt, mit ihm zu reden. Ich hatte mit meinen Akten in einem mauselochartigen Büro gehockt, das man uns freundlicherweise zur Verfügung gestellt hatte, während Paul die meiste Zeit in der Schalterhalle arbeitete.

»Was hältst du von Till Hansen?«

Er zuckte kurz mit den Schultern. »Zu intelligent für seinen Job und zu schwul für dieses staubige Kaff. Irgendwas ist merkwürdig an ihm. Und an den anderen auch.«

»Wie meinst du das?«

»Ich weiß auch nicht so genau.« Er schüttelte seufzend den Kopf und umrundete eine große Pfütze. »Ich hab' so was wie diesen Laden noch nie erlebt. Dieser Hansen zum Beispiel. Ich meine, er ist Innenleiter, er trägt die Verantwortung für den gesamten technischen Ablauf. Aber er hat überhaupt keine Autorität. Es ist, als wären ihm alle Befugnisse aus der Hand genommen. Immer, wenn ich ihn was gefragt hab', hat er die Schultern gezuckt und gesagt, ich soll mit Brelau drüber sprechen. Aber Brelau hat gesagt, ich soll mich an Till halten. Irgendwie ist das komisch, als würd' man im trüben fischen. Hast du irgendwas Besonderes gefunden?«

»Nein. Noch nicht. Du?«

»Hm. Nichts, was ich eine ausreichende Erklärung für mein mieses Gefühl nennen würde. Da war eben nur der überhöhte Kassenbestand. Was wollen sie mit soviel Geld in dieser Klitsche?«

»Was sagt der Kassierer dazu?«

»Er sagt, es kämen immer unangekündigt große Auszahlungen vor, darauf müsse er vorbereitet sein. Ich sag' zu ihm, daß das gegen die Sicherheitsrichtlinien verstößt, damit müßten die Leute woanders auch klarkommen. Da sagt er, hier wär' das anders. Und ich sollte mit Brelau darüber reden.«

»Und? Was sagt Brelau?«

»Ich hab' ihn noch nicht gefragt.«

Ich sah ihn von der Seite an. »Jagt er dir Angst ein?«

Er grinste schwach. »Warum? Er kann mir ja nichts. Aber er ist ... unheimlich. Und jeder, der in dem Laden arbeitet, hat eine Todesangst vor ihm.«

»Zu Recht. Ich kann mir vorstellen, daß er jeden an die Wand stellt, der mal einen Fehler macht.«

»Ja, gut möglich. Das machen andere Chefs woanders auch. Und die Leute, die damit nicht fertig werden, kriegen Magenbeschwerden oder lassen sich versetzen. Oder sie wehren sich, irgendwas. Aber hier ...« Er breitete ratlos die Arme aus. »Sie kommen mir vor wie hypnotisiert. Wie Karnickel im Scheinwerferlicht. Meine Güte, diese graue Maus, die die Konten führt, Frau Jakobs. Sobald Brelau nur in Sichtweite ist, fangen ihre Hände an zu zittern.«

»Ich glaub's. Man muß sich nur mal ansehen, wie Till sich verändert hat. Es ist schon seltsam. Ich bin sicher, Ferwerda hat recht, hier stimmt wirklich irgendwas nicht. Also, tun wir unseren Job und finden raus, was es ist.«

Paul nickte. »Okay. Aber laß uns ausnahmsweise mal ein bißchen vorsichtig sein.«

Die Gaststube unseres ›Hotels‹ war ziemlich nichtssagend. Es waren noch nicht viele Gäste da; ein paar segelohrige Bauern mit formlosen Kappen auf den Köpfen saßen an einem runden Tisch in einer Ecke, ein paar Yuppies, die in der Stadt arbeiteten und hier auf dem Land wohnten, tranken ›Corona‹ aus der Flasche. Es roch nach abgestandenem Bier und kaltem Rauch. Es gab nichts außer kahlen Mauern mit ein paar verblichenen Plakaten von irgendwelchen Volksmusikgruppen, die hier mal gespielt hatten, klobige Holztische und schäbige Polsterstühle.

Aus der Tür hinter der Theke kam ein Mädchen. Sie wischte sich die Hände an einem Geschirrtuch ab und lächelte uns zu. »Hallo.«

Ich sagte auch hallo, und Paul sagte nichts.

»Mein Name ist Malecki, und das ist Paul Schumann. Wir hatten ein Zimmer reserviert. Äh, ich mein', jeder eins, natürlich.«

Sie grinste. »Mir war schon klar, wer Sie sind. Hier kommt nämlich um diese Jahreszeit für gewöhnlich kein fremdes Gesicht rein.«

Sie drehte sich zu einem Schlüsselbrett an der Wand hinter sich um und drückte uns jedem einen Schlüssel in die Hand. »Hier. Da hinten die Treppe rauf und dann rechts. Frühstücken können Sie von sieben bis neun, wo Sie mittags satt werden, müssen Sie selber sehen, und abends ist die Küche von sechs bis elf auf und keine Sekunde länger. Okay?« Sie sagte das alles mit einem Lächeln, und ich mochte sie eigentlich gleich.

Ich nickte und ging zur Treppe. »Hey, Paul, was ist? Kommst du?«

Er riß sich von der Theke los und kam mit einem unglaublich dämlichen Grinsen hinter mir her.

Unsere Zimmer lagen nebeneinander in einem langen Flur mit vielen Türen. Ich schloß auf und sah zu Paul, um irgendwas mit ihm auszumachen, von wegen, wir treffen uns unten in einer halben Stunde.

Paul lehnte mit dem Rücken an seiner Zimmertür, hatte die Arme verschränkt und grinste immer noch.

»Sag mal, bist du bescheuert oder was?«

»Hä?«

»Seit fünf Minuten führst du dich plötzlich auf wie ein Idiot. Du müßtest dich mal sehen. Was ist mit dir?«

»Hast du schon jemals so eine *Wahnsinnsfrau* gesehen, Mark?«

Ich stellte meinen Koffer wieder in den Flur. »Was denn? Diese Amazone da unten hinterm Tresen?«

Er sah mich mit großen Augen an und nickte heftig.

»Großer Gott, Paul, du bist ja besessen. Kannst du nicht ein einziges Mal irgendwohin kommen, ohne gleich hinter irgendeinem Rock herzusein?«

»Aber dieses Mädchen da unten. Ich meine, hast du sie denn nicht *angesehen*?« Seine Augen wurden noch ein bißchen größer. Ich fürchtete, er könnte hysterisch werden.

»Also schön.« Ich packte ihn am Ärmel und zog ihn in mein Zimmer. »Komm hier rein, Kleiner. Da, setz dich dahin. O Mann, was für eine spießige, nervtötende Bude. Und das Bett ist zu kurz. Ich hab' gesagt, setz dich. So, rühr dich nicht vom Fleck, ich hol' nur Gläser.«

Die Tür zu meinem Bad klemmte, ich mußte mich mit der Schulter dagegenstemmen, um sie aufzukriegen. Die Lampe war kaputt, aber die Zahnputzbecher fand ich auch im Dunkeln.

Ich ging zurück, holte die Flasche aus meinem Koffer und schenkte ein. Einen Kleinen für mich, einen Großen für Paul.

»Hier. Prost.«

Er starrte für einen Moment auf das Glas, stellte es dann auf den Tisch und verkrampfte die Finger ineinander. »Nein, danke, ich will nichts trinken.«

»Das ist mir egal, los, trink. Glaub mir, das ist besser, danach wirst du dich wohler fühlen.«

»Hey, ich fühl' mich wohl. Was willst du eigentlich von mir? Ich finde sie einfach sagenhaft, das ist nicht verboten, oder?«

»Einfach nur sagenhaft, he? Junge, ich hab' noch nie gesehen, daß du so blaß wirst, nur weil du eine schöne Frau gesehen hast.«

»Was redest du da? Ist doch Blödsinn. Hoffentlich ist sie nicht größer als ich. Ich werd' wahnsinnig, wenn sie größer ist als ich.«

Ich seufzte. »Nein, sie ist nicht größer als du. Glaub' ich nicht. Und selbst wenn. Was macht das schon.«

»Hey, sag das nicht. Für manche ist das ein Problem. Das kann wirklich hinderlich sein.«

Ich schüttelte den Kopf. Paul hatte einfach keine Ahnung, wie er auf Frauen wirkte. Vielleicht war das gerade das Geheimnis. Jedenfalls gab es nicht besonders viele, die ihm widerstehen konnten. Ich glaub', er wunderte sich nie darüber, daß er sie einfach alle haben konnte. Er glaubte wahrscheinlich, daß sie eben riesig nett wären, überhaupt, so sagte er oft am Ende fruchtloser Diskussionen, ich weiß gar nicht, warum ihr euch mit Frauen so schwertut, sie sind doch wirklich unkompliziert. Wovor habt ihr eigentlich Angst?

»Also ehrlich, Mark. Ich weiß auch nicht, aber irgendwie hat sie was, was ich noch bei keinem Mädchen erlebt hab'. Das Lächeln? Hast du ihr Lächeln gesehen?«

»Verdammt, Paul. Du kennst die Frau überhaupt nicht, und jetzt rennst du hier rum mit einem dämlichen Grinsen und redest dummes Zeug über ihr Lächeln oder weiß der Teufel. Himmel, du weißt doch noch nicht mal, wie sie heißt.«

Nicht, daß ich finde, daß es irgendeine Rolle spielt, wie jemand heißt, aber mir gingen die Argumente aus. Irgendwas machte mir angst, es war sein Gesichtsausdruck, seine Augen. Ich kannte das. Ich hatte das oft genug beim Rasieren im Spiegel gesehen. Und ich hielt nichts mehr von solchen Geschichten. Ich glaubte einfach nicht mehr dran.

»Angy. Sie heißt Angy«, murmelte er mit einem seelenvollen Lächeln.

»Na, das fehlte noch. Woher weißt du das?«

»Hinter ihr an der Tür, da hing so was wie ein Dienstplan. Da stand, Montag abend: Angy. Und heute ist Montag abend.«

»Ja. Heute ist Montag abend, stimmt. Trink deinen Whisky, Paul.«

»Meinetwegen, eh du noch länger nervst.«

Er kippte ihn einfach so runter. Dann rutschte er tiefer in den abgeschabten Sessel und legte die Hände auf die Lehnen. Er schloß die Augen und lächelte.

Ich raufte mir die Haare und steckte mir eine Kippe an.

Er erwachte plötzlich zu Leben, setzte sich auf und holte die Pfeife aus der Jackettasche. Er beugte den Kopf darüber, als er sie stopfte, dann lehnte er sich wieder zurück und hielt Feuer drauf, bis sie richtig brannte.

»Mark, ich weiß das schon irgendwie zu schätzen, daß du dir Gedanken um mich machst, aber es besteht wirklich kein Grund zur Sorge. Ich mach' das schon. Ich habe nicht vor, den Kopf zu verlieren.«

»Junge, dein Kopf rollt doch schon.«

»Tust du mir einen Gefallen?«

»Was?«

»Nimm das andere Zimmer. Dann hab' ich einen Grund runterzugehen. Ich kann runtergehen und ihr sagen, daß das Licht in meinem Badezimmer kaputt ist.«

Ich stand auf. »Paß bloß auf dich auf, Paul.«

»Mach' ich schon. Nur keine Angst.«

Ich bezog also das andere Zimmer und schlief schlecht. So war ich müde und übler Laune, als wir uns dienstags morgens wieder ans Werk machten.

Ich traf Till in der Küche. Er schüttete sich einen Kaffee ein.

»Hast du für mich auch einen?«

Er gab mir einen Becher und goß ihn voll.

»Haste auch noch'n bißchen Zucker?«

»Hier.«

Ich rührte in meinem Kaffee, trank und verbrannte mir die Zunge. »Sag mal, Till ...«

»Hm?«

»Diese Sache mit dem Kassenbestand will mir nicht in den Kopf. Er übersteigt euer Limit fast um das Doppelte. Warum?«

Er blies in seinen Kaffee, steckte eine Hand in die Hosentasche und trank. Dann sah er mich kurz an. »Ehrlich keine Ahnung.«

»Also, das versteh' ich nicht.«

»Was verstehst du nicht?«

»Na ja, das verstößt nun mal gegen die Sicherheitsvorschriften, richtig? Darum wird es im Revisionsbericht stehen, und das hängen sie dir dann an. Du bist der Innenleiter. Warum tust du also nichts dagegen?«

»Weil Brelau es so haben will. Und damit ist das Thema erledigt.«

»Na ja, Brelau kann's ja auch gleich sein, er muß für diesen Quatsch ja nicht seinen Kopf hinhalten.«

»Ach, hör doch auf, Mark. Ich könnte in diesem Edelschuppen doch sowieso nichts werden, selbst wenn ich der beste Innenleiter unter der Sonne wäre und immer makellose Revisionsberichte bekäme. Und das weißt du ganz genau. Was glaubst du, was mich ein überhöhter Kassenbestand kümmert.«

Er hatte natürlich recht. Es gibt keine Schwulen in den Chefetagen. Höchstens solche, die es verstehen, aus ihrer Veranlagung ihr bestgehütetes Geheimnis zu machen. Aber keinen wie Till, der mit seinem Freund zusammenwohnte. Trotzdem ...

»Du kannst auf jeden Fall mehr werden als Innenleiter in diesem Wachsfigurenkabinett.«

»Ah ja? Was denn?«

»Revisor, zum Beispiel.«

»Das fehlt mir noch. Nein, wärmsten Dank.«

Irgendwas stimmte nicht. Ich wußte, daß es eine Zeit gegeben hatte, wo er ganz gern Revisor geworden wäre. Innenleiter ist wirklich kein Traumjob, man sitzt immer zwischen allen Stühlen, man ist eine Mischung aus Hausmeister und verlängertem Arm der technischen Revision und kann es keinem recht machen. Ich konnte mir vorstellen, daß er Paul um seinen Job beneidete.

»Na dann. Friede deiner Asche. Wenn du dich hier vergraben willst ...«

»Und warum nicht. Hier hab' ich wenigstens meine Ruhe.«

»Erstaunlich. Ich hätte nicht gedacht, daß sie hier besonders tolerant sind. Brelau, zum Beispiel. Ich hab' ihn wohl unterschätzt.«

Sein Gesicht sagte eher das Gegenteil. Für einen Sekundenbruchteil verriet es mir, daß sein Leben die reine Hölle war. Aber er sagte nichts mehr und stolzierte mit seinem Kaffee aus der Küche.

Ziemlich nachdenklich und mit allergrößter Sorgfalt machte ich mich wieder an die Arbeit. Paul und ich hockten uns gegenüber an dem kleinen Besprechungstisch in dem winzigen Büro und nervten uns gegenseitig. Wir brauchten beide mehr Platz, als wir hatten, er mit seinen Computerlisten und ich mit meinen Akten, und wir schoben uns andauernd den Papierkram zusammen und brachten alles durcheinander.

Als ich es nicht mehr aushielt, brachte ich Brelau seine dämlichen Kreditakten zurück. Ich hatte nicht den geringsten Grund zur Beanstandung gefunden. Das ärgerte mich, und ich vergaß alle guten Vorsätze bezüglich meiner Umgangsformen. Ich platzte einfach in sein Büro, ohne anzuklopfen.

Er telefonierte, oder besser: Er brüllte ins Telefon. »Sag ihm, ich dreh' ihm den Hahn zu!!«

Er sah für eine Sekunde auf, es war ziemlich deutlich, daß er mein unangekündigtes Eindringen nicht schätzte und ich ausgesprochen ungelegen kam. Dann senkte er den Blick wieder und hörte der Stimme am anderen Ende zu. Die Fingerknöchel an der Hand, die den Hörer hielt, wurden immer weißer. Als er wieder sprach, war seine Stimme leise, aber ziemlich drohend. »Du kennst meine Meinung, Förster. Ich werde das unter keinen Umständen mitmachen. Richte ihm das aus. Alles weitere heute abend.«

Er legte einfach auf. Dann verschränkte er die Arme und lächelte kühl. »Da, wo ich herkomme, klopft man an, wenn man jemanden zu sprechen wünscht, Herr Malekki.«

Ich lächelte zurück. Und das Lächeln kostete mich Mühe. »Tatsächlich? Ich hätte gedacht, da, wo Sie herkommen, hinterläßt man seine Visitenkarte, wenn man jemanden zu sprechen wünscht. Hier, ich wollte nur Ihre Akten zurückbringen.« Ich legte den Stapel auf seinen Schreibtisch. »Alles mustergültig.«

Er verzog sarkastisch den Mund. »Enttäuscht?«

»Keineswegs.« Ich hatte eigentlich mit nichts anderem gerechnet. Wenn hier für mich was zu holen war, dann im Anlagengeschäft.

»Wirklich nicht? Ich habe immer den Eindruck, Revisoren werden nervös, wenn sie nichts zu beanstanden finden. Es stellt ihre Existenzberechtigung in Frage und erschüttert ihre Machtposition.« Er lächelte immer noch. Es sollte aussehen wie ein kleiner, giftiger Scherz am Rande. Aber das Lächeln schaffte es wieder nicht bis zu den Augen. Sie blieben eisig, und er meinte todernst, was er sagte.

Ich zuckte mit den Schultern. Derartige Provokationen hatten mir noch nie feurige Plädoyers für mich und meinesgleichen entlocken können. Von mir aus konnte er denken, was ihm Spaß machte. Und er hatte ja recht, viele Revisoren sind machtgierige Erbsenzähler.

»Ich werde so leicht nicht nervös. Wenn Sie mal ein paar Minuten Zeit haben, hätt' ich gern eine Aufstellung aller Wertpapiertransaktionen von mehr als zwanzigtausend Mark aus den letzten sechs Monaten.«

Er machte eine wedelnde Handbewegung. »Die kriegen Sie von Frau Bruns. Sie macht das gesamte Wertpapiergeschäft. Wenn Sie mich jetzt bitte entschuldigen, ich habe zu arbeiten.«

Ich nickte, ging raus und ließ die Tür sperrangelweit offen.

Carola Bruns war der einzige Lichtblick in diesem Laden. Sie war wenigstens einigermaßen locker, und ich fand sie ziemlich anziehend. Sie hatte einen zu großen Mund und glatte blonde Haare, die bis auf ihre fast zu üppigen Hüften hinabwallten. Ihr Selbstbewußtsein war vielleicht ein bißchen übertrieben, es ging einem auf die Dauer vermutlich auf die Nerven, aber soweit war sie ganz in Ordnung. Ich hatte früher schon von ihr gehört. Ihr Ruf reichte bis nach Düsseldorf. Sie galt als einer der begabtesten Aktienspezialisten bei Kienast. Sie war ein halbes Jahr in Tokio gewesen, ein Jahr an der Wall Street. Und jetzt in Ellertal.

Komische Karriere.

Ich sagte ihr, was ich brauchte, und sie setzte ihren Drucker in Gang. Sie lächelte sogar. Das war hier bemerkenswert selten, daß mal einer lächelte.

Während ich auf die Aufstellung wartete, suchte ich mir ein freies Computerterminal und sah zu, was es über den Namen Förster zu erfahren gab. Ich war neugierig, wer der Kerl war, der sich von Brelau durchs Telefon anbrüllen ließ.

Ist ja vielleicht nicht gerade ein seltener Name in der Gegend, aber der Computer hatte ihn nur zweimal:

*Förster, Margret * geboren 13.08.1947**

Mein Geburtstag. Nur ein bißchen älter als ich. Aber die konnte es kaum gewesen sein. Ich war sicher, daß Brelau mit einem Mann telefoniert hatte. Ich blätterte weiter und fand noch was.

*Förster, Wilhelm * geboren 21.05.1944 * Landwirt * Kirchstr. 2, Ellertal**

Konto Nr.: 3 26 15-09: DM 9.947,19

Konto Nr.: 3 26 15-05: DM 45.265,87 Sparguthaben zu 7 % bonifiziert

Konto Nr.: 3 26 15-01: DM 952.879,25 Gesamtwert aller Aktien und Anleihen per 18.04.

**** Zusatzvermerk****

** Privatkundenverbindung gehobener Betreuungsintensität: W. Förster ist seit der Stadtratwahl vom 09.03.1988 Bürgermeister der Gemeinde Ellertal**

Ich löschte die Angaben auf dem Bildschirm und vergewisserte mich, daß niemand mir über die Schulter geguckt hatte. Das war eine lohnende Idee gewesen. Der Filialleiter vom Bankhaus Kienast in Ellertal schien in seinem Revier eine ziemlich große Nummer zu sein. Groß genug jedenfalls, um einen relativ vermögenden Kunden, der auch noch der langjährige Bürgermeister war, anzubrüllen und ihm Vorschriften zu machen.

Gut möglich, daß Brelau selbst was mit dem Stadtrat zu tun hatte. Das ist bei vielen Filialleitern in kleinen Städten so, sie sind im Kegelclub und im Tennisclub und weiß der Geier, wo sonst noch, um Kontakte zu knüpfen und gute Geschäfte anzuleiern. Aus demselben Grund gehen sie in die Politik. Aber ich hätte wirklich gerne gewußt, wem Brelau in welchem Fall den Hahn zudrehen wollte, und was der Bürgermeister damit zu tun hatte.

Ich saß über Carola Bruns Unterlagen gebeugt und suchte nach einem Anhaltspunkt. Wie Ferwerda schon gesagt hatte, waren die Wertpapierbestände und die Sparguthaben hier einfach zu gut, um sauber zu sein. Die Zahlen auf den Aufstellungen vor mir schienen mir verschwörerisch zuzuzwinkern. Es konnte einfach nicht sein, daß eine kleine Bankfiliale in einer winzigen Stadt wie dieser solche Zahlen aufwies. Aber an der Oberfläche schien alles in bester Ordnung. Keine auffällig hohen Umsätze in immer nur einer Aktiensorte, die auf illegale Insidergeschäfte hätten hindeuten können. Keine Geldtransfers von oder nach Luxemburg oder der Isle of Man oder irgendwelchen karibischen Schwarzgeldoasen.

Ratlos betrachtete ich den Papierwust. Ich kam mir dumm vor, ich hatte das Gefühl, als würde ich irgend etwas Offensichtliches übersehen, als Paul hereinkam und mir ein paar Computerausdrucke vor die Nase knallte. »Was hältst du davon?«

»Was ist das?«

»Konten ohne Adresse. Guthaben zwischen fünfzig- und zweihunderttausend Mark, auf Sparkonten oder in Wertpapieren, und vom Kontoinhaber fehlt die Adresse.«

Ich lächelte. »Sieh mal einer an ...«

Konten nur auf Namen oder Nummern zu unterhalten, verstößt gegen das Gesetz. Wir sind hier ja nicht in der Schweiz. Es muß gewährleistet sein, daß der Kontoinhaber anhand von Adresse und Geburtsdatum immer eindeutig zu ermitteln ist. Und das hat natürlich steuerrechtliche Gründe.

»Hast du schon mit jemandem darüber gesprochen?«

Er schüttelte den Kopf. »Ich dachte, du solltest das zuerst sehen.«

Ich schnappte mir seine Computerausdrucke und ging damit zu Herrn Tobler. Er war ein junger, sonnenbankgebräunter Adonis mit Fitneßstudiomuskeln, dem sein blödes Verkäuferlächeln auf dem Gesicht festgefroren war. Er machte Kontoeröffnungen und Kleinkredite und solches Zeug. Er war dabei, seine Sachen in seinen Aktenkoffer zu packen. Es wurde Feierabend.

Ich war gespannt, was er zu Pauls Entdeckung sagen würde.

Es war nicht viel. Er warf einen sekundenschnellen

Blick auf die Papiere und schien sofort zu wissen, worum es sich handelte. »Über diese Konten weiß ich nichts.«

»Sie haben sie nicht eröffnet?«

Er sah mich nicht direkt an und schüttelte den Kopf. »Nein.«

»Sagen Ihnen die Namen irgendwas?«

»Den einen oder anderen hab' ich mal gehört, klar, aber keiner von diesen Kunden wird von mir betreut. Die sind alle eine Nummer zu groß für mich.«

»Also wer?«

»Herr Brelau, natürlich.«

Natürlich. Darauf hätte ich mein letztes Hemd gewettet.

Aber ich hatte das Gefühl, es war noch nicht an der Zeit, zu ihm zu gehen. Statt dessen suchte ich Till. Er saß an seinem Terminal, das auf seinem Rokoko-Sekretär irgendwie völlig behämmert aussah, und machte irgendwelche Eingaben. Das hatte er wirklich drauf, seine Finger flogen nur so über die Tastatur, er sah nicht mal richtig hin.

»Haste noch mal 'ne Sekunde Zeit?«

»Bitte.« Das klang eher wie ›verpiß dich‹, und er sah nicht von seiner Arbeit auf. Mir war das ziemlich egal.

»Nicht hier. Laß uns wohin gehen, wo wir ungestört sind.«

Er seufzte genervt und stand auf. Dann ging er vor mir her in den Tresorraum. Ich schloß die Tür und drückte ihm die Ausdrucke in die Finger. »Was sagst du dazu?«

»Nichts. Nicht ein Wort.«

»Und warum nicht? Was ist los mit dir? Ich mein', das ist doch keine Lappalie, oder?«

»Mann, du gehst mir langsam ziemlich auf die Nerven. Das weiß ich selbst, daß das keine Lappalie ist.«

»Also? Warum tust du nichts dagegen? Oder hast du vielleicht nichts davon gewußt, he?«

Das konnte er schlecht behaupten. Als Innenleiter mußte er jede Computereingabe kontrollieren, bevor sie ans Rechenzentrum weitergeleitet wurde. Also auch Kontoeröffnungen. Er mußte sie gesehen haben.

»Natürlich hab' ich davon gewußt. Aber Brelau will es so.«

»Schande, das glaub' ich einfach nicht. Dasselbe hast du mir heute morgen schon mal erzählt. Aber wieso machst du das mit, das wüßte ich gern. Du mußt doch wissen, daß sie dich dafür verantwortlich machen werden, nicht Brelau.«

»Ach, reg dich nicht so auf. So schlimm ist die Sache ja auch wieder nicht. Die Leute, die diese Konten unterhalten, legen aus verschiedenen Gründen Wert drauf, daß sie keine Post von uns bekommen. Allergrößten Wert, verstehst du? Keine Kontoauszüge, keine Werbeprospekte, nichts. Weil Brelau ihnen das zugesichert hat, haben sie ihre Kohle bei uns gelassen, statt sie ein paar Türen weiter zur Sparkasse zu bringen. Und damit nichts schiefgeht, haben wir sie ohne Adresse eingegeben.

Du weißt ja nicht, wie das ist, wenn man Geschäftsabschlüsse machen muß, Mark. Du hast doch einen coolen Job ohne Konkurrenzdruck. Du kannst dir nicht vorstellen, was das bedeutet, wenn durch einen einzigen kleinen Fehler ein Kontoauszug an diese Leute rausgeht. Und so erfährt dann vielleicht Frau XY, daß Herr XY im bekanntesten Freiburger Puff dicke Schecks ausgestellt hat oder so was. Das könnte den Knockout für uns bedeuten, denn das hier ist eine kleine Stadt. Es hätte sich in Windeseile rumgesprochen, daß man sich auf unsere Diskretion nicht verlassen kann.«

»Junge, das ist doch Scheiße. Ich kenn' mich mit so was nicht halb so gut aus wie du, aber sogar ich weiß, daß man im Computer Sperrkennzeichen eingeben kann, und dann geht nicht mal 'ne Weihnachtskarte raus.«

»Ach, die Sperrkennzeichen taugen doch nicht viel. Sie verhindern nicht, daß ein tatendurstiger Anlageberater sich Adressen aus dem Computer sucht, ohne auf Sperrkennzeichen zu achten oder ohne auch nur ihre Bedeutung zu kennen, und lukrative Investmentangebote rausschickt. So sieht das nämlich in der Praxis aus. Verstehst du?«

»Nein, irgendwie versteh' ich das überhaupt nicht. Ich find's seltsam.«

»Du kannst das finden, wie du willst. Von mir aus, schreibt es in euren Bericht, vielleicht kriegt ihr einen Orden dafür.«

»Till?«

»Hm?«

»Was ist mit dir passiert?«

»Nichts. Gar nichts. Hör mal, Mark, wenn dieses Verhör hier jetzt beendet ist, kann ich dann vielleicht nach Hause gehen? Es ist fast sechs.«

Ich nickte, und er machte sich eilig davon. Ich sah ihm nach. Es tat mir leid für ihn. Er steckte in der Klemme. Er mußte wissen, daß es ihn seinen Job kosten würde, wenn wir noch ein paar solcher Sachen fanden. Aber vor irgendwas hatte er mehr Angst als davor, seinen Job zu verlieren. Er hatte sich auf die andere Seite geschlagen, auf Brelaus Seite, aber der würde ihn natürlich opfern, wenn er seine eigene kostbare Aristokraten-Haut damit retten konnte. Till hatte guten Grund, Angst zu haben.

Es war, wie Paul gesagt hatte, alle hier hatten Angst. Frau Herberat und die graue Frau Jakobs, Herr Thoma und Herr Tobler, sogar die sagenhafte Carola Bruns.

Ich ging zurück in unser Mauseloch. Paul war schon weg, war ja auch spät geworden, und er war schließlich auf Freiersfüßen. Angy hatte heute abend frei, und er hatte es geschafft, sich mit ihr zu verabreden. Ich packte also mein Zeug zusammen und machte Feierabend. Auf dem Weg zum Ausgang mußte ich die Schalterhalle durchqueren. Alles war düster, ich war offenbar der letzte, und sie hatten das Licht ausgeschaltet, als sie gegangen waren. Wen kümmert es schließlich, wenn ein Revisor im Dunkeln stolpert und sich den Hals bricht.

Ich konnte kaum die Hand vor Augen sehen und tastete mich vorsichtig die Wand entlang. So kam ich an Brelaus Bürotür vorbei. Ich zuckte mächtig zusammen, als ich ihn plötzlich brüllen hörte: »Zum letzten Mal! Was hatten Sie mit dem Kerl zu besprechen?!«

Ich blieb stehen und wartete. Meine Hände wurden feucht, ich legte sie an die kühle Wand.

Die Stimme, die antwortete, war schrill vor Angst und leise. Sie gehörte Till, aber ich konnte nicht verstehen, was er sagte. Brelau hörte ich um so besser.

»So, er hat also die Konten gefunden? Sieh an, der erste in fast zehn Jahren.«

Till sprach wieder. Er wurde unterbrochen.

»Ja, ich weiß, daß Sie mich vor ihm gewarnt haben! Na und? Ich habe Ihnen gesagt, Sie sollen dafür sorgen, daß er genug Kleinigkeiten findet, um zufrieden zu sein! Was ist also schiefgelaufen? Wo sonst hat er seine Nase reingesteckt?«

Tills Stimme wurde ein bißchen ruhiger. Seine nicht.

»Nichts? *Nichts?* Das hoffe ich. Ich hoffe das vor allem für Sie, Hansen. Sie wissen doch sicher, was ich meine. Verdammt, ich kann nicht glauben, daß ich mir das bieten lassen muß! Kommt dieser ungehobelte Flegel hierher und will uns Vorschriften machen, wie wir unsere Arbeit zu tun haben! Aber noch habe ich hier das Sagen. In dieser Stadt wird kein Baum gefällt, ohne daß ich meine Einwilligung gebe. Und da soll ich mir Einmischung von draußen gefallen lassen?! Auch noch von einem unrasierten, vermutlich kommunistischen Hurensohn? Ha!

Sie können gehen, Hansen. Und ich gebe Ihnen einen guten Rat: Vergessen Sie niemals, wem Sie Loyalität schulden. Mir ist bekannt, daß Sie diesen Mann von früher kennen, und ich möchte lieber nichts über Ihre gemeinsame Vergangenheit wissen. Schaffen Sie ihn mir vom Hals. Schnell. Sonst könnte es sein, daß ich mich nicht länger in der Lage sehe, für mich zu behalten, was ich über Sie und den Sprößling des Staatsanwaltes weiß. Ich brauche ihn nur anzurufen, und Sie sind auf Jahre im Knast. Vergessen Sie das nicht. Und jetzt raus! Arschficker!« Ich konnte gar nicht so schnell verschwinden, wie Till zur Tür rausschoß. Für einen Augenblick flutete ein Dreieck aus Licht über den Fußboden, aber es erreichte mich nicht. Till schloß die Tür und floh zum Ausgang. Er hatte mich nicht bemerkt.

Und dann machte ich einen Fehler, der mir um ein Haar das Kreuz gebrochen hätte. Ich unterschätzte Alwin Graf Brelau. Ich eröffnete das Spiel, bevor ich die Regeln wirklich kannte. Ich ging zu seiner Tür, klopfte an und ging rein.

»Was, Sie sind noch hier?« Er sah für einen Moment erschrocken aus, als überlege er fieberhaft, ob ich ihn gehört haben könnte. Dann hatte er sich wieder unter Kontrolle und fuhr fort, seinen goldenen Federhalter zuzuschrauben. »Was kann ich für Sie tun, Herr Malecki? Wollen Sie mich mit Monita über Konten ohne Adreßangaben langweilen? So spät am Abend?«

»Nein.« Ich sah ihn an, um meine Augen daran zu hindern, zu der Katze hochzusehen. Den Anblick konnte ich jetzt wirklich nicht gebrauchen. »Ich finde Ihre sagenhaften Marktanteile viel interessanter. Ich würde wirklich gerne wissen, wie Sie das anstellen. Sie haben überhaupt keine ernsthafte Konkurrenz.«

»Gibt es daran irgend etwas auszusetzen?«

»Im Gegenteil. Es ist nur erstaunlich.«

»So erstaunlich nun auch wieder nicht. Sehen Sie, dies ist eine ländliche Kleinstadt, wo persönliche Bindungen eine viel größere Rolle spielen als anderswo. Als ich herkam, habe ich sofort angefangen, mich am Geschehen in der Stadt aktiv zu beteiligen. Es gibt hier keinen Club, in dessen Vorstand ich nicht wäre. Jeder kennt mich. Man könnte auch sagen, ich bin sozial integriert. Die Leiter der anderen Banken sind sogenannte Zugereiste. Das ist das ganze Geheimnis. Zufrieden?«

»Ja, klingt durchaus plausibel. Aber da ist noch was, was ich bemerkenswert finde.«

Er seufzte hörbar. »Und zwar?«

»Ihr Einlagenvolumen. Sie haben eine unglaubliche Menge Geld auf den Sparkonten. Ganz zu schweigen von den Wertpapierdepots.«

»Na und? Das ist selbstverständlich bei der großen Kundenzahl.«

»Ja, vielleicht. Aber sehen Sie, ich komme selbst aus einer ländlichen Gegend. Ich weiß, wie es um die Landwirtschaft steht. Aber die Bauern hier scheinen ziemlich vermögend zu sein. Ich habe ausgerechnet, daß jeder Ihrer Kunden im Durchschnitt ein Guthaben von fünfzigtausend Mark unterhält. Kommt mir seltsam vor.«

»Tatsächlich? Hören Sie, Malecki, ich würde jetzt wirklich gerne nach Hause gehen, meine Frau wartet mit dem Essen auf mich. Aber ich bin sicher, Sie werden keine Ruhe geben, bevor Sie mir nicht gesagt haben, worauf Sie hinauswollen. Kommen Sie also bitte zur Sache, und fassen Sie sich kurz!«

»Na schön. Ihre Umsatzzahlen sind beeindruckend und die Konten ohne Adresse dagegen vergleichsweise harmlos. Bis man beides in Zusammenhang bringt. Hansen hat mir erklärt, diese Konten hätten keine Adressen, weil die Leute keine Auszüge zugeschickt bekommen wollen. Gut und schön. Aber bei diesen Konten handelt es sich fast ausschließlich um hohe Kapitalanlagen, nicht um Girokonten, zu denen regelmäßig Auszüge verschickt werden. Ich frage mich, wer sind diese Leute, die ihr Geld hier auf dubiosen Konten deponieren? Viel Geld. Mehr, als ein durchschnittlicher Bauer jemals in seinem Leben auf einem Haufen sieht. Woher kommen sie, und warum kommen sie ausgerechnet hierher? Das ist es, was ich wirklich gern wüßte.«

Brelau war alle Farbe aus dem Gesicht gewichen. Entweder war er höllisch wütend, oder er war erschrocken. Was von beidem es war, konnte ich unmöglich sagen.

»Ich habe keine Ahnung, worauf Sie anspielen, und ich will es auch nicht wissen. Es ist unglaublich, mit welcher Impertinenz Sie nur aufgrund von Vermutungen und wirrer Zusammenhänge, die nur Sie allein verstehen, wilde Verdächtigungen aussprechen. Ich habe das Gefühl, daß Sie Ihre Befugnisse weit überschreiten. Und ich bin nicht sicher, ob ich mir das gefallen lassen will!«

»Ich kann mich nicht entsinnen, Verdächtigungen oder Vermutungen geäußert zu haben. Scheinbar sind Sie jetzt derjenige, der nervös wird.«

»Darauf können Sie lange warten. Scheren Sie sich raus, Malecki.«

Ich nickte. »Ja. Für heute.«

4

Paul erschien gähnend und mit Ringen unter den Augen zum Frühstück. Mir war nicht entgangen, daß er die Nacht nicht in seinem Zimmer verbracht hatte. Und ich brauchte nicht lange zu rätseln. Angy wirkte ebenso übernächtigt wie er. Über die Gaststube hinweg warfen sie sich verklärte Blicke zu, und ich ertränkte mein neidisches Grinsen in meinem Kaffee.

Ich schickte Paul schon mal vor und machte einen Umweg am Rathaus vorbei. Für so 'ne kleine Stadt war es ein mächtig großes Rathaus, es hatte eine pompöse Eingangshalle, die intensiv nach Bohnerwachs roch. Der Fußboden war auch spiegelglatt, ich legte mich um ein Haar hin.

In einem Glashäuschen saß ein Junge mit langen Haaren und Ohrring. Er hatte die Füße auf einen freien Stuhl gelegt und stierte auf einen winzigen Schwarzweißfernseher.

»Kann ich dich mal was fragen?«

»Dafür sitz' ich hier.«

»Bist du der Pförtner?«

»Seh' ich aus wie ein Rathauspförtner?«

»Keine Ahnung. Eher nicht.«

»Bin ich auch nicht. Mein Alter ist der Pförtner, aber der hat's im Kreuz. Drum sitz' ich heute hier. Man kann seinem Alten ja auch mal 'nen Gefallen tun.«

Das mußte ich unbedingt Daniel erzählen!

»Du wolltest was fragen, richtig?«

»Ja, stimmt. Kennst du einen Herrn Brelau, von der Bank da hinten die Straße runter?«

Irgendwas an dem Jungen änderte sich schlagartig. Seine Füße verschwanden von dem freien Stuhl, und er sah mich argwöhnisch an. »Das ist 'ne komische Frage, Mann.«

»Gibt's auch 'ne Antwort?«

»Klar. Sicher kenn' ich Brelau. Der ist hier berühmter als Mickey Mouse.«

»Und was erzählt man sich so?«

»Wer will das wissen?« Er wurde immer wachsamer.

Ich zog meinen Dienstausweis aus der Tasche und ließ ihn den Jungen eine Sekunde ansehen. Man konnte fast nichts mehr erkennen, er war alt und schon ein paarmal mit in der Waschmaschine gewesen. »Ich bin vom ›Finanz-Magazin‹. Kennste das?«

Kopfschütteln.

»Das ist ein ziemlich verbreitetes Fachblatt für Banker und Investmentconsulter und Broker und all diese Leute. Jedes Jahr wählen sie den Banker des Jahres. Brelau steht auf der Nominierungsliste. Ich soll ein bißchen recherchieren.«

Er entspannte sich. »Ach so. Tja, mein Alter könnte dir da 'ne Menge mehr erzählen. Er sitzt seit zwanzig Jahren in diesem Kasten, und Brelau ist ja jeden Tag hier.«

»Tatsächlich? Ziemlich wichtige Figur in der Stadt, was?«

»Das ist das Understatement des Jahres. Er ist mit Sicherheit der mächtigste Mann in dieser Stadt.«

»Und du magst ihn nicht, richtig?«

Er sah mich starr an, ausdruckslos, irgendwie. »Hab' ich nicht gesagt. Ich weiß auch nicht, wie du darauf kommst.«

»Kam mir nur so vor. Kann mir ja auch egal sein. Erzähl doch mal ein bißchen. Was macht er so, wenn er hier im Rathaus ist?«

»So genau weiß ich das nicht. Er ist in vielen Ausschüssen, na ja, und natürlich im Stadtrat.«

»Für welche Partei?«

»Was für 'ne dämliche Frage! Kannst du dir einen Banker vorstellen, der nicht bei den verdammten Schwarzen wär'?«

Ich grinste. Der Junge gefiel mir. »Nein, du hast recht. Haben die Schwarzen die Mehrheit im Stadtrat?«

»Darauf kannst du deinen Arsch wetten. Und darauf, daß das die nächsten hunderttausend Jahre so bleibt, auch. Aber in letzter Zeit hatten sie ziemlich viel Ärger mit ein paar von den Grünen und den Umweltschützern.«

»Ach ja? Was gab's?«

»Wieso interessiert dich das? Was hat'n das mit der Wahl zum Banker des Jahres zu tun?«

»Na ja, das ganze Umfeld spielt 'ne Rolle.«

Er zuckte mit den Schultern. »Brelau und Herr Förster, das ist der Boß hier im Rathaus, jedenfalls offiziell, die beiden sind total geil aufs Jagen. Oben in den Wäldern über der Eller haben sie zusammen ein Revier. Die Umweltschützer und die Grünen haben eine Kampagne gestartet, weil die Wildbestände in der Gegend fast völlig ausgerottet waren. Die beiden ballern da oben nämlich rum, wann immer sie Lust haben. Und sie haben oft Lust, scheren sich einen Dreck um Schonzeiten und so. Es gab einen Antrag bei der Forstverwaltung, das Jagdrevier zu sperren. Der wurde durchgesetzt. Und dann, ganz plötzlich, wurde es wieder freigegeben. Angeblich hatten sich die Wildbestände wieder eingependelt. Das ist echt der Hit, da oben kannst du tagelang rumrennen, ohne je ein Reh zu sehen. Ich weiß nicht, was da abgelaufen ist, will ich auch nicht wissen. Aber ich sag' dir, Brelau kriegt hier immer, was er will.«

»Hm. Echt interessant.«

»Tja. Hör mal, Mann, wenn du darüber was schreiben willst, dann laß mich dabei ja aus dem Spiel, klar? Mein Alter kriegt 'nen Schlaganfall.«

»Keine Panik. Mir wär's auch ganz recht, wenn du keinem erzählst, daß ich hier war. Schließlich, er ist ja nur nominiert, aber noch nicht gewählt. Ich will vermeiden, daß falsche Gerüchte aufkommen. Okay?« Ich hielt ihm einen Fünfziger hin.

Er grinste erfreut und steckte ihn ein. »Dafür hättest du 'ne Menge mehr von mir haben können als mein wohlwollendes Stillschweigen.«

»Mehr will ich aber gar nicht. Mach's gut.«

»Ja, du auch.«

Ich war richtig aufgekratzt, als ich aus dem Rathaus kam. Mein Verdacht hatte sich bestätigt, ich hatte genau richtig gelegen.

Brelau war in irgendwelche dubiosen Machenschaften verwickelt. Und ich war wild entschlossen, mehr darüber herauszufinden. Ich beeilte mich auf dem Weg zur Bank und ging mit neuem Eifer an die Überprüfung der Kontenkartei.

So gegen halb zwölf klingelte das Telefon in unserem Minibüro. Paul hob ab. »Für dich.« Er reichte mir den Hörer rüber.

»Ja?«

»Gespräch für Sie aus Düsseldorf«, teilte mir Frau Herberat eisig mit und knallte ihren Hörer auf.

»Malecki?« Das war Ferwerda.

»Ja.«

»Sind Sie allein?«

»Nein.«

»Dann gehen Sie irgendwohin, wo Sie ungestört sind, und rufen mich zurück.« Er klang seltsam. So, als wolle er jede Sekunde aus der Haut fahren.

»Aber ...«

»Tun Sie einfach, was ich sage.«

»Meine Güte, muß das jetzt sein? Ich stecke hier bis über beide Ohren in Arbeit und ...«

»Nein, das scheint Ihnen nur so. Sie können augenblicklich Ihren Griffel fallen lassen. Sie sind vom Dienst suspendiert.« Er legte auf.

Phantastisch.

Paul sah stirnrunzelnd auf. »Der Boß?«

Ich nickte.

»Was ist los?«

»Keine Ahnung. Aber offenbar rollt mein Kopf. So wütend war er noch nie auf mich.«

»Aber warum denn? Wir haben das doch alles ganz mustergültig abgehandelt hier. Oder hast du etwa ...«

»Hey! Nichts hab' ich. Ich weiß nicht, was passiert ist, er wollte nicht damit raus.« Ich stand auf und schmiß meinen Kuli auf meine eselohrigen Notizen. »Viel Spaß mit dem Plunder, Paul. Ich verschwinde.«

»Sag mal, spinnst du?«

»Ja, das frag' ich mich auch.«

Ich steckte meine Kippen ein und ging.

»Also. Ich sitze in meinem gräßlichen Hotelzimmer und platze vor Neugier. Warum schicken Sie mich in die Ferien?«

»Weil Sie offenbar den Verstand verloren haben.« Er sprach ganz leise.

Mir gefiel nicht, daß er nicht brüllte. »Ach, wirklich?«

»Seit heute morgen sitze ich hier und frage mich, wie Sie mir das antun konnten. Nachdem ich all die Jahre immer wieder meinen Einfluß in die Waagschale geworfen hab', damit Sie Ihren Job behalten. Ich habe mich für Sie verbürgt. Weil ich immer überzeugt war, daß Sie der Beste und Fairste sind. Jetzt das. Ich kann das nicht begreifen. Was ist in Sie gefahren, Mann?«

Ich war ziemlich erschrocken. »Könnten Sie mir sagen, wovon Sie eigentlich reden?«

Ohne Vorwarnung schlug seine Stimme um. Mächtige Schallwellen drangen an mein Ohr. »Ich rede von Ihren Gestapo-Methoden!!!«

Das war irrsinnig. Ich zermarterte mein Gehirn, versuchte rauszufinden, was sich abgespielt hatte, welches Mißverständnis Anlaß dieses blödsinnigen Telefonats war. Und dann ging mit einem Mal eine Lampe in meinem Kopf an. Das war keineswegs ein Mißverständnis. Das war eine Intrige.

»Kann ich Sie mal was fragen?«

»Was?«

»Hat es eine Beschwerde über mich gegeben?«

»Völlig richtig. Plötzlich fällt Ihnen alles wieder ein, wie?«

»Das ist doch nicht zu fassen, oder? Wie lange kennen Sie mich eigentlich? Zehn Jahre? Zwölf? Ich weiß nicht genau, ziemlich lange jedenfalls. Aber es braucht nur irgendein Spinner hinzugehen und irgendwelchen Schwachsinn über mich zu erzählen, und Sie glauben das einfach!«

Er schnaufte entrüstet in die Muschel. »Nein, nicht einer, Malecki. Sieben. Alle Mitarbeiter der Filiale in Ellertal haben diese Beschwerde unterschrieben.«

Also auch Till Hansen und Carola Bruns. Es war erschütternd. »Okay, also sieben Lügner.«

»Wem wollen Sie das weismachen?«

»*Weismachen?* Niemand. Das ist mir wirklich zu dämlich.« Ich holte tief Luft. Los, sag's schon, Mark, keine Angst, nur raus damit. »Ich ... kann zwar nicht so richtig glauben, was mir hier passiert, aber ich schätze, Sie kriegen meine Kündigung mit der nächsten Post.« Ich knallte meinen Hörer auf.

Ich hatte mir gerade was zu trinken eingeschüttet, da klingelte das Telefon. Ich drehte ihm den Rücken zu und zeigte ihm die kalte Schulter. Aber es klingelte immer weiter, bis ich schließlich weich wurde. »Was.«

»Ich war noch nicht fertig.«

»Aber ich.«

»Ach, nun kommen Sie schon. Lassen Sie uns wie vernünftige Menschen darüber reden.«

»Nein, dazu hab' ich keine Lust.«

»Hören Sie, Mann, ich war vielleicht ein bißchen vorschnell. Es tut mir leid, wenn ich Sie beleidigt habe.«

Daß er jetzt mit seiner Gentleman-vom-alten-Schlag-Tour kam, war Berechnung; er wußte, daß ich da nie hart bleiben konnte. Wir kannten uns wirklich schon furchtbar lange und viel zu gut.

Ich setzte mich auf die Bettkante. »Zuerst will ich wissen, was sie geschrieben haben.«

Er las es mir vor. Sie sagten, ich hätte jeden von ihnen in stundenlangen Einzelbefragungen psychisch unter Druck gesetzt, sie sogar gehindert, etwas zu trinken oder zur Toilette zu gehen. Das muß man sich mal vorstellen. Frau Herberat und Frau Jakobs gaben einhellig an, aus diesen ›Verhören‹ völlig entnervt und tränenüberströmt hervorgegangen zu sein, so daß Herrn Brelau nichts übrigblieb, als sie für den Rest des Tages nach Hause zu schicken. Und so ging das weiter. Till behauptete, ich hätte ihn durch diskriminierende Äußerungen über seine homosexuelle Veranlagung seelisch mißhandelt. Mißhandelt! Brelau schloß diese Schmähschrift mit dem Verdacht, daß ich aus krankhaftem Ehrgeiz versuchte, Mitarbeiter zu falschen Geständnissen zu zwingen, weil ich keine echten Monita hatte feststellen können. Das war ja wohl dann der Gipfel.

Das Ganze war einfach völlig geisteskrank. Die Anschuldigungen waren so übertrieben, daß es grotesk wirkte. Aber solche Sachen waren schon vorgekommen. Es wurde niemals drüber geredet, aber ich wußte das, und Ferwerda wußte das, und Brelau offenbar auch.

Ich fuhr mir kurz mit der Hand über die Augen. »Gott, Brelau hat sich mächtig beeilt, mich loszuwerden.«

»Stimmt. Das Schreiben trägt das Datum vom achtzehnten, also gestern.«

Er mußte es nach unserer Unterhaltung am Abend noch geschrieben haben und war dann wahrscheinlich von Tür zu Tür gefahren und hatte seine Getreuen unterschreiben lassen. Und dann hatte er es vermutlich mit einem Kurierdienst nach Düsseldorf geschickt.

»An wen adressiert?«

»Den Vorstand, Malecki, was dachten Sie denn. Das Vorstandssekretariat hat einen Eingangsstempel draufgesetzt und drangeschrieben: ›Sofort weiterleiten an Leiter der Revision/Dr. Ferwerda: Bitte kommentiert zurück.‹«

»Viel Vergnügen.«

»Verdammt, legen Sie nicht schon wieder auf.«

»Und warum nicht? Ich sehe keinen Sinn, weiter zu reden, wenn Sie dieses Horrormärchen glauben.«

»Das habe ich nicht gesagt. Mit keinem Wort. Ich bin sicher, Brelau übertreibt maßlos. Ich weiß, er ist ein Barrakuda. Aber irgendeinen bösen Fehler müssen Sie gemacht haben. Sonst hätten nicht alle es unterschrieben.«

»Nein. Es sei denn, er erpreßt sie oder jagt ihnen Angst ein.«

»Tut er das?«

»Ja. In einem Fall bin ich sicher.«

»Und warum, glauben Sie, will er Sie so gründlich aus dem Wege schaffen? Ich meine, wenn er Sie erschossen hätte, wäre das kaum vernichtender gewesen.«

»Das liegt auf der Hand, oder? Weil er eine Leiche im Keller hat. Oder einen ganzen Friedhof.«

»Was wissen Sie?«

»Noch nicht viel. Drei Tage waren nicht sehr viel Zeit. Zu dumm.«

»Malecki, Sie wollen nicht im Ernst von mir verlangen, daß ich Sie weitermachen lasse, oder?«

»Doch, völlig richtig. Ich finde, das ist wohl das mindeste, daß ich die Chance kriege, mich für dieses Ding zu revanchieren. Oder seh' ich das irgendwie falsch? Alles andere würde bedeuten, daß Brelau damit durchkommt. So, wie er bisher immer mit allem durchgekommen ist. Dieser Mann hat sich hier unten ein Imperium aufgebaut. Er hat die ganze Stadt in der Tasche. Sie würden es nicht glauben. Ich habe Sachen gehört ...«

»Nein, das kann ich nicht machen. Es ist ausgeschlossen. Man erwartet von mir, daß ich Sie suspendiere, bis diese Angelegenheit aufgeklärt ist. Was stellen Sie sich eigentlich vor? Was soll ich dem Vorstand sagen, he?«

»Das ist mir doch egal.«

»Ja, Ihnen ist es immer egal, wenn ich Ihretwegen Ärger mit dem Vorstand habe.«

»Also, eigentlich ist die Sache ganz einfach. Es gibt doch nur zwei Möglichkeiten. Entweder Sie vertrauen mir und lassen mich meine Untersuchung machen. Oder Sie gehen auf Nummer Sicher und akzeptieren meine Kündigung. Dazwischen ist nichts.«

»Unsinn. Sie können eine Stellungnahme zu den Vorwürfen abgeben, und ich würde Sie unterstützen ...«

»Nein. Das ist nichts für mich. Ich werde keinen Tag länger für Kienast arbeiten, solange diese Geschichte nicht aus der Welt ist. Das kann ich einfach nicht.«

Er dachte eine Weile darüber nach. Es knisterte ein bißchen in der Leitung.

»Also schön. Ich kann das sogar verstehen. Aber Sie bringen mich mal wieder in die größten Schwierigkeiten. Es ist keine leichte Entscheidung, vor die Sie mich stellen. Bevor ich sie treffe, will ich alles hören, was bisher passiert ist. So sachlich wie möglich, bitte.«

Ich gab mir alle Mühe. Ich fing vorne an und erzählte alles der Reihe nach, so gut ich konnte.

Schließlich brummte er gallig: »Das ist nichts Konkretes.«

»Dann werd' ich was Konkretes finden.«

»Wie lange wird das dauern?«

»Schwer zu sagen. Ich muß das schwächste Glied in der Kette finden, ich weiß nicht, wen ich mir zuerst vorknöpfen soll ...«

»Wie lange, Malecki.«

»So lange es dauert.«

»Nein. Damit kann ich mich dieses Mal nicht zufriedengeben. Ich gebe Ihnen zwei Tage.«

»Was?«

»Zwei Tage. Länger werde ich den Vorstand nicht hinhalten können. Bis zum Wochenende müssen Sie fündig geworden sein. Danach ist der Ofen aus. Mehr kann ich nicht für Sie tun. Es ist mehr als ein faires Angebot, Mann.«

Ich dachte darüber nach. Er hatte recht. Es war fair, und es war alles, was er tun konnte. »Das ist so gut wie aussichtslos. Aber ich werd's versuchen.«

»Waidmannsheil.«

Ich schenkte mir einen sehr, sehr großzügigen Bourbon ein, starrte ins Leere und ließ mir die ganze Sache durch den Kopf gehen. Ich hatte oft darüber nachgedacht, wie es sein würde, wenn sie mich eines Tages feuern würden. Mir war eigentlich immer klar, daß das jederzeit passieren konnte. Und die Vorstellung hatte mir immer einen Heidenspaß gemacht, ich hatte mir ausgemalt, wie ich mit erhobenem Mittelfinger zur Tür rausgehen würde, um endlich ein freier Mann zu sein. War ja alles Blödsinn, ich hätte nur zu kündigen brauchen, um das Vergnügen zu haben, aber das brachte ich ja nicht. Also hatte ich mich damit beschieden, es mir vorzustellen und mich damit zu amüsieren. Aber ich hatte immer gedacht, wenn es eines Tages passiert, dann wegen permanenter Mißachtung der Kleiderordnung oder Mißachtung der Redeordnung oder Mißachtung der Uhrzeit oder so. Das wäre mir irgendwie eine Ehre gewesen.

Und eben die stand jetzt auf dem Spiel. Lächerlich, klar, das hast du davon, Mark, alter Junge, daß du deine Ehre an deinen lausigen Job hängst. Gut und schön. Aber keiner läßt sich gern Gestapo-Methoden nachsagen. Die Vorstellung, sang- und klanglos zu verschwinden, während sich das Gerücht breitmachte, daß ich mit miesen Tricks versucht hätte, Füllmaterial für meine Berichte zu kriegen, jagte mir einen Schauer über den Rücken. Ich mein', ich hab' diesen ganzen Blödsinn nie sonderlich gemocht, aber ich hab' eben immer versucht, fair zu sein. Immerhin wußte ich ja, wie das von der anderen Seite aussah, wie es war, der Verdächtigte zu sein. Ich hatte das nie vergessen. Und jetzt war es wieder so.

Ich kippte meinen Bourbon runter, und als ich das Glas abstellte, legte ich mich ein bißchen zu mächtig ins Zeug, es zersprang in tausend kleine Splitter.

Es war schon fast dunkel, als Paul kam. Er klopfte an und steckte den Kopf durch die Tür. »Tatsächlich. Angy sagt, du hättest dich hier verkrochen. Ich wollt's nicht glauben. Kann ich reinkommen?«

»Natürlich.«

Er schloß die Tür und kam näher. »Was ist los, Mark? Warum bist du nicht ...« Er entdeckte die leere Flasche, sah wieder zu mir und schüttelte seufzend den Kopf. »Sag mal, willste vielleicht 'nen Kaffee?«

»Ja. Wär' toll.«

»Okay. Bin gleich wieder da. Lauf nicht weg.«

Er kam nach ein paar Minuten mit zwei dampfenden Bechern und einem Lächeln zurück. »Es geht doch nichts über gute Beziehungen. Angy hat den Kaffee gemacht, ich denke, der macht selbst dich wieder munter.«

Ich sah ihm zu, als er drei Löffel Zucker in meine Tasse tat und kräftig umrührte. Irgendwie tut das manchmal gut, zu sehen, daß jemand so genau weiß, wie man seinen Kaffee am liebsten hat. Er reichte mir den Becher und setzte sich mir gegenüber in den Sessel. »Also? Ich höre.«

Ich holte tief Luft und erzählte ihm alles. Paul schnitt empört Grimassen.

Als ich fertig war, starrte er mich fassungslos an. »*Zwei Tage?* Das ist ein Witz.«

»Ja. Zum Totlachen.«

Er zog seine Pfeife hervor und stopfte sie gedankenverloren. »Hm. Vielleicht hätten wir mit so was rechnen sollen. Es sieht Brelau ähnlich. Er ist wirklich ganz und gar skrupellos. Zum Beispiel diese Sache mit dem Jagdrevier.«

Ich wurde hellhörig.

»Was weißt du darüber?«

»Wahrscheinlich schon mehr, als gesund für mich ist. Eine von Angys Freundinnen hat mir die Geschichte erzählt. Sie gehörte zu den Leuten, die die Initiative angeleiert haben, die letztlich zur Sperrung des Jagdreviers geführt hat.«

»Und? Wie hat Brelau es geschafft, sie und die anderen so plötzlich umzustimmen?«

»Er hat sie erpreßt. Mit falschen Schufa-Auskünften.«

»Was?«

»Ja, echt. Er hat sich von allen, die an der Initiative beteiligt waren, Name, Anschrift und Geburtsdatum beschafft. Das ist ja nicht weiter schwierig. Dann hat er bei der Schufa falsche Angaben über sie gemacht. Böse Sachen. Ratenrückstände, betrügerische Kreditbeschaffung, Scheckmißbrauch und solche Geschichten. Die Schufa hat das natürlich weitergeleitet. Und jeder von den Leuten, der einen Kredit bei irgendeiner Bank hatte oder Hypotheken oder so, hatte plötzlich den totalen Ärger. Böse Briefe, Kontokündigungen, Fälligstellung aller Forderungen zum nächsten Ersten und so weiter.

Die Betroffenen waren verständlicherweise ziemlich verzweifelt, zumal keiner wußte, warum plötzlich die finanzielle Katastrophe über ihn reingebrochen war. Einer hat vor lauter Panik sein Haus zu einem Schleuderpreis verkauft. An Brelau, so'n Zufall. Dann bekamen sie alle einen Tip, aus der Umgebung des Bürgermeisters, erzählt man. Ihnen wurde gesagt, sie brauchten nur ihre alberne Umweltschutzkampagne einzustellen, und alles wäre wieder gut. Was blieb ihnen übrig? Sie zogen ihren Antrag zurück, und es kehrte wieder Frieden ein. Brelau meldete prompt an die Schufa, alles sei nur ein Irrtum gewesen, und dort wurden die Daten gelöscht. Ein paar Mutige haben versucht, die Sache zu beweisen, aber die Schufa gibt in diesem Fall keine Auskünfte. Sie berufen sich darauf, daß sie Falschmeldungen immer komplett löschen, ohne zu vermerken, wer sie verursacht hat. Man kann also sagen, alle Spuren sind verwischt. Brelau kann weiter in aller Ruhe die Rehe abknallen, und keiner traut sich mehr, was dagegen zu unternehmen.«

»Hast du sonst noch was gehört?«

»Weiß nicht. Es gibt ein paar Sachen, die hinter vorgehaltener Hand erzählt werden, wenn du lange genug unten in der Gaststube ausharrst, bis einer betrunken genug ist, um den Mund aufzumachen. Angeblich gab's mal einen Bauern, der hat sich geweigert, Land an die Stadt zu verkaufen. Da sollte so'n Einkaufsding mit Supermarkt und kleinen Läden gebaut werden. Es steht an der östlichen Peripherie, schon mal gesehen?«

Ich schüttelte den Kopf. »Also hat der Mann sein Land doch verkauft, ja?«

»Nein. An einem Morgen im Winter kam er zu seinen Ställen und fand, daß an zweien alle Fenster und Türen fest verschlossen waren. Alle Kühe darin waren verendet. Elend erstickt. Jemand hat Kohlenmonoxyd in die Ställe geleitet. Der Verlust machte es dem Mann unmöglich, seine Steuern zu bezahlen. Komischerweise belegte das Finanzamt genau den Teil seines Landes, auf den der Stadtrat so scharf war, mit einer Steuerhypothek. Beim nächsten Steuertermin konnte der arme Tropf wieder nichts abdrücken. Und weg war das Land. So einfach ist das in Ellertal.

Es gibt natürlich keinen Beweis, daß Brelau was damit zu tun hatte. Aber er ist Vorsitzender im Bauausschuß der Stadt. Und man sagt, er unterhält die besten Beziehungen zum Finanzamt. Und das Ding trägt irgendwie seine Handschrift, würde ich sagen. Ich bin sicher, es gibt viele solcher Geschichten. Aber du findest selten jemand, der Lust hat, sie zu erzählen. Obwohl es so ein kleines Kaff ist, wo die Leute nichts lieber tun, als Geschichten über ihre Nachbarn zu erzählen. Aber wenn du nach Brelau fragst, trinken sie schleunigst aus, bezahlen ihr Bier und gehn nach Hause. Das ist mir ein paarmal passiert.«

Wie immer, wenn ihm etwas zusetzte, nahm er die schon makellos saubere Brille ab und putzte sie.

Ich steckte mir eine Kippe an. »Hör mal, Paul. Je länger ich drüber nachdenke, um so gefährlicher kommt mir die Sache vor. Und daß ich jetzt in der Klemme bin, ist ja nicht deine Schuld. Was ich sagen will, ist ... Also, ich nehm' dir das nicht übel, wenn du lieber die Finger davon lassen willst. Denn das wird kein Spaß. Laß es dir in Ruhe durch den Kopf gehen.«

Er lachte. »Okay, Mark, du kannst aufhören. Ich hab' schon drüber nachgedacht. Wir werden morgen anfangen, diesen Laden aufzumischen, und dann wollen wir doch mal sehen, ob Brelau nicht irgendwo eine schwache Stelle hat. Und, bei aller Bescheidenheit, wenn wir zusammen unser Glück versuchen, sind deine Chancen, deinen Job zu behalten, größer, als wenn du allein rangehst. Schon weil du viel zu sehr persönlich betroffen bist, um einen kühlen Kopf zu behalten.«

Ich war mächtig erleichtert. »Danke.«

Er winkte ab. »Keine Ursache. Das ist schließlich mein Job. Und jetzt laß uns essen gehen.«

»Nein, laß mal ...«

»Komm schon, Mark. Du mußt was essen. Und ich hab' keine Lust allein.«

»Schön, meinetwegen.«

5

Keiner rührte sich, als wir pünktlich um neun am nächsten Morgen die Schalterhalle betraten, keiner erwiderte unseren Gruß, der fröhlicher klang, als uns zumute war. Zusammen gingen wir zu Brelau und traten ein, ohne anzuklopfen.

Er glotzte mich entgeistert an und wurde vorübergehend krebsrot. Wirklich ein erfreulicher Anblick, er sah aus, als hätte ihn der Schlag getroffen. Aber er faßte sich schnell. »Sieh an, Malecki. Wer hätte das gedacht.«

»Überrascht?«

»Nur ein bißchen. Sie müssen einflußreiche Freunde haben.«

»Oder Sie einflußreiche Feinde.« Ich sagte das nur einfach so ins Blaue, aber es wirkte. Seine Augen verengten sich, und er schien zu überlegen, was das bedeuten könnte. »Wie auch immer. Weder die einen noch die anderen machen mir Sorgen. Denn Sie werden früher oder später von ganz allein auf die Nase fallen. Einen Verlierer erkenne ich immer auf den ersten Blick.«

»Na, dann wissen Sie ja, was Sie vor sich haben, wenn Sie in den Spiegel gucken.«

Irgendwie fand ich es leichter, jetzt, wo die Maske der Höflichkeit endgültig gefallen war.

Aber für Paul war das nichts. Ihm war es lieber, wenn

diese Maske bis zum bitteren Ende oben blieb. »Nur die Ruhe, Mann«, sagte er leise.

Brelau beachtete ihn nicht, wie er Paul seit unserer Ankunft eigentlich völlig ignoriert hatte. »Was wollen Sie eigentlich hier, Malecki? Wissen Sie denn immer noch nicht, daß hier nichts für Sie zu holen ist außer ein paar Beulen? Ich hätte gedacht, Sie wären klug genug, die Warnung zu verstehen. Seien Sie vernünftig, Mann, ich bin ganz einfach eine Nummer zu groß für Sie. Kommen Sie mir nicht in die Quere.«

»Was meinst du, Paul? War das eine Drohung oder ein gutgemeinter Rat?«

»Hm, schwer zu sagen. Hoffentlich war's ein gutgemeinter Rat. Denn offene Drohungen, auch noch vor Zeugen, sehen nie so besonders gut aus, oder?«

»Stimmt. Irgendwie nicht.«

Brelau lächelte dünn. »Bitte, meine Herren. Wir wollen uns doch nichts vormachen. Das Zeugnis eines Revisors für einen anderen Revisor ist so glaubwürdig wie der Treueschwur einer Straßenhure. Jeder weiß das. Sie müssen sich schon etwas Besseres einfallen lassen, um mich davon zu überzeugen, daß ich mich wegen Ihrer harmlosen, dilettantischen Schnüffeleien sorgen müßte. Halten Sie mich nicht länger von der Arbeit ab, und machen Sie sich an die Ihre.«

Wir machten auf dem Absatz kehrt, es blieb mir allerdings nicht erspart, aus dem Augenwinkel einen Blick auf die Katze zu werfen.

In unserem Minibüro sanken wir erst mal in die Plastikstühle. Paul seufzte. »Gott, der Kerl ist wirklich fürchterlich. Also dann. Womit fangen wir an?«

»Mit den Wertpapierdepots. Danach die ganz normalen Kontounterlagen. Ich glaub' nicht, daß hier am Kreditgeschäft irgendwas faul ist, nicht im üblichen Sinne jedenfalls. Im Anlagebereich werden wir bessere Chancen haben.«

»Ja, das glaube ich auch. Mach du die Aktiendepots, davon verstehst du mehr als ich. Ich mach' die festverzinslichen und die gemischten. Wer holt Kaffee?«

»Ich.«

Ich ging zurück in die Schalterhalle und hielt bei Frau Bruns. »Sekunde Zeit?«

»Klar. Was brauchen Sie?«

»Ein paar Depotausdrucke, aber ich wollte Sie was fragen.«

»Ja?«

Ich schüttelte den Kopf und nickte in Richtung Teeküche. Sie sah hinüber, guckte mich dann wieder an und preßte die Lippen zusammen, bis sie fast weiß waren. »Wenn Sie mich was fragen wollen, fragen Sie. Hier.«

»Tun Sie mir den Gefallen. Ich schwöre, ich werde Sie nicht an einen der Küchenstühle fesseln. Sie können was trinken und zum Klo gehn, wann immer Sie wollen. Echt, Ehrenwort.«

Ihre Augen wurden groß und blickten unruhig. Nach einem Moment stand sie auf und folgte mir. Ich ließ sie eintreten, machte die Tür zu und lehnte mich dagegen.

»Erklären Sie's mir, Frau Bruns. Das scheint mir ganz und gar nicht Ihr Stil zu sein. Ich kann's nicht verstehen.«

»Nein, vielleicht nicht. Hören Sie, ich hab' nichts gegen Sie persönlich. Drum sag ich Ihnen was: Verschwinden Sie von hier. Seien Sie kein Idiot. Lassen Sie die Sache auf sich beruhen.«

»Vielleicht würd' ich das ja gern. Aber jetzt, nachdem

ihr diese wilden Geschichten über mich erzählt habt, werde ich meinen Job verlieren, wenn ich nicht beweise, daß ihr gelogen habt, um was zu vertuschen. Und ich hab' zwei Kinder, an die ich bei der Sache denke, verstehen Sie?«

»Quatsch, hier wird nichts vertuscht. Brelau hat es einfach nicht gern, wenn ihm jemand lästig wird. Das war der Grund.«

»Schön, wie Sie wollen. Das war also der Grund. Aber warum haben Sie dieses Ding unterschrieben?«

»Warum fragen Sie nicht Ihren alten Freund Till, über den sollten Sie sich doch am meisten wundern.«

»Nein. Till hat ein kleines Geheimnis, das ich zufällig kenne. Und Brelau kennt es auch. Und Till tut einfach alles, damit es ein Geheimnis bleibt. Haben Sie auch ein Geheimnis, Schatz?«

Ich zündete mir eine Kippe an und machte mich vor der Tür breit. Ich wollte es wirklich wissen. Ich war drauf und dran, aus der Lüge Wahrheit zu machen. Vielleicht hätte ich sie in diesem Moment wirklich nicht aus der Küche gelassen, wenn sie gewollt hätte. Mein Ehrenwort war nicht besonders viel wert, mußte ich feststellen.

Aber sie blieb ganz cool. »Kaffee?«

»Ja.«

Sie schenkte zwei Becher voll, gab mir einen, und ich verließ meinen Posten, um an den Zucker zu kommen. Sie floh nicht, setzte sich einfach auf einen Stuhl und strich sich die Haare aus dem Gesicht. »Haben Sie mal 'ne Zigarette?«

»Hier.«

Ich gab ihr Feuer und kam ihr nah genug, um ihr Parfüm zu riechen. Toll, wirklich. Wenn die Umstände anders gewesen wären ... Eigentlich schade drum.

»Ist das nicht normalerweise so, daß Sie die Personalakten von den Leuten lesen, bevor Sie eine Prüfung in einer Filiale anfangen?«

Es gab wirklich die wildesten Gerüchte über die Machtbefugnisse der Revision.

»Nur wenn es dafür einen Grund gibt. Normalerweise nicht. Sollte ich es schaffen, genug Beweise zu finden, die eine Sonderuntersuchung rechtfertigen, dann werde ich Ihre Personalakten lesen.«

»Das werden Sie nicht schaffen. Aber wenn Sie sie lesen würden, dann würden Sie erfahren, daß die sagenhafte Carola Bruns eine notorische Spielerin ist. Roulette, Black Jack, und ich geh' zum Pferderennen. Jede Woche. Das ist kein Geheimnis, viele wissen davon. Sie haben mich aus New York zurückgeholt, weil ein Buchmacher in Hamburg Strafanzeige gegen mich erstattet hat. Ich hatte irrsinnige Schulden. Sie wollten mich feuern. Dann rief mich ein gewisser Brelau an. Ich wäre bescheuert gewesen, sein Angebot abzulehnen. Er bezahlte meine Spielschulden und sorgte dafür, daß ich nicht gefeuert werde. Alles, was er dafür wollte, war, daß ich hier seine Wertpapiergeschäfte in Schwung bringe. Das hab' ich gemacht, und ich bin nicht schlecht damit gefahren. Aber ich spiele immer noch. Und ich verliere viel. Die zwanzigtausend Mark, die er mir für diese alberne kleine Unterschrift bezahlt hat, kamen mir gerade recht. Und wenn Sie glauben, daß Sie das irgendwem erzählen müssen, dann werde ich jedes Wort bestreiten. Ich werde jeden heiligen Eid darauf schwören, daß ich das niemals gesagt habe, klar?«

»Klar. Sie haben mächtige Angst vor ihm, richtig?«

»Ach, verstehen Sie das doch endlich. Wer keine Angst vor Brelau hat, ist ein Vollidiot! Es tut mir leid. Für Sie und Ihre Kinder. Aber ich kann nichts für Sie tun.«

»Das Gesülze ist geschenkt. Da leg' ich keinerlei Wert drauf.«

»Nein. Ist schon klar. Ich meine ja nur, Sie sollen wissen, daß das nichts Persönliches ist.«

»Okay.«

»Also, ich verschwinde jetzt lieber. Ich war schon ein bißchen zu lange mit Ihnen hier drin.« Sie stand auf und ging zur Tür.

Ich schnappte mir einen leeren Becher, goß einen Kaffee für Paul ein und ging zurück in unser Kämmerlein. Paul hockte schon an dem kleinen Tisch und studierte seine Unterlagen.

»Und? Wie sieht's aus?«

»Mann, erwarte keine Wunder, ich sitz' hier grad mal fünf Minuten. Hör mal, ich hab' noch mal nachgedacht, und ich glaub', mit Till Hansen könnten wir Glück haben. Der Junge ist mit den Nerven völlig am Ende. Vielleicht, wenn wir ihn hier mal rauslotsen könnten, irgendwo ein Bier auf neutralem Boden oder so ...«

»Nein, er wird niemals den Mund aufmachen.«

»Es sei denn, wir machen's wie Brelau. Schließlich wissen wir jetzt auch von dieser süßen Päderastengeschichte. Damals, als er sich an diesen Minderjährigen herangemacht hat ...«

»Sag mal, weißt du eigentlich, was du da redest?«

»Ach, komm schon, Malecki, sei nicht so zimperlich. Schließlich war sich Till nicht zu schade, dir das Messer in den Rücken zu stoßen. Besser, du hörst auf, Rücksicht auf ihn zu nehmen.«

»Er ist verzweifelt, Paul.«

»Du auch, Mann.«

»Vergiß es. Eher fang' ich bei meinem Bruder als Lehrling in der Hufschmiede an.«

»Aber ...«

»Vergiß es, hab' ich gesagt! Mit so was will ich nichts zu tun haben. Echt. Ende der Diskussion.«

»Also schön, also schön, reg dich bloß nicht auf. Was hast du mit der tollen Blondine in der Küche erlebt?«

»Hm. Nichts, was uns weiterbringt.«

Keine Ahnung, was mich davon abhielt, Paul die Geschichte mit Carola Bruns' Spielschulden gleich zu erzählen. Ich tat es erst, als wir mittags zum Schnellimbiß gingen. Wirklich keine Ahnung, warum. Aber gut möglich, daß es ihr das Leben rettete.

Wir arbeiteten den ganzen Tag unter Hochdruck und standen abends immer noch mit leeren Händen da. Das Drama war eben, daß wir gar nicht wußten, wonach wir eigentlich suchten. Brelau hatte irgendwie recht, ich trug schon das Verlierer-Stigma, und ich wußte das auch.

»Herrgott noch mal, Mark, reiß dich zusammen«, wetterte Paul am nächsten Morgen. »Tu ja nicht so, als hättest du schon einen Haken an die Sache gemacht. Wir haben noch diesen ganzen Tag. Und den werden wir nicht verschenken! Du hast nicht geschlafen, richtig?«

»Glaub' nicht, nein.«

»Das ist dein Pech, Mann, aber du wirst hier jetzt nicht

rumsitzen und die Hände in den Schoß legen. Los, beweg deinen Arsch! Mach dich an die Arbeit!«

»Okay.«

Aber es nützte nichts.

Den ganzen Vormittag ackerten wir in fieberhafter Hektik, Paul telefonierte zwischendurch mit Ferwerda und fragte ihn um Rat, es half alles nichts.

Kurz vor Mittag lauerte Till mir im Waschraum auf, als ich dabei war, mir kaltes Wasser ins Gesicht zu klatschen. Ich hatte das Gefühl, es würde Zeit, daß ich wach wurde, den ganzen Morgen war ich wie im Tran rumgelaufen, als ginge mich der ganze Zirkus gar nichts an.

»Na, Mark? Immer noch nichts? Wird übel aussehen, wenn du mit leeren Händen nach Hause kommst, was?«

Irgendwie machte mich das wach. Ich richtete mich auf, ging in aller Ruhe auf ihn zu und packte ihn mir. An den Aufschlägen seines untadeligen Jacketts.

Er riß die Augen weit auf.

»Dir wird das Lachen auch noch vergehen, du kleiner Drecksack.«

»He! Bist du verrückt! Laß mich los!«

»Das könnte dir so passen.«

Er setzte mir seine Faust halbherzig zwischen die Rippen. Ich zog mit einem Ruck das Jackett über seine Schultern, jetzt konnte er sich gar nicht mehr rühren. Ich stieß ihn vorwärts zum Spiegel. »Da, guck dir diese Ratte an. Gefällt dir, was du siehst?«

Er verdrehte den Kopf, um mich über seine Schulter ansehen zu können. »Du bist ja wahnsinnig, Mann! Laß mich in Ruhe! Da wird deine Situation kaum besser, wenn du es an mir ausläßt!«

»Aber meine Laune, Junge. Ich hab' gesagt, du sollst dir

die Ratte im Spiegel ansehen! Los!« Ich stieß ihn unsanft zwischen die Schultern.

Er guckte artig seine glattrasierte, angsterfüllte Fresse an.

»Na, was siehst du? Den Kerl, der mal vorhatte, in einem dreckigen Geschäft ein bißchen Anstand zu behalten? Oder siehst du das kleine Würstchen, das sich im Windschatten eines Großkotzes verkriecht und sich dazu benutzen läßt, anderen das Kreuz zu brechen? He?«

»Mark, bitte.«

Das war ziemlich kläglich. Ich verlor den Spaß an der Sache. Irgendwie war ich auch nicht viel besser als er, wenn ich mich ausgerechnet an der ärmsten all dieser Jammergestalten vergriff.

Ich ließ ihn los und zog ihm sein Jäckchen wieder an. »Kein Grund zur Panik, Till. Siehst du, ich bin die Ruhe selbst. Spar dir deine Panik für den Tag, wo es dich erwischt. Lange wird's nicht mehr dauern. Es wird eine andere Revision kommen, irgendwann. Und irgendwer wird es rausfinden. An dem Tag wird dir der Wind mächtig ins Gesicht blasen, alter Freund. Dann wird dich nichts mehr retten. Guck noch mal hin. Sieh dich an. In Wirklichkeit bist du doch das arme Schwein, oder?«

Er machte ein paarmal den Mund auf, sein Adamsapfel zuckte auf und ab. Kein schöner Anblick. Ich ließ ihn stehen und sah zu, daß ich rauskam.

Paul sah auf, als ich geräuschvoll die Tür aufriß.

»Was hat's gegeben?«

»Nichts. Hör mal, wenn ich nicht sofort hier rauskomme, gibt's ein Unglück.«

Er klappte den Aktendeckel zu. »Schön, gehen wir essen.«

Wir gingen raus, die Sonne strahlte von einem makellosen, indigoblauen Himmel, es war phantastisch. Mir wurde direkt besser. »Laß uns ein bißchen rumlaufen, okay?«

»Hey, ich hab' aber Hunger.«

»Dann holen wir uns was. Diesen Fraß kann man genausogut im Gehen essen, richtig?«

»Meinetwegen.«

Wir gingen den schon vertrauten Weg zum Schnellrestaurant, besorgten ein paar Cheeseburger für Paul und einen faden Maissalat für mich und traten wieder raus in die Sonne.

»Hör mal, Mark, können wir uns nicht wenigstens auf 'ne Bank setzen zum Essen? Ich ess' nun mal nicht gern im Stehen.«

»Aber nicht hier, auf diesem öden Marktplatz von diesem öden Kaff.«

»Gütiger Himmel. Wo also?«

»Wie wär's da hinten, an der Kirche? Da sieht's grün aus.«

»Das ist der Friedhof, Mann.«

»Na und? Ist doch egal.«

Er stöhnte, und wir gingen den kleinen Hügel zur Kirche rauf.

Hier oben war ich noch nie gewesen. Es war richtig schön, man hatte einen weiten Blick über die Tannenwälder auf den Hügeln, man spürte den Wind, der zum ersten Mal nach Frühling roch, am Himmel waren Mauersegler.

Ich ging durch das Friedhofstor, und Paul folgte mir unwillig. »Hör mal, was wollen wir hier eigentlich?«

»Was hast du, ist doch schön, oder? Bäume, Vögel, ein bißchen Sonne und sogar 'ne Parkbank.«

»Ja, und lauter tote Leute. Echt super. Was meinst du, Mann, bei wem wollen wir essen, he? Diese Bank hier zum Beispiel steht direkt bei dem alten Hans Thoma. Übrigens, so heißt hier jeder zweite. Thoma, mein' ich. Hey, der ist aber schon 'ne ganze Weile kalt, schon seit 1964. Oder wie wär's hier? Bei Margret Förster? Die war doch sicher ein nettes Mädchen und ... Warum wirfst du deinen Salat weg, Mark? So schlimm wird er schon nicht sein.«

»Was hast du gesagt?«

»Hä?«

»Der Grabstein, welcher Name steht drauf?«

»Margret Förster.«

Ich setzte mich in Bewegung, trat neben ihn und starrte den Grabstein an. Margret Förster, geboren am 13. August 1947, verstorben am 4. Dezember 1989.

Bingo.

»Hey, Mark, was ist denn mit dir? Sprich doch mit mir, Mann, was hast du?«

»Das ist es, Paul. Ich glaub', wir haben's geschafft.«

»Was?«

»Diese Dame hier hat bei Kienast ein Aktiendepot von fast einer halben Million.«

»Was redest du da? Wenn sie tot ist, kann es kein Konto für sie geben. Es sei denn ...« Endlich ging ihm ein Licht auf. »Wow! Sag mal, bist du sicher, daß es dieselbe Margret Förster ist? Ich mein, könnt's nicht zwei geben?«

»Schon. Aber nicht zwei, die am selben Tag Geburtstag haben wie ich. Oder hatten.«

»Aber ... aber das würde heißen, daß sie ein Konto für eine *Leiche* unterhalten!«

»So ist es.«

Ich hob die Plastikschachtel mit meinem Salat auf, die mir aus der Hand geglitten war, und setzte mich auf die Bank gegenüber vom Grab von Frau Förster. Paul setzte sich neben mich. Er sah aus, als wäre er vor einen Laternenpfahl gelaufen. »Meine Güte, Mark, wie kannst du jetzt essen? Los, laß uns zurückgehen.«

»Ich hab' Hunger. Zum ersten Mal seit Tagen.«

Er schüttelte den Kopf, packte nach kurzem Zögern seine Burger aus und aß. Mit vollem Mund fragte er mich was.

»Was sagst du?«

Er kaute eilig und schluckte. »Ich fragte, ob es nicht ein Nachlaßkonto sein könnte.«

»Nein, das wäre ja vermerkt gewesen. Das hätt' ich gesehen.«

Die Sache ist nämlich die: Wenn die Bank erfährt, daß einer ihrer Kunden verstorben ist, müssen alle Konten sofort gesperrt werden, und eine Meldung über die Guthaben muß ans Finanzamt gehen. So schnell wie möglich müssen die Erben ermittelt werden, an die werden die Guthaben dann verteilt und die Konten gelöscht. Feierabend. Was dahintersteckt, ist klar. Die Erbschaftssteuer. Solange die Konten für die verstorbene Person weitergeführt werden und die Guthaben nicht auf den Konten der Erben erscheinen, ist nicht sicher, daß das Finanzamt jemals an seine Steuern kommt. Vielmehr könnte es passieren, daß mit den Kohlen der seligen Verstorbenen eine Menge Zinsen verdient werden, die niemals versteuert werden, weil man ja mit dem Tage seines Ablebens auch endlich nicht mehr steuerpflichtig ist. Die Banken nahmen diese Vorschriften ziemlich ernst, keiner hat gern Ärger mit dem Finanzamt.

Aber hier war das wohl anders. Ich hatte den Verdacht, daß Alwin Graf Brelau aus dem malerischen Ellertal im schönen Schwarzwald ein kleines Steuerparadies gemacht hatte. Man denke nur an die dubiosen Konten ohne Adressen. Das war jedenfalls eine plausible Erklärung für diese unvorstellbaren Kapitalanlagen, die hier rumlagen. Alle legen ihr Geld da an, wo sie am wenigsten Steuern dafür abdrücken müssen. Oder noch besser gar keine.

Natürlich kann es passieren, daß eine Bank jahrelang nichts davon erfährt, daß einer ihrer Kunden verblichen ist. Das kommt vor, und dann sind natürlich auch die Konten nicht gesperrt. Aber nicht in Ellertal, wo es sich innerhalb einer Stunde rumsprach, wenn einem Bauern ein Huhn verreckt war.

»Paul?«

»Hm?«

»Weißt du, ob der Bürgermeister verheiratet ist?«

»Verwitwet, Mann. Ich wette, daß wir gerade bei seiner Frau zum Essen sind.«

»Los, gehen wir.«

»Na endlich!«

Wir standen auf und gingen zum Ausgang. Plötzlich hielt Paul mich am Ärmel fest.

»Hey, Mark. Laß uns ein paar von den anderen Namen auf den Gräbern aufschreiben. Vielleicht ist Maggy Förster ja kein Einzelfall.«

»Natürlich. Da hätt' ich auch gut selbst drauf kommen können.«

»Tja, was willst du machen, Mann. Ohne mich bist du eben nur die Hälfte wert.«

»Erspar mir den Rest, und gib was zu schreiben.«

»Hab' nichts.«

»Wenigstens 'nen Kuli?«

Er griff in die Innentasche von seinem Jackett. »Hier.«

Ich sah ihn ratlos an. »Zieh die Jacke aus, Paul.«

»Was? Nein, kommt nicht in Frage, Mann, nicht auf mein gutes Hemd! Das hat hundertsiebzig Mark gekostet, und ...«

»Du machst mich wahnsinnig. Ich kann nicht auf meine Arme schreiben – wie du siehst, bin ich in kurzen Ärmeln, jeder würd's sehen. Und mein T-Shirt ist schwarz, und außerdem hab' ich keine Jacke, die ich drüberziehen kann. Würdest du also bitte aufhören, dich so dämlich anzustellen.«

Mit einem hilflosen Grinsen zog er die Jacke aus und drehte mir den Rücken zu. Ich fing an, Namen und Geburtsdaten aufzuschreiben.

»He, das kitzelt!«

»Mir doch egal.«

»Du wirst mir das Hemd bezahlen, Malecki.«

»Natürlich. Wenn das deine einzige Sorge ist ...«

Wir beeilten uns mit dem Rückweg. Jetzt hatten wir einen Anhaltspunkt, aber nur noch einen lächerlichen Nachmittag Zeit. Wir verschanzten uns in unserer Kammer, Paul zog das Jackett aus, und ich schrieb die Namen auf einen kleinen Zettel. Damit gingen wir raus in die Schalterhalle, verscheuchten Frau Jakobs von ihrem Terminal, Paul stellte sich hinter mich, damit keiner sehen konnte, was ich auf dem Bildschirm hatte, und ich gab die Namen ein.

Es wurde noch viel besser, als ich zu hoffen gewagt hatte.

Maggy Förster hatte nicht nur dieses umfangreiche Aktiendepot, sondern auch ein Investmentkonto zu einem langfristigen Zinssatz von achteinhalb Prozent, und die Konten für sie waren erst nach dem 4. Dezember 1989 eröffnet worden. Also als Maggy schon längst kalt gewesen war.

Das war der größte Hammer von allen.

Sie hatten es also nicht nur versäumt, das Ableben der geschätzten Frau Förster in den Unterlagen zu vermerken und die notwendigen Schritte einzuleiten, sondern sie hatten diese Anlagen absichtlich auf den Namen einer Toten abgeschlossen. In betrügerischer Absicht. Da würden sie sich nicht rausreden können. Und ›betrügerische Absicht‹ hieß absolut freie Hand für Paul und mich.

Ich probierte noch ein paar von den anderen Namen. Fehlanzeige beim zweiten und dritten, Volltreffer bei den nächsten beiden. Dieselbe Geschichte. Hohe Kapitalanlagen, die erst nach dem Tag des Ablebens angelegt worden waren.

Das reichte mir erst mal. Ich löschte die Angaben auf dem Bildschirm, drehte mich zu Paul um und sah über seine Schulter. Zwei, drei Köpfe im Hintergrund senkten sich eilig, als ich hinsah. Sie hatten rübergeglotzt, die Geier.

Zwischen unseren Bäuchen zeigte ich ihm meinen Daumen.

Er nickte. »Du siehst blaß aus, Mann«, flüsterte er.

»Quatsch, alles bestens.«

»Soll ich was zu trinken besorgen?«

»Ja, tolle Idee.«

Pünktlich um fünf machten wir uns auf den Heimweg. Paul fuhr, und das machte mich krank. »Hör mal, wenn du weiter so kriechst, werden wir nie zu Hause ankommen.«

»Nur die Ruhe, Malecki. Du hast getrunken, ich fahre. Und ich fahre so, wie's mir paßt.«

»Wird Zeit, daß du dir einen Wagen kaufst und ein bißchen Autofahren lernst.«

»Was soll ich mit einem Auto in Düsseldorf, kannst du mir das vielleicht sagen?«

Von einer Telefonzelle aus rief ich Ferwerda an.

»Ja?«

»Malecki. Schlagen Sie Ihr Feldbett auf und sagen Sie Ihrer Frau, daß Sie nicht zum Essen kommen. Wir sind in vier Stunden da. Wenn Schumann das Gaspedal bis dahin entdeckt hat.«

»Heißt das ...«

»Genau.«

»Großartig, Mann! Großartig! Beeilen Sie sich! Ich bestell' uns was zu essen!«

Er empfing uns mit einer indonesischen Reisplatte, die eine Fußballmannschaft inklusive Reservebank satt gekriegt hätte, und während wir aßen, erzählten wir ihm, was wir rausgefunden hatten. Gemeinsam studierten wir die Unterlagen, die Paul und ich in aller Eile zusammengesucht hatten.

Es war so, wie wir vermutet hatten: Für die Konten von Margret Förster gab es eine Vollmacht für den guten alten Wilhelm. Der Bürgermeister konnte mit dem Geld seiner verblichenen Gattin anstellen, was er wollte.

Im Fall von Martin Hermanns war das ganz ähnlich. Nachdem der alte Bauer gestorben war, hatte jemand ein

Konto auf seinen Namen eröffnet, für das es eine Vollmacht gab, die auf seinen Sohn Karl lautete. Der gute Karl hatte eine Menge Geld auf diesen Konten angelegt und betrieb in Ellertal und Umgebung ein paar fragwürdige Nachtclubs.

Wir konnten es zwar noch nicht beweisen, aber die Sache war ziemlich klar. Brelau eröffnete für seine betuchten Kunden Konten auf die Namen verstorbener Verwandter. Auf diesen Konten parkten diese Leute ihr Vermögen, ohne daß jemals ein Pfennig Steuern dafür bezahlt wurde.

Ferwerda war unserer Meinung. Er glaubte, daß wir auf den dreistesten Steuerbetrug gestoßen waren, den er je erlebt hatte. Und damit sollte er recht behalten. Aber keiner von uns ahnte, welche Ausmaße das Ganze annehmen sollte.

Um halb zwei war alles besprochen. Ich war total am Ende. Das war meine zweite Nacht ohne Schlaf. Ich konnte kaum die Augen offenhalten. Aber ich hatte, was ich wollte. Ferwerda ordnete ›eine Sonderuntersuchung zur Aufklärung der nachstehenden Unregelmäßigkeiten in der Filiale Ellertal unter der Leitung von Herrn Markward Malecki‹ an, und ich schlief ein, während er mit ungeschickten Fingern mein Beglaubigungsschreiben tippte.

Mein todesähnlicher Erschöpfungsschlaf dauerte ungefähr eine Viertelstunde. Ich wurde davon wach, daß Ferwerda und Paul sich lauthals stritten, Paul rüttelte an meiner Schulter und fuhr mich an: »Mann, penn hier nicht rum, sag doch auch mal was!«

Ich gähnte. »Wozu?«

»Er will uns zwei ganz allein zurückschicken. Nur mit einer Pappnase von einem Anfänger zur Unterstützung.«

Ich war schlagartig wach. »Das ist ein Witz, oder?«

»Sehen Sie mich an, Malecki. Mach' ich ein komisches Gesicht?«

Eigentlich war sein Gesicht immer komisch, aber das sagte ich nicht. »Das ist unmöglich zu schaffen, das müssen Sie doch wissen. Wir müssen Tonnen von Unterlagen sichten, Kontoeröffnungen, Mikrofilme von Ein- und Auszahlungsquittungen. Und das ist doch erst die Spitze vom Eisberg! Gibt's hier nicht mal 'nen Kaffee?«

»Tee.« Ferwerda wies einladend auf seine Thermoskanne.

Ich winkte ab. »Ihr Tee ist eine Pest, das wollte ich Ihnen schon immer mal sagen.«

»Also, hören Sie mal, Malecki, Tee ist das kultivierteste, wohlschmeckendste Getränk der Welt und darüber hinaus gesünder als Kaffee. Außerdem ist Tee ...«

»Entschuldigung, aber können wir vielleicht mal bei diesem wichtigen Thema bleiben?« schaltete Paul sich ein.

Ich rieb mir die Augen. »Was ist mit Bergmann und Michels? Warum können die nicht mitkommen?«

Ferwerda schüttelte den Kopf. »Die beiden sind in Hongkong.«

»Dann jemand anderes. Wir können das allein nicht bewältigen.«

»Sollen Sie ja auch nicht. Ich sagte ja, Sie kriegen jemanden. Goldstein.«

»Wer ist der Kerl?«

»Ein Anfänger, hast du doch gehört«, schnaubte Paul. »Ist das nicht wundervoll? Wir sollen nicht nur die ganze

Arbeit machen, für die man eigentlich ein Regiment brauchte, sondern auch noch eine Ausbildungsmaßnahme durchführen.«

Ferwerda sah ihn mißbilligend an. »Nun halten Sie mal die Luft an. Sie haben auch mal angefangen.«

»Gut und schön, aber Paul hat recht. Das letzte, was uns fehlt, ist ein übereifriger, grüner Junge, der vor lauter Ehrgeiz nur Schaden anrichtet. So was können wir bei der Sache wirklich nicht gebrauchen.«

Ferwerda zuckte mit den Schultern. »Es geht aber nicht anders. Ich habe sonst niemanden, den ich mit Ihnen schicken könnte. Warten Sie doch erst mal ab. Ich bin zuversichtlich, daß Goldstein Ihnen gefallen wird.«

Ich ließ den Wagen stehen und ging zu Tarik. Es war nicht viel los für einen Freitag abend. Hier und da saßen ein paar Gestalten im Schummerlicht, gemischtes Publikum wie immer. Hinten durch lag das Backgammon-Turnier in den letzten Zügen, über dessen Ausgang schon seit Wochen hohe, illegale Wetten abgeschlossen wurden.

Tarik mixte eine Bloody Mary und brachte sie dem Algerier, der hier ebenso zum Inventar gehörte wie ich, dessen Namen niemand kannte und der den besten Shit führte. Wir nickten uns zu. Er zog eine Augenbraue hoch, ich schüttelte lächelnd den Kopf.

Tarik kam zu mir und lehnte die Ellenbogen auf den Tresen. »Mark. Schön dich zu sehen. Kaffee?«

»Bitte.«

Er brachte mir eine winzige Tasse mit einer kleinen braunen Schaumkrone. Der Kaffee war stark und süß, genau richtig. »Hm, gut. Wie geht's dir?«

»Bestens, bestens. Der Ramadan ist zu Ende. Allah hört's zwar nicht gern, aber ich bin jedes Jahr froh, wenn er vorbei ist.«

»Also, das kann dir ja wohl keiner ernsthaft übelnehmen. Und Aische und die Kinder?«

»Gut. Osman ist ein bißchen durcheinander, er redet wirres Zeug, über Kulturbewahrung und so, liegt mir in den Ohren, ich soll ihn aus diesem Land voller Ungläubiger rausschaffen, macht mir Vorhaltungen, wenn er mich mit einem Drink erwischt und so weiter. Eines Tages wird er zu den Fundamentalisten gehen, fürchte ich.«

»Tja, das kenn' ich. Sie wachsen einem über den Kopf.«

»Hm. Hör mal, Mark. Ich will, daß du mir jetzt erzählst, was passiert ist. Du siehst furchtbar aus. Echt schlimm. So kann ich dich nicht nach Hause lassen, deine Kinder würden 'nen Mordsschreck kriegen.«

»Na schön.«

Inzwischen war's schon 'ne lange Geschichte. Er hörte aufmerksam zu, wie immer, wischte zwischendurch mal über seine Theke, fragte ein paar Neuankömmlinge nach ihren Wünschen und gab keinen Kommentar ab. Als ich fertig war, nickte er bedächtig. »Bist du sicher, daß du es mit diesem Brelau aufnehmen willst?«

»Ich hab' keine Wahl, oder?«

»Hm. Komm mal mit.«

Ich stand auf und folgte ihm durch die Tür hinterm Tresen in die Küche, dann wieder eine Tür, eine Treppe rauf, in das Lager über der Kneipe. Er ging eine Reihe mit Fässern entlang und griff hinter das am Ende des Regals. Er förderte eine kleine Automatikpistole zutage. »Hier.«

Ich steckte die Hände in die Taschen. »Bist du irre?«

»Nimm sie, Mark. Ich werde besser schlafen.«

»Hör mal, übertreibst du nicht ein bißchen? Ich mein', ich mach' doch nur meinen Job.«

»Mach dir nichts vor. Das hat nichts mit deinem Job zu tun. Weißt du, es gibt ein altes arabisches Sprichwort.«

Ich stöhnte. »Und zwar?«

»Sicher ist sicher.«

Er drückte mir das Ding vor den Bauch, so daß ich sie annehmen mußte, wenn sie nicht hinfallen sollte. Ich zog langsam eine Hand aus der Tasche. »Tarik, ich will das nicht. Ich glaub' nicht, daß ich sie brauchen werde.«

»Dann träumst du. Dieser Mann ist gefährlich. Schon jetzt, wo du ihm eigentlich noch gar nichts getan hast, hat er versucht, dich kaputtzumachen. Jetzt willst du's ihm zeigen. Dann mußt du nach seinen Regeln spielen.«

»Nein. Das muß ich nicht. Ich spiel' immer nur nach meinen Regeln. Das klingt wie ein beschissener Western, was du mir erzählst. Das kann doch wohl irgendwie nicht wahr sein, oder?«

»Nimm die Beretta, Mark. Sie ist gut, und sie ist nicht registriert. Aber verlaß das Land nicht damit, sonst kommst du in Schwierigkeiten.«

»Tarik, ich weiß das zu schätzen. Trotzdem. Behalte sie. Sie bringen Unglück.«

»Unsinn. Weißt du, es gibt da bei uns ein altes Sprichwort ...«

»Du machst mich krank.«

»... es heißt, Unglück hat, wer Unglück verdient. Es ist zwar nicht immer wahr, aber es gilt für die Unvorsichtigen. Nimm sie, Mann. Bring sie mir unbenutzt wieder, und ich werde um so glücklicher sein. Aber nimm sie mit. Bitte.«

»Meinetwegen.«

Ich wollte, daß er aufhörte zu nerven. Ich hatte vor, sie zu Hause an einem sicheren Ort zu verstecken und niemals mitzunehmen. Wie sie dann doch ins Handschuhfach kam, kann ich nicht mal so genau sagen.

6

Montag früh saßen Paul und ich um fünf Uhr vor der Zentrale in meinem Wagen und warteten. Das Kreuz mit diesem Goldstein war nämlich, daß wir ihn auch noch mitnehmen sollten. Und jetzt war es fünf nach fünf, und der Clown war immer noch nicht aufgekreuzt.

Ich ließ ein Bein zur Tür rausbaumeln, steckte mir eine Kippe an und sah noch mal auf die Uhr, das zweite Mal in dieser Minute. »Mann, der Kerl soll sich lieber beeilen.«

Eigentlich lege ich keinen Wert auf Pünktlichkeit, nur um fünf Uhr morgens ist es echt eine Zumutung, wenn du auf jemanden warten mußt. Wirklich das Letzte.

Paul hatte sich hinten breitgemacht und las die Zeitung.

»Verdammter Mist, St. Georg hat schon wieder verloren. Wenn das so weitergeht, werden sie absteigen.«

»Na und?«

»Das ist meine alte Schulmannschaft, Mann.«

»Ich halt's nicht aus. Deine Sorgen hätt' ich gern.« Meine Augen brannten und wollten gerade wieder zufallen, als plötzlich vor meiner Autotür das schönste Paar Beine auftauchte, das ich seit langer Zeit gesehen hatte.

Du träumst, Mark! Ich rieb mir die Augen. Die Beine waren immer noch da. Sie steckten in dünnen, schwarzen Nylons, an den Füßen waren kleine, rote Schuhe. Dann knickten die Knie von diesen Beinen ein, vor mir hockte ein Mädchen in einem roten Kleid, und ein großer, roter Mund lächelte mich an. »Hallo.«

Ein tolles Parfüm. Es war ein ganz schwacher Duft, leicht eigentlich, aber er nebelte mich richtig ein.

Sie schlang die Arme um die Knie. »Ich bin Sarah Goldstein.«

Nein, bitte nicht! Nicht auch das noch!

»Mark Malecki.« Reiß dich zusammen, Mann. »Freut mich, Sarah.«

»Ja, mich auch. Also? Wenn du dann damit fertig bist, mich anzuglotzen, können wir von mir aus fahren.«

Peng! Das hatte den Nachhall einer richtigen Hochgeschwindigkeitsohrfeige. Im Rückspiegel sah ich, wie Paul sich erschrocken aufrichtete.

Toll. Das konnte ja heiter werden.

Ich faßte mich. »Du brauchst nur deinen Arsch auf die andere Seite zu bewegen und einzusteigen.«

Sie grinste mich an und nickte. Was für ein Mund!

Sie stand auf, hob einen abgewetzten, unförmigen Koffer auf und ging damit nach hinten. Sie öffnete die Klappe, hievte den Koffer rein und entdeckte Paul. »Hi!«

»Hi.«

»Sarah Goldstein.«

»Paul Schumann.«

Sie gaben sich die Hand über die Kofferraumabdeckung hinweg und verrenkten sich beide fast den Arm dabei.

Ich beobachtete sie im Rückspiegel. Mit einer Bewegung, die so gekonnt aussah, als machte sie das zum tausendsten Mal, strich sie sich die Haare aus dem Gesicht. Dann kam sie zurück und stieg ein.

Ich fuhr los. Weil es noch so früh war, kamen wir einigermaßen glatt aus der Stadt raus und waren nach zehn Minuten auf der Autobahn. Keiner sagte was. Im Augenwinkel sah ich den Saum von ihrem Kleid und ihren linken Oberschenkel. Das Kleid hatte ihr im Stehen fast bis an die Knie gereicht, aber jetzt war es hochgerutscht. Ich sah stur geradeaus. Ich hatte kein Interesse, mir noch so ein Ding einzufangen.

»Ist es immer so still bei euch im Auto?« wollte sie wissen.

»Um diese Zeit schon.«

»Kann ich mal Musik machen?«

»Klar.«

Ich hatte nicht damit gerechnet, daß sie nach ihrer Handtasche greifen würde, die irgendwie wie ein Känguruhbeutel aussah, um eine Kassette rauszuholen.

Ich war gespannt und auf alles gefaßt.

Es war INXS. *Kick*.

»Ist das okay?« fragte sie.

Ich starrte auf die Straße. Es war echt komisch. Das war eine von meinen Lieblingsplatten. Ich fand sie von der ersten bis zur letzten Nummer phantastisch. So was gibt's nur alle paar Jahre mal.

»Klar, warum nicht. Aber mach ein bißchen leiser. Paul schläft.«

Sie legte die Arme auf die Lehne und drehte sich kurz um. Es klimperte richtig, rechts trug sie jede Menge Armreifen, Gold, Silber, schmal, breit, alles mögliche. »Kann ich hier rauchen?«

»Natürlich.«

»Hier, willst du auch eine?«

Ich schielte kurz auf die Marke. »Nein, laß mal.«

Ich steckte mir eine von meinen an, lehnte mich zurück, guckte mir die grüne Einöde draußen an und fühlte ihre Präsenz. Ich konzentrierte mich nicht besonders darauf, aber ihre Beine waren immer am Rand meines Blickfeldes, und wenn ich meine Augen ganz nach rechts bewegte, konnte ich ziemlich viel von ihr sehen, wenn ich wollte. Den hochgeschobenen Ärmel von dem roten Kleid. Die kleine goldene Uhr an ihrem Handgelenk, die dunkelrote Löwenmähne, die ihr Profil verbarg, nur die Nasenspitze guckte raus. Und wenn ich nicht hinsah, dann war da noch dieses Parfüm.

»Sag mal, Mark ...«

Zu schade, die Stille war so schön gewesen.

»Hm?«

»Du bist ziemlich geschockt, daß ich eine Frau bin, richtig?«

»Mann, das kann doch wohl nicht wahr sein. Hast du Komplexe oder so?«

»Bestimmt nicht halb so viele wie du.«

»Was soll'n das heißen?«

»Ich mein', du kannst es doch zugeben. Ist doch nichts dabei. Schließlich ist es doch wohl so, daß ich in der ganzen Zentralrevision die einzige bin.«

»Das ist mir doch egal.«

»Also schön. Um so besser.«

Irgendwie nervte mich das trotzdem. »Wie kommst du darauf, daß ich geschockt bin, he?«

»Weiß nicht. Ich hätte gedacht, daß du mich ein paar Sachen fragen würdest. Was ich bisher gemacht hab', was ich kann, was ich weiß, keine Ahnung. Das wär' doch normal, oder?«

»Hör mal, Sarah. Es ist erst sechs. Um diese Zeit bin ich

eine Null. Ich werde alles, was ich wissen will, schon noch rausfinden, das hat keine Eile.«

Sie sagte nichts mehr und ich auch nicht, über eine Stunde. Aber das war keine angespannte Stille. Es war okay.

Dann kamen wir schließlich zu diesem trostlosen Autobahnrestaurant, das ungefähr auf halber Strecke lag. Ich hielt. »Kaffeepause.«

»Okay.«

Ich drehte mich um. »Paul. Kaffee.«

Nichts.

Ich langte über die Rückenlehne und rüttelte ihn ein bißchen. »Paul.«

»Hhhmmm.«

»Komm schon. Laß uns 'nen Kaffee trinken. Sonst wird das heute nichts mehr mit dir.«

»Geh allein. Laß mich.«

»Paul. Komm schon, Junge.«

Er öffnete die Augen. »Meinetwegen.«

Wir stiegen aus und gingen rein. Viel war nicht los, ein paar Lastwagenfahrer beim Frühstück, zwei, drei Geschäftsleute hinter Zeitungen, eine Familie mit drei quengeligen Gören. Eine Kühltheke summte ohrenbetäubend.

Wir suchten uns einen Tisch am Fenster.

Eine schattenhafte Gestalt in einem orangenen Kittel kam und fragte nach unseren Wünschen.

»Kaffee.«

»Kaffee.«

»Kaffee, Croissants, Marmelade, zwei Rühreier auf Toast und Orangensaft.« Sie sah uns an und zuckte grinsend mit den Schultern. »Ich hab' noch nicht gefrühstückt.«

Paul setzte sich gerade hin und räusperte sich. »Tja, was meinst du, Mark? Wir eigentlich auch nicht, oder?«

»Nein.«

»Äh, Verzeihung«, rief er der Kellnerin nach, »wir haben noch was vergessen.«

Sie seufzte und kam zurück. »Ja?«

»Hm. Also ich nehm das gleiche wie sie.«

Sie nickte und sah mich fragend an.

Ich seufzte ergeben. »Meinetwegen. Ich auch.«

Die Kaffeepause wurde eine Orgie und dauerte fast eine Stunde. Aber das war wirklich nicht übel, was Vernünftiges zu essen. Vorher war ich richtig benebelt vor Müdigkeit gewesen, das wurde langsam besser.

Und Paul ging's offenbar genauso. Er lief sozusagen zu Höchstform auf und bekam richtig gute Laune. »Woher kommst du, Sarah?«

»Zuletzt aus Frankfurt.«

»Was hast du da gemacht?«

»Auslandsabteilung. Joint Ventures und so was.«

»Hör dir das an, Mark, sie hatte den interessantesten Job, den man sich vorstellen kann, und läßt ihn sausen. Warum bist du jetzt hier?«

»Na ja. Mit dem Auslandsgeschäft, das ist so 'ne Sache. Da bewegt sich überhaupt nichts, karrieremäßig, mein' ich. Das ganze Busineß ist ziemlich jung, und darum sind auch die Leute jung, die das machen. Wenn dann doch mal einer von den wirklich interessanten Jobs vakant ist, stehen sie dafür Schlange. Es sind immer ein paar dabei, die länger drauf warten oder besser qualifiziert sind als du. Das geht mir zu langsam. Ich will's eben so schnell wie möglich schaffen.«

Scheiße, ich glaub's nicht.

Ich sah zum Nebentisch und las die Schlagzeilen der Zeitung unseres Nachbarn. Das war alles nichts Neues, die Welt ging unaufhaltsam vor die Hunde.

»Warum hast du's so eilig?« wollte Paul wissen. »Mit deiner Karriere, mein' ich.«

»Also, das geht dich eigentlich nichts an, oder?«

Ich sah wieder zu ihr hin, weil ihre Stimme plötzlich so was Schneidendes hatte. Und ich hatte mich nicht geirrt. Ihre Augen waren ziemlich dunkel geworden.

Paul hörte für eine Sekunde auf zu kauen und sah sie erstaunt an. Dann zuckte er mit den Schultern und schluckte. »Ja, ja, schon möglich. Aber wir wollen schon ganz gern wissen, wo wir mit dir dran sind, verstehst du?«

Damit wollte ich nichts zu tun haben. »Laß mich da bloß aus dem Spiel.«

»Na hör mal, Mark, schließlich ist diese Sache ziemlich wichtig, oder? Vor allem für dich. Oder hat sich daran vielleicht was geändert?«

»Nein. Trotzdem. Iß endlich auf, geh ihr nicht auf die Nerven, und dann laß uns weiterfahren.«

Er grinste. »Hör sich das einer an.« Er schaufelte sein Frühstück in sich rein und schüttelte den Kopf.

Sarah war schon fertig.

Sie zündete sich eine Zigarette an und stützte das Kinn auf die Hände.

»Warum ist diese Sache so wichtig für dich, Mark?«

»Was hat Ferwerda dir erzählt?«

»Fast nichts. Es gehe um eine Sonderuntersuchung in ... Ellertal oder so ähnlich, wegen des Verdachts auf Steuerbetrug.«

Ich setzte sie ins Bild und erzählte ihr alles, was sie

wissen mußte. Nur das Nötigste. Sie stellte zwischendurch ein paar Fragen. Mir war ziemlich schnell klar, daß sie was von den Sachen verstand, über die ich redete. Das war immerhin ein Anfang.

»Und warum ist es so persönlich für dich?«

»Wer sagt das?«

»Dr. Ferwerda. Und Paul, gerade eben.«

»Quatsch. Nichts an diesem Job könnte je persönlich für mich sein.«

Paul grinste. »Was Mark sagt, kannst du nicht immer unbesehen glauben. Manchmal ist es Imagepflege.«

Ich sah ihn an, er sollte ruhig wissen, daß ich ihn heute morgen zum Kotzen fand. Aber er ignorierte das. Er erzählte ihr einfach alles. Von Till Hansen und dem Sohn des Staatsanwalts, von Carola Bruns und den Spielschulden, und alles von Brelau.

Sie sah ziemlich pikiert aus. »Das glaub' ich einfach nicht.«

»Glaub es lieber. Wenn du meinst, daß dieser Job hier dein Karrieretrampolin sein soll, dann gewöhn dich lieber dran, daß du von jetzt an viel Dreck siehst.«

Sie drückte ihre Kippe aus und warf mir einen sekundenschnellen, spöttischen Blick zu. »Das paßt dir wohl nicht, daß ich ehrgeizig bin, was?«

»Das ist mir völlig egal.«

Aber das stimmte nicht. Karrieregeilheit ist mir zutiefst verhaßt. Sie ist eine Pest. Sie macht die Leute kaputt, sie werden rücksichtslos und passen sich an, bis nichts von ihnen übrig ist. Und das kann den Besten passieren, ich hab's oft genug gesehen.

Ich bekam schlechte Laune. »Können wir jetzt vielleicht endlich mal weiterfahren?«

Brelau telefonierte, als wir reinkamen. Er sah auf, ließ keine Überraschung erkennen, sagte: »Ich rufe zurück«, und legte auf. Er faltete die Hände auf der spiegelblanken Schreibtischplatte und betrachtete uns nacheinander. »Nun, Malecki? Sieht so aus, als hätten Sie meinen Rat in den Wind geschlagen.«

»Absolut.«

»Tja. Tut mir fast leid für Sie. Und was verschafft mir die Ehre?«

»Hier.« Ich gab ihm den Umschlag mit dem Beglaubigungsschreiben. »Steht alles da drin.«

Er nahm es nach kurzem Zögern, warf einen Blick auf den Umschlag und ließ es in seinen Papierkorb fallen. Er würde es schon wieder rausfischen, nachdem wir gegangen waren, da war ich ziemlich sicher.

Er lehnte sich gemütlich zurück, seine Finger trommelten leise auf die Stuhllehnen. »So, so, Herr Schumann ist also auch wieder hier. Und die berühmte Sarah Goldstein. Das ist wirklich eine Ehre für mich. Ich war der Ansicht, Sie verwenden Ihre Qualitäten für das Geschäft mit Fernost.«

Sie lächelte freundlich. »Ich habe mir was Neues gesucht.«

Er sah sie ganz komisch an, halb gierig, halb respektvoll. »Sehen Sie sich vor, meine Liebe. Sie wissen, wie ich Sie schätze, aber Sie begeben sich auf dünnes Eis.«

Das reichte mir. »Gehn wir.«

Paul und Sarah folgten mir in das berühmte Mäuselochbüro. Ich machte die Tür zu. »Wieso verdammt hast du mir nicht gesagt, daß du ihn kennst!«

»Du hast nicht gefragt, oder?«

»Mann, das kann doch wohl nicht wahr sein. Weiß Ferwerda davon?«

»Was spielt das für eine Rolle?«

»Würdest du mir bitte antworten?«

»Nein. Er weiß es nicht. Es ist doch bedeutungslos. Ich habe Brelau nur ein einziges Mal getroffen, vor zwei Jahren in Düsseldorf. Auf einem Workshop für Filialleiter, wo ich zum Thema ›Perspektiven auf den asiatischen Finanzmärkten‹ einen Vortrag gehalten hab'.«

»War sicher rasend interessant.«

»Was soll das, he?«

»Ich meine das im Ernst. Dein Vortrag muß ihn ziemlich beeindruckt haben, wenn er sich nach zwei Jahren noch so gut an dich erinnert. Diese Typen hören schließlich andauernd irgendwelche blödsinnigen Vorträge.«

»Hör mal, Mark, wenn du damit irgendwas andeuten willst oder so, dann sag, was du meinst! Na los!«

»Nichts will ich andeuten. Aber ich find's schon ziemlich komisch, daß du mit keinem Wort erwähnt hast, daß du diesen Typen kennst. Und diesen Quatsch mit dem Vortrag glaub' ich dir einfach nicht.«

Paul stöhnte. »Findest du nicht, du übertreibst ein bißchen?«

»Wenn das alles ist, was dir dazu einfällt, dann halt dich raus, okay!«

»Sag mal, wie redest du eigentlich mit mir? Was zum Teufel ist los mit dir?«

»Nichts, Paul, aber du wirst doch wohl zugeben, daß das alles ein bißchen komisch ist, oder?«

»Das einzige, was ich heute echt komisch finde, bist du, Malecki.«

»Also, jetzt sag' ich dir was, du Pappkopf ...«

Sarah unterbrach uns. »Schon gut, Leute. Mark hat recht. Ich hab' euch nicht alles erzählt.«

Wir sahen sie an. Sie setzte sich auf einen von den fürchterlichen Plastikstühlen und zündete sich eine Kippe an. Sie wirkte völlig cool.

»Es war so, wie ich gesagt hab', wir haben uns wirklich auf diesem Workshop kennengelernt. Der fand im Ramada statt und ging über zwei Tage. Abends haben die Teilnehmer und Referenten noch ein bißchen zusammengehockt und was getrunken. Brelau und ich haben uns ziemlich lang unterhalten, na ja, er kann ganz charmant sein. Ist aber nicht mein Typ. Eine Woche später rief er an und fragte mich, ob ich mir vorstellen könnte, nach Ellertal zu ziehen und hier zu arbeiten. Er hätte 'ne Menge interessante Firmenkunden, die ihre Außenwirtschaftskontakte ausbauen wollten, blabla. Ich sagte nein. Er bot mir ziemlich viel Geld, wohl aus der eigenen Tasche oder so, aber ich hatte keine Lust, hier in der Wallachei zu veröden. Und das sagte ich ihm auch.

Dann hat er mir einen Privatdetektiv auf den Hals gehetzt, der sollte wohl feststellen, ob ich irgendein dunkles Geheimnis hab', womit er mich hätte erpressen können. Tja, war leider Fehlanzeige. Ich hab' diesen Detektiv erwischt, als er in meine Wohnung einbrach. Ein Vollidiot. Ich konnte ihn überzeugen, daß es das beste sei, mir zu sagen, wer ihn engagiert hatte. Es gab ein ziemlich wutentbranntes Telefonat. Danach schickte Brelau mir zwei Dutzend Bakkararosen und zwei Seiten einschleimendes Gesülze, das darauf hinauslief, daß es für ihn und für mich besser wär', wenn ich keinem von der Sache erzähle. Das hab' ich bis heute auch nicht getan. Und das war alles. Ehrenwort.

Als Dr. Ferwerda mich vorgestern anrief und mir sagte, daß es um Ellertal ging, wollte ich ihm davon erzählen.

Aber bevor ich zu Wort kam, sagte er mir, daß dieser Job es in sich haben würde, viel Arbeit und vermutlich auch viel Ärger, aber daß es für einen Anfänger die absolute Chance sei. Na ja, und dann hatte ich Schiß, er würd' sich's anders überlegen, wenn ich ihm die Sache erzähle.

Glaub es oder laß es bleiben. Aber es ist die Wahrheit.«

Die ganze Zeit, während sie sprach, hatte sie mich angesehen. Ich entspannte mich. »Okay.«

Paul zog die Brille ab, putzte mit der Krawattenspitze über die Gläser und setzte die Brille wieder auf. »Vielleicht sollten wir einfach mal anfangen. Davon, daß wir hier rumsitzen und uns gegenseitig mißtrauen, wird die Arbeit nicht weniger. Und wahrscheinlich war genau das Brelaus Absicht. Er versucht, uns mit unseren eigenen Waffen zu schlagen.«

»Wie meinst du das?« wollte sie wissen.

Er zuckte mit den Schultern. »Na ja, Zwietracht säen. Brelau weiß genau, daß seine miesen Touren nur funktionieren, solange sein Team hinter ihm steht und dichthält. Wenn nur einer umfällt, ist es aus. Und ich hoffe immer noch, daß Till Hansen uns den Gefallen über kurz oder lang tut, auch wenn Mark da anderer Meinung ist. Brelau wird das wissen. Und sicher macht er dem armen Till mächtig die Hölle heiß. Und in der Zwischenzeit versucht er, uns mit denselben Mitteln zu stoppen wie wir ihn. Darum hat er diese warme Wiedersehensnummer mit dir abgezogen.«

»Ja, Paul hat vermutlich recht. Los, fangen wir an. Sarah, dein erster Job führt dich auf den Friedhof. Nimm dir was zu schreiben mit, und schreib jeden Namen und jedes Geburtsdatum von jedem Grabstein auf.«

»Mann, du hast echt 'nen seltsamen Humor.«

Paul grinste. »Nein, heute hat Malecki keinen Humor. Er meint das ernst. Schon vergessen, was wir dir über die verstorbene Frau vom Bürgermeister und ihr umfangreiches Aktiendepot erzählt haben?«

»Nein, natürlich nicht.«

»Tja, siehst du, und irgendwer muß alle anderen Namen unlängst verstorbener Bürger in Erfahrung bringen. Wir haben ja bisher nur ein paar.«

Sie nickte. »Wie wär's mit einer Liste vom Einwohnermeldeamt, he? So'n Auszug aus dem Sterberegister?«

Er schüttelte den Kopf. »Darauf müßten wir ein paar Tage warten, vielleicht auch ein paar Jahre. Brelau hat nämlich die Verwaltung hier total in der Hand. Und soviel Zeit haben wir nicht. Wir müssen ja mal mit irgendwas anfangen.«

Sie seufzte. »Also schön. Bis später, Leute.« Sie schnappte sich ihren Känguruhbeutel und zog ab.

Wir erledigten erst mal ein bißchen organisatorischen Kram, besorgten uns einen Fotokopierer und ein Mikrofilmlesegerät und forderten aus dem Archiv in Freiburg die Mikrofilme von den Ein- und Auszahlungsquittungen der Konten an, von denen wir definitiv wußten, daß sie faul waren.

Sarah kam ziemlich bald zurück. Weiß der Teufel, wie sie das so schnell gemacht hatte.

Wir gingen raus in die Schalterhalle.

»Hallo, Till.«

»Paul.« Mich grüßte er nicht.

»Till, das ist Sarah.«

»Hallo.«

»Hallo.«

»Tja, also, tut mir leid, Mann, aber du mußt Mark mal 'ne Weile dein Terminal überlassen. Du brauchst deinen Schreibtisch vorläufig sowieso nicht.«

»Ach nein? Und warum nicht?«

»Weil ich deine Hilfe brauche. Ich muß Berge von Unterlagen raussuchen. Und das schaffen wir allein nicht.«

»Was glaubst du, was mich das kümmert? Wer soll denn hier meine Arbeit machen, he?«

»Also, um ehrlich zu sein, das ist mir scheißegal.«

Till sah ihn düster an. Er konnte nichts dagegen machen, er wußte, daß er verpflichtet war, Paul zu helfen, wenn dieser ihn darum bat.

Paul, Sarah und Till machten sich also daran, die Unterlagen rauszusuchen, und ich gab die Namen von Sarahs Liste in den Computer ein und stellte fest, für welche der Leichen hier ein Konto unterhalten wurde. Es waren insgesamt achtundsiebzig.

Und dann erlebten wir eine böse Überraschung. Die Kontoeröffnungsanträge und die Vollmachtskarten zu diesen Konten waren fast alle verschwunden. Bis auf zwölf oder dreizehn.

Das war ein schwerer Schlag. Wir brauchten die Klamotten, um festzustellen, wer von den Mitarbeitern hier diese dubiosen Kontoeröffnungen vorgenommen hatte. Und natürlich, um rauszufinden, wer außer den seligen Verstorbenen für die Konten verfügungsberechtigt war.

Wir hielten eine Krisensitzung ab.

»Was für ein Tiefschlag«, grollte Paul dumpf. »Und was jetzt, Mark?«

»Das kann ich dir sagen. Jetzt stehen wir mal wieder am Anfang. Dieser ganze Zinnober hier diente nur der

Auswertung dieser Unterlagen. Das ist unser offizieller Auftrag.«

»Schön, dann können wir ja wieder nach Hause fahren. Mann, ich wüßte wirklich gerne, woher sie wußten, daß es ratsam sein würde, den ganzen Kram verschwinden zu lassen.«

»Hm. Gut möglich, daß sie das schon vorletzte Woche getan haben, sobald wir hier aufgekreuzt sind. Brelau ist vorsichtig. Schließlich mußte er damit rechnen, daß mal jemand zufällig drüber stolpert.«

»Und warum haben sie dann diese zwölf hier zurückgelassen? Und die, die ihr Freitag gefunden habt?« wollte Sarah wissen und tippte auf das armselige Papierhäuflein, das vor uns lag.

»Vermutlich, weil sie sie vergessen haben.«

»Das ist aber untypisch, oder? Das sieht Brelau nicht ähnlich.«

»Da hat sie recht, Mark. Das sieht ihm wirklich nicht ähnlich. Es sei denn, die Unterlagen wären in einer Nacht- und Nebelaktion verschwunden, das wär' eine Erklärung dafür, daß sie nicht gründlich waren.«

»Das ist doch unlogisch, Mann. Wieso sollte er ausgerechnet jetzt darauf gekommen sein? Niemand hat uns auf dem Friedhof gesehen. Er konnte nichts von unserer Entdeckung wissen. Zeig mir mal, was wir haben. Laß uns lieber damit anfangen. Spekulationen bringen uns nicht weiter.«

Er schob mir die Papiere rüber, und ich nahm mir den obersten Kontoeröffnungsantrag und sah ihn mir genau an. Paul nahm sich den nächsten.

Sarah stand auf. Ich kümmerte mich nicht weiter um sie, sah nur im Augenwinkel, daß sie sich langsam um die eigene Achse drehte und sich suchend umsah. Sie kreuzte die Arme, ging die Wände entlang und entschwand aus meinem Blickfeld. In meinem Rücken war die Klimaanlage, und ich hörte, daß Sarah sich an dem Gitter zu schaffen machte.

»Äh, sag mal, Sarah ...«

»Kümmre dich einfach nicht um mich, Paul. Ich hab' nur 'ne Idee. Bin gleich fertig.« Paul grinste mich an und zuckte mit den Schultern.

»'tschuldige, Mark, mach mal Platz.«

»Was?« Ich sah auf, sie stand neben mir.

»Rück mal vom Tisch ab. Bitte.«

Ich verstand zwar nicht, was sie wollte, aber ich tat ihr den Gefallen.

Sie lächelte mich an, packte das runde Chromtischbein direkt unter der Kunststoffplatte und hob den Tisch hoch. Durch die Schräglage geriet alles ins Gleiten, was darauf lag, ich sprang auf und rettete meinen und Pauls Kaffeebecher, Paul knallte die flache Hand auf die rutschenden Unterlagen.

Sarah kümmerte sich einfach nicht darum, daß der Aschenbecher runterkullerte und die Kippen sich auf den Boden ergossen, eine schwelte noch, und Paul trat sie eilig aus. Sie vollendete ihr Werk, kippte den Tisch ganz, stellte ihn auf die Seite und betrachtete die Unterseite der Platte. Andächtig irgendwie. Dann lächelte sie zufrieden und machte eine einladende Handbewegung. »Da, Jungs. Das ist des Rätsels Lösung.«

Wir wechselten einen verstörten Blick und traten neben sie. Und dann sahen wir das kleine runde Ding mit dem haarfeinen Draht, kaum größer als eine Knopfzelle, das an der Unterseite des Tisches pappte.

»Was zum Teufel ist das?« fragte Paul verstört.

»Genau das, was du denkst, Mann. Es ist ein Hochleistungsmikro mit einem Sender.« Ich hatte solche Dinger schon mal gesehen. In einem anderen Fall.

Paul starrte fasziniert darauf. »Eine Wanze, ich werd' verrückt.«

Ich sah Sarah an. »Wie bist du drauf gekommen?«

»Ich hab' euch nur zugehört. Die einzig logische Erklärung war, daß Brelau wußte, wonach ihr heute suchen würdet. Na ja, und ich kenn' ihn eben ein bißchen, so was ist ihm locker zuzutrauen. Außerdem, ich *liebe* James-Bond-Filme!« Sie strahlte richtig.

Paul kicherte, aber besonders komisch war das Ganze eigentlich nicht.

Ich schnappte mir das Ding, riß es ab, zertrat es und steckte das Wrack in die Tasche. »Paul, laß uns mal scharf nachdenken, was wir hier drin alles besprochen haben. Los, streng mal dein Hirn an. Das ist wichtig.«

Wir stellten den Tisch wieder auf, setzten uns daran und überlegten.

»Wenn wir wüßten, wo der Empfänger steht, könnten wir vielleicht wenigstens die Aufzeichnung von heute morgen vernichten. Soweit es überhaupt aufgezeichnet wird. Mark, hast du eine Ahnung, wie weit so ein Sender reichen kann?«

Ich schüttelte den Kopf.

Sarah nahm sich auch einen Stuhl. »Also, da seh' ich schwarz. Diese Sender haben eine irre Reichweite, auch die kleinen. Der Empfänger kann überall in der Stadt sein.«

Paul sah sie scharf an. »James-Bond-Filme, he?«

»Na ja. Ich hab' letztes Jahr für einen Kunden in Bayern

ein Geschäft mit einer Hightech-Firma in Hongkong abgewickelt. Das war alles Nachrichtentechnologie. Da hab' ich ein paar Sachen mitgekriegt.«

Sie hatte recht. Wir durchkämmten die hinteren Räume der Filiale, aber wir fanden keinen Empfänger. Uns blieb nichts anderes übrig, als auf der Hut zu sein und in Zukunft jeden Morgen eine schweigsame Suchaktion in unserem Büro durchzuführen.

Wir wandten uns wieder unserer mageren Ausbeute an Kontounterlagen zu. Was wir feststellten, war alles andere als eine Überraschung. Kontovollmacht hatte in allen Fällen irgendein Verwandter des Verstorbenen. Genau, wie wir gedacht hatten. All diese Konten waren ausnahmslos nach dem Todesdatum eingerichtet worden.

Das waren zwölf. Zwölf mutmaßliche Fälle vorsätzlicher Steuerhinterziehung. Nicht übel. Aber knapp achtzig wären besser gewesen. Und die Sache hatte einen Haken: Wenn diese Leute den Staat um die Steuern betrogen, war uns das erstens völlig gleich, und zweitens hatte das eigentlich nichts mit unserem Job zu tun. Was uns wirklich interessierte, war, wer hier die Fäden zog und diese Steuertricks ermöglichte. Aber an der Stelle, wo der Bankangestellte, der die Kontoeröffnung vorgenommen hatte, unterschreiben mußte, war in allen Fällen nur ein unleserlicher Schnörkel. Und keiner von den sieben Getreuen hier hatte so eine Unterschrift. Also noch ein ungelöstes Rätsel.

Paul knallte das Formular auf den Tisch, das er studiert hatte, und zog die Pfeife hervor. »Also ich weiß nicht, Mark. Irgendwie ist das nicht unser Glückstag. Noch 'ne Sackgasse. Ich bin's satt.«

»Ja, ist komisch. Wenn ich mich richtig erinnere, ist jeder, der hier arbeitet, seit mindestens zwei Jahren dabei. Diese Bruns kam vor zwei Jahren, und sie ist die Neueste. Niemand ist von hier weggegangen in der Zeit. Trotzdem eine unbekannte Unterschrift. Die Erklärung ist ziemlich simpel, oder?«

Sarah nickte und drückte die Hände ins Kreuz. Diese Stühle waren echt das Letzte. »Du meinst, die Unterschrift ist gefälscht, ja?«

»Richtig.«

»Dann brauchen wir einen Graphologen.«

Ich starrte stumpfsinnig auf das Formular in meiner Hand. »Ach, das dauert doch alles wieder Wochen ... Hey, Moment mal. Ich werd' verrückt.«

»Was?« fragte Sarah.

»Mark, können wir nicht mal Schluß machen für heute? Es ist fast sechs, wir haben keine Pause gemacht und ich ...«

»Nur noch einen Moment, Paul. Hier, guck dir das an.« Ich gab ihm das Formular rüber, er nahm es mit einem Seufzer und guckte lustlos drauf. »Und?«

»Halt's gegen das Licht.«

Er hielt es mit beiden Händen schräg zur Decke. Sarah sah ihm über die Schulter. Paul schüttelte den Kopf. »Tut mir leid. Sag's mir, wenn du nicht willst, daß ich dumm sterbe. Ich kann nichts sehen.«

»Dann mußt du blind sein. Sieh dir die geheimnisvolle Unterschrift an.«

Er hielt das Blatt noch ein bißchen schräger.

»Und? Immer noch nichts?«

»Doch. Jetzt seh ich's. Sie ist geändert worden. Im Licht kann man die Linien der alten Unterschrift noch schwach erkennen.«

»Laß sehen!« Sarah schnappte sich das Ding, riß es ihm regelrecht aus den Fingern und hielt es gegen die Deckenleuchte. »Mann, was für eine Profiarbeit. Irgendeine Ahnung, wie das gemacht worden ist? Laserkopien?«

Ich schüttelte den Kopf. »Nein, unmöglich. Das hier ist kein normales Papier. Es ist wie Pergament und hat ein Wasserzeichen. Selbst Brelau dürfte es schwerfallen, es übers Wochenende besorgt zu haben. Es ist eine Spezialanfertigung und wird nur in einer einzigen Papierfabrik hergestellt, irgendwo in Hessen. Und es darf nur an eine einzige Druckerei geliefert werden, eben die Druckerei, die für Kienast die Formulare macht. Außerdem, wenn's eine Kopiertechnik wäre, könnte man die Linien der alten Unterschrift nicht erkennen, richtig? Das hier ist mit einer Säure gemacht worden. Paul kann dir die chemische Formel sagen, wenn's dich interessiert. Sie wird mit einem hauchdünnen Pinsel auf die alte Unterschrift aufgetragen. Das ist sehr kompliziert, weil das Papier ja nicht verletzt werden darf. Dann, wenn die Schrift verätzt ist, wird das Papier neutralisiert, und du kannst es überschreiben.«

Sie schüttelte den Kopf. »Mann, ich bin beeindruckt.«

Paul zündete die Pfeife an, kippte seinen Stuhl auf die Hinterbeine und schaukelte bedenklich. »Also gut, die Unterschriften sind abgeändert worden. Aber warum nur zwölf? Was ist mit den restlichen, äh, sechsundsechzig?«

»Sie werden noch in der Fälscherwerkstatt sein«, meinte Sarah nachdenklich. »Ein Wochenende ist wenig Zeit, oder?«

»Mann, natürlich! Sie hat recht, Mark. Zu schade, daß wir nicht wissen, wo diese Werkstatt ist.«

»Tja, zu schade.«

Ich hätte so ziemlich jeden Eid geschworen, daß sie in

Brelaus Haus war. Denn Urkundenfälschungen hängt keiner an die große Glocke, egal, wie mächtig er auch ist. Und ich wußte, es würde sich lohnen, sich da mal umzusehen. Aber das sagte ich Paul nicht. Ich war ja nicht verrückt, solche Sachen machten ihn doch immer ganz krank.

»Okay, machen wir Schluß für heute. Mal sehen, ob bis morgen noch ein paar Fälschungen auftauchen.«

Im Ellertaler Hof war's ziemlich voll, von Angy war nirgends eine Spur. Ich holte unsere Schlüssel vom Brett. Fast kollidierte ich mit Wagner, Angys Boß. Er kam mit einem vollen Tablett aus der Küche gestürmt, das er auf seinen Fettbauch aufstützte, sein Gesicht war feuerrot, und er schwitzte ziemlich.

»Was haben Sie hinter meinem Tresen zu suchen?« fuhr er mich an.

»Die Schlüssel.«

»Was fällt Ihnen ein? Das hier ist mein Haus, nicht Ihres!«

»Also, mal langsam, Freund, ich hab' nur die Schlüssel geholt und bin der Kasse nicht mal nahe gekommen.«

Er stellte das Tablett auf der Theke ab und wischte sich mit einem Taschentuch über die Stirn. »Wie auch immer«, sagte er kurzatmig, »ich muß Sie leider bitten, bis morgen früh, zehn Uhr, Ihre Zimmer zu räumen. Wir haben eine Reservierung für eine Touristengruppe, wir sind leider ausgebucht.«

»Was soll'n das heißen?« Paul war hinzugetreten und machte ein ziemlich ärgerliches Gesicht. »Wieso ausgebucht?«

»Na ja, eine Voranmeldung, wie ich sagte. Tut mir leid,

aber Ihre Reservierung galt ja eigentlich nur bis letzten Freitag, ich hoffe, Sie werden verstehen ...«

»Nein, das versteh' ich absolut nicht. Hören Sie mal, meine Freundin arbeitet in diesem Laden. Ich bin sicher, sie hätte mir gesagt, wenn ...«

Wagner nahm sein Tablett wieder auf und kündigte damit das Ende der Diskussion an. »Tut mir leid, aber Reservierungen haben Vorrang. Wenn ich also bitten darf, zehn Uhr.«

»Aber ...«

Ich nahm seinen Ärmel.

»Komm, vergiß es, Paul.«

Ich zog ihn zur Treppe, weg von Wagner, und nickte Sarah zu mitzukommen. »Was soll's, wir finden eine andere Bleibe.«

Ich schloß mein Zimmer auf. Wir gingen rein, und ich suchte Gläser zusammen.

Sarah setzte sich auf meine Bettkante und stützte das Kinn in die Hand. »Hm. Das wird nicht leicht sein mit der anderen Bleibe. Das ist das einzige Hotel in der Stadt.«

»Dann ziehen wir eben ins Nachbardorf, im Grunde sind die Käffer doch alle gleich.«

»Gut und schön, Mark, aber es ist trotzdem komisch, daß Angy von der Sache nichts wußte«, wandte Paul ein.

Und als Angy eine halbe Stunde später auftauchte, stellte sich heraus, daß sie das Ganze noch viel komischer fand. »Touristengruppe? Das ist ja wohl der Lacher der Woche. Davon träumt der Fettsack höchstens. Am Wochenende hat er noch rumgejammert, daß er das Hotel bald dichtmachen muß, wenn nicht mehr Gäste kommen. Nein, Leute, dahinter steckt was anderes. Wartet hier. Ich geh' der Sache auf den Grund. Bin gleich zurück. Touristengruppe, das ist doch echt der Hit.«

Sie brauchte nicht lang. Als sie reinkam, sah ich gleich, daß sie was Unangenehmes erzählen würde, sie sah ganz komisch aus, blaß und beunruhigt.

»Es ist, wie ich dachte«, sie sprach ziemlich leise. »Es gibt keine Touristengruppe. Man will euch hier nicht mehr haben, so einfach ist das. Corinna, ihr wißt schon, die, die hier auch kellnert, hat heute morgen ein Telefongespräch angenommen. Es war Brelau. Er wollte Wagner sprechen. Sie sagt, sie konnte nicht hören, was Wagner sagte, aber sehen konnte sie ihn. Er hätte ziemlich erschrocken ausgesehen. Wahrscheinlich ging es um euch. Na ja, Wagner hat sich mit dem Bau des Hotels in ziemliche Schulden gestürzt. Jetzt ratet, welche Bank ihm den Kredit gegeben hat. Und das Hotel läuft nicht gut. Er ist in Schwierigkeiten. Wahrscheinlich kann Brelau ihn um jeden Gefallen bitten.«

»Scheiße, was ist das hier? Monopoly?« grollte Paul wütend.

»Aber warum will er uns aus der Stadt haben?« fragte Sarah.

Angy zuckte mit den Schultern. »Wahrscheinlich will er verhindern, daß ihr mit den Leuten hier im Dorf mehr Kontakt habt als unbedingt nötig. Er hat vermutlich Schiß, daß irgendwer, der's ihm schon lange mal zeigen wollte, ankommt und euch ein paar interessante Sachen erzählt. Ich meine, es gibt zwar fast niemanden, der sich traut, laut was gegen ihn zu sagen, aber trotzdem gibt's 'ne Reihe Leute, die ihn nicht mögen.«

Paul sah besorgt aus.

»Die Sache wird langsam wirklich unheimlich. Das

letzte, was ich will, ist, daß du irgendwie zwischen die Fronten gerätst.«

»Ich pass' schon auf mich auf«, beruhigte sie ihn. »Was soll mir denn passieren? Wagner liegt mir schon in den Ohren, er hat das nicht gern, von wegen was mit Gästen anfangen und so. Er macht dämliche Bemerkungen, wie schwierig das ist, als Kellnerin einen neuen Job zu finden, blabla. Aber rausschmeißen kann er mich kaum, weil er so leicht keine andere findet, die's auf Dauer mit seinen Gästen aushält, und das weiß er auch. Und selbst wenn. Also erschüttern würd' mich das nicht gerade.«

Es war eine Weile still. Paul starrte vor sich hin, zog die Brille ab und putzte sie heftig.

Sarah zog die Knie an und sah zu mir rüber. »Und wo sollen wir jetzt hin?«

Ich zuckte mit den Schultern.

»Das regeln wir schon«, Angy klang ganz zuversichtlich. »Paul kann zu uns ziehen und ...«

»Was? Bist du irre? Dein Vater wird mit der Schrotflinte auf mich losgehen. Sein Gesicht, als ich ihn letzte Woche bei dir zu Hause zum Frühstück traf, werd' ich nie vergessen. Hilfe.«

Sie lachte. »Quatsch. Ich hab' mit ihm geredet. Sein Haß auf Brelau ist schon Grund genug. Und er hat gesagt, du wärst vermutlich ein brauchbarer Kerl, auch wenn du ein Lümmel aus der Stadt wärst. Das heißt, daß er dich mag.«

Paul grunzte skeptisch, er schien nicht überzeugt. »Und was wird mit Mark und Sarah?«

»Tja, ich muß mal sehen. Bei uns zu Hause ist nicht genug Platz, aber mir fällt schon was ein. Es gibt wirklich noch ein paar Leute in dieser Stadt, auf die man zählen kann.«

Angy hatte recht.

Am nächsten Morgen verließen wir bei strahlendem Sonnenschein den Ellertaler Hof und ließen die Koffer erst mal im Wagen. Als wir auf unserem Weg am Marktplatz vorbeikamen, sprach uns ein Kerl an. Er saß auf einer der Bänke unter den Rotbuchen, die Füße ausgestreckt, und hielt sein Gesicht in die Sonne. »Heißt einer von euch Malecki?«

»Ich.«

Er winkte mit einem Finger. »Kommen Sie doch mal her. Dann brauch' ich nicht aufzustehen und nicht zu brüllen.«

Wir gingen näher. Er war vielleicht so an die Dreißig und hatte ein sommersprossiges Jungengesicht, rote Haare und einen Ohrring mit einem Kreuz dran.

»Also?«

»Martin Thoma hat mir erzählt, daß Sie vielleicht Hilfe brauchen.«

»Und wer ist Martin Thoma?«

»Der Sohn des Rathauspförtners.«

»Wieso weiß der, daß ich noch hier bin? Der denkt doch, ich bin von der Presse.«

»Mann, jeder in dieser Stadt weiß inzwischen, daß Sie hier sind, wer Sie sind und was Sie wollen.«

»Ah ja? Und wer sind Sie?«

»Ich heiße Klaus Hofer. Ich bin der Pastor.«

Wir wechselten ratlose Blicke.

»Ich hab' gehört, daß Sie kein Dach mehr über dem Kopf haben. Und sie auch nicht.« Er zeigte auf Sarah.

»Und?«

»Sie können zu mir ziehen, wenn Sie wollen. Mein Haus ist ziemlich groß, Platz genug für viele.«

»Aber ...«

»Sie können auch erst mit Angy reden und hören, ob ich in Ordnung bin, das würde ich an Ihrer Stelle jedenfalls tun.«

»Hören Sie mal, das ist wirklich nett, aber wir können ebensogut ins nächste Kaff ziehen.«

»Sicher. Aber dann sind Sie aus der Stadt raus, und Ihr Freund hätte erreicht, was er wollte. Und damit wären Ihre Probleme auch noch nicht beendet. Sie wissen es vielleicht noch nicht, aber Sie befinden sich im Belagerungszustand. Wenn Sie heute mittag ins Restaurant kommen, werden Sie vermutlich feststellen, daß man Ihnen da nichts mehr zu essen verkauft. Und so wird das weitergehen. Also, überlegen Sie's sich. Mein Haus ist der alte Maienfeld-Hof, draußen, halbwegs auf Todnau zu. Im Moment sind so viele Leute da, daß es auf zwei mehr oder weniger nicht ankommt. Und drei Mahlzeiten können Sie auch haben; wenn es Ihnen lieber ist, können Sie ja was bezahlen dafür.«

Ich sagte ihm, daß ich darüber nachdenken würde, und wir gingen weiter.

Es waren tatsächlich weitere Unterlagen aufgetaucht, die am Tag zuvor angeblich unauffindbar gewesen waren. Insgesamt zehn. Wir waren alles andere als erstaunt, als wir feststellten, daß sie in derselben Weise verändert worden waren wie die Unterlagen, die wir schon hatten. Ich zerbrach mir den Kopf darüber, was Brelau im Schilde führte. Das alles ergab ganz und gar keinen Sinn. Er mußte wissen, daß ich wußte, was es mit diesen Friedhofskonten auf sich hatte. Aber um das zu beweisen, brauchte ich diese Unterlagen. Selbst mit gefälschten Unterschriften waren sie für ihn belastender, als wenn sie verschwunden geblieben wären, und es machte mich nervös, daß ich seine Taktik nicht durchschaute. Ich war sicher, daß er mir eine Falle stellte. Aber ich ahnte nicht, was er vorhatte.

Mittags fanden wir heraus, daß dieser Hofer mit seiner Vermutung über den Junk-Food-Laden recht hatte. Die Leute erteilten uns kurzerhand Hausverbot. Als ich mich höflich nach dem Grund erkundigte, hetzte der Koch mir einen Rottweiler auf den Hals. Er hatte unbemerkt hinter der hohen Selfservice-Theke geschlummert, und auf ein Wort sprang er auf und stürmte auf mich los. So wichtig war mir das Essen dann auch wieder nicht. Ich sah zu, daß ich rauskam, und entkam so gerade noch.

Angy machte uns in der großen Küche im Ellertaler Hof ein Mittagessen, wir aßen an einem langen Arbeitstisch unter der Neonröhre und befragten sie nach Klaus Hofer.

Ihr Urteil war ermutigend. »Bei ihm seid ihr besser aufgehoben als bei sonst irgendwem. Er würde euch mit dem Altarkreuz gegen Brelau verteidigen, er hält ihn für den Antichristen. Wirklich, er ist in Ordnung.«

Ich hatte Zweifel. »Aber ich kann doch nicht bei einem Pfaffen wohnen. Das ist ja schrecklich.«

»Mach dir keine Sorgen, Mark. Ich denke, daß gerade du ganz gut mit ihm auskommst.«

Abends brachten wir Paul und seinen Koffer zum Hof von Angys Eltern und fuhren dann zum Maienfeld-Hof raus. Es war einer der ersten milden Abende, der erste Abend im Jahr, wo einem plötzlich auffällt, daß es länger hell bleibt. Der Himmel hatte einen leichten Kupferton angenommen, man sah das erste Grün an den Bäumen, und überall sangen Vögel.

Hofer wohnte in einem langgestreckten Sandsteinhaus. Es sah ziemlich verkommen aus, ein paar neue Dachpfannen hätten ihm ganz gut zu Gesicht gestanden. Durch eine Toreinfahrt kam man auf einen großen Hof, in dessen Mitte eine alte Erle stand. An einem der unteren Äste hing eine Schaukel, ein kleines, dunkelhaariges Mädchen saß drauf, vielleicht so alt wie Anna. Sie sprang runter, als wir ausstiegen. »Hallo. Ich heiße Ellen.«

»Mark.«

»Komm. Klaus wartet schon auf dich.«

Sie nahm meine Hand und führte mich ins Haus.

In der Küche war der Teufel los. Der Raum schien ungefähr so groß wie ein Tennisplatz, und an einem endlos langen Tisch saßen Leute. Wenigstens zwanzig. Drei sehr junge Mädchen mit Babys auf dem Arm, eine alte Frau, alles mögliche Volk aus aller Herren Länder.

Klaus Hofer saß dazwischen. »Los, Leute, rückt mal ein bißchen.« Und zu Sarah sagte er: »Ich fürchte, das Essen wird nicht koscher sein. Fühlen Sie sich wie zu Haus', wenn Sie wollen, gehen Sie an den Kühlschrank und machen sich irgendwas, das für Sie in Ordnung ist.«

Sie lächelte und winkte ab. »Vielen Dank, nicht nötig.«

Wir setzten uns, jemand gab mir einen Teller und schob mir eine Schüssel hin.

Ich wollte gar nichts essen, mir waren zu viele Leute hier, ich fühlte mich schrecklich. Das war das reinste Irrenhaus. Stimmengewirr, Gelächter, alle redeten durcheinander, und es war zu eng an dem Tisch. Vielleicht hatte diesem Hofer noch keiner gesagt, daß die Sechziger unwiederbringlich dahin waren, daß eigentlich keiner mehr auf diesen Kommunenquatsch stand, keine Ahnung. Für mich war das jedenfalls nichts.

Ich hielt es ungefähr zehn Minuten aus, dann stand ich auf und ging raus in den Hof. Fiel gar nicht weiter auf. Ich setzte mich auf Ellens Schaukel, rauchte mir eine und sah zum Himmel rauf. Im Westen zogen ein paar Wolken auf, es wurde dämmrig. Ein Raubvogel zog seine Kreise, ein Bussard oder ein Falke, keine Ahnung, er flog sehr hoch. Er schien sich nicht zu bewegen, trieb einfach in der Strömung der Abendluft. Er war wirklich zu beneiden.

Eine Tür quietschte, Hofer kam raus mit Ellen auf dem Arm.

»He, du sitzt auf meiner Schaukel!«

»'tschuldige.« Ich stand auf.

Sie sah mich an und grinste plötzlich. »Ach, ist in Ordnung. Du kannst sitzenbleiben.«

Hofer stellte sie auf die Füße, und sie lief zu einem baufälligen Schuppen auf der entgegengesetzten Hofseite rüber und verschwand.

Er lehnte sich an den Baumstamm und guckte auch in den Himmel. »Kann ich 'ne Zigarette haben?«

»Hier.«

»Danke. Sind Ihnen zu viele Leute da drinnen, ja?«

»Ja, schon möglich. Macht aber nichts.«

»Hm. Mir geht der Rummel selbst manchmal auf die Nerven ... He, Ellen, bist du verrückt, komm von dem Dach runter! Du wirst dir den Hals brechen!«

Das kleine Mädchen winkte beruhigend zu uns herüber und kletterte behende von dem niedrigen Schuppendach herab.

Er seufzte kopfschüttelnd. »Man muß sich wundern, daß so viele von ihnen groß werden.«

»Ja, ich hab' auch zwei, ich weiß, wie das ist.« Mir fiel wieder ein, daß er Pfarrer war, und ich wunderte mich ein bißchen.

»Ellen ist Marlies' Tochter«, erklärte er, als hätte er meine Gedanken gelesen. »Marlies, sie ist ...« Er zuckte grinsend mit den Schultern. »Na ja, meine Haushälterin.«

»Ja, darauf wette ich.«

Er wechselte das Thema. »Tja, also, was all die Leute hier im Haus angeht, es ist kein Problem, wenn Ihnen das zuviel ist. Keiner nimmt das übel, wenn Sie sich Ihr Essen schnappen und damit verschwinden. Ich will nur sagen, daß Sie deswegen nicht gleich wieder Reißaus nehmen sollten. Diese ganzen Leute hier sind harmlos, alles Gestalten, die sonst nirgends hinkönnen. Aber für Sie ist es wichtig, daß Sie hierbleiben, Sie und das Mädchen. Hier sind Sie in Sicherheit, grad weil hier so viele Leute sind. Verstehen Sie?«

»Nein.«

»Na ja, Brelau hat's auf Sie abgesehen. Ich hab' keine Ahnung, warum er Sie fürchtet, aber offenbar tut er das. Und dann ist er erst wirklich gefährlich.«

»Ach, das ist doch albern. Was soll mir schon passieren?«

Er betrachtete mich kopfschüttelnd. »Nein, das ist keineswegs albern. Seien Sie lieber vorsichtig. Wenn Sie diesen Mann in die Enge treiben, wird er versuchen, Ihnen das anzutun, was Sie am meisten fürchten. Ehrlich, das ist kein Witz. Und Sie stehen ganz allein da. Von dieser Stadt können Sie keine Hilfe erwarten.«

»Warum nicht? Was ist mit den Leuten?«

»Sie haben Angst. Brelau hat's nach und nach geschafft,

daß jeder ihm Geld schuldet. Und wer ihm kein Geld schuldet, schuldet ihm irgendwas anderes, Loyalität, Stillschweigen, weiß der Himmel. Er ist eben der mächtigste Politiker in dieser Gegend und der größte Geldgeber. Das ist eine gefährliche Kombination, sie gibt zuviel Macht in eine Hand.« Ich zündete mir eine neue Kippe an, schaukelte ein bißchen und sah noch mal nach dem Falken. Er war verschwunden.

»Und was schulden Sie ihm?«

»Nichts. Bislang konnte ich ihn mir vom Leib halten. Er macht Front gegen mich, beschwert sich wöchentlich über mich beim Bischof, er kontrolliert die Mehrheit im Kirchenvorstand, er kommt nicht in meine Gottesdienste, weil ich für seinen Geschmack zuviel über die Sünde des Hochmuts predige und so weiter. Aber das ist bis jetzt alles.«

»Und so soll es auch bleiben?«

»Nein. Ich werd' Ihnen helfen.«

Sarah und ich bezogen zwei Zimmer unterm Dach, juchhe. Man mußte eine steile, halsbrecherische Treppe raufsteigen, um sie zu erreichen, aber die Zimmer waren okay. Sie waren klein und gemütlich und weit ab vom Rummel, der in den anderen Etagen und den Nebengebäuden herrschte.

Meins hatte ein kleines Fenster in der Schräge, und wenn ich wollte, konnte ich weit über die Weiden und die bewaldeten Hügel sehen. Ein paar Geräusche von draußen und von weiter unten im Haus drangen dumpf zu mir rauf, eine Kuhglocke, ein Lachen, ein Auto auf der Straße. Es war eine friedvolle Stimmung.

Ich saß mit einem Bourbon und dem *Herr der Ringe* am

offenen Fenster unter einer dämmrigen Lampe, und als Frodo sich auf seine lange Reise begab und im Auenland auf den ersten Schwarzen Reiter traf, hatte ich längst vergessen, wo ich war und warum und daß es einen verdammten Alwin Graf Brelau überhaupt gab.

Ich verlor jedes Gefühl für Zeit und Gegenwart, Stunden vergingen. Schließlich kam ich zu der Stelle, wo die Hobbits den Alten Wald betraten, und ich fand, wenn es auch dieses Mal wieder passieren sollte, daß Merry und Pippin von der alten Weide geschnappt wurden, dann wollte ich mich vorher mit einem ordentlichen Zug schwarzen Afghanen dafür wappnen. Ich schnappte mir die Pfeife und den Dope, rauchte genüßlich und kehrte zurück ins Weidenwindental.

Plötzlich spürte ich einen Luftzug. Ich sah auf, und Sarah stand in der Tür. »Stör' ich?«

Sie störte in der Tat. »Nein. Komm ruhig rein.«

»Ich hatte gehofft, du könntest mir mit einem Drink aushelfen. Stell dir vor, in diesem ganzen Haus gibt's nicht einen Tropfen Alkohol.«

»Was hast du erwartet? Schließlich ist es das Haus des Pastors. Hier, bedien' dich.«

»Oh, toll, danke ... Mark!!«

»Was?«

»Deine Augen!« Sie starrte mich an, Flasche in der einen, Glas in der anderen Hand, und kicherte.

»Fehlt dir was?«

»Nein, nein, aber ... Ich mein', ich hab' kein Haschisch mehr geraucht, seit ich auf der Uni war.« Ihre Heiterkeit kannte keine Grenzen. »Ich hätte irgendwie nicht gedacht, daß gerade du dich mit solch albernen Kindereien abgibst.«

Ich holte tief Luft. »Hör mal, Sarah: Ich versuche, nach einem Scheißtag ein bißchen zu relaxen. Dazu brauch' ich nur ein Mindestmaß an Ruhe und ein gutes Buch. Und wenn ich auch noch 'nen Zug zu rauchen hab', um so besser. Aber solang' du hier rumkasperst, kann ich mich nicht entspannen. Verstehst du, was ich meine? Verschwinde einfach. Nimm dein Glas und von mir aus die ganze Flasche mit, aber verschone mich mit deiner Überheblichkeit.«

Das fand sie nicht mehr komisch. »Mann, was hab' ich dir eigentlich getan?«

»Nichts. Das bildest du dir ein. Ich bin nur müde und schlecht gelaunt, das ist alles. Also, sei so gut ...«

»Ich bild' mir was ein, ja? Ha, das ist doch Unfug Mann! Irgendwas paßt dir nicht an mir, und deswegen versuchst du, mir das Leben schwer zu machen. Aber du bringst es noch nicht mal, mir zu sagen, was es ist! Also zerbrech' ich mir den Kopf. Ist es vielleicht doch, weil ich eine Frau bin? Hast du vielleicht diese weitverbreitete Panik vor weiblicher Konkurrenz? Oder hast du ganz einfach was gegen Juden ...«

»Du bist doch echt bescheuert.«

»Ach ja? Willst du vielleicht bestreiten, daß du mich torpedierst seit der ersten Sekunde?«

»Sarah, ich ...«

»Du kannst dich so widerlich benehmen, wie du willst, mir ist das ganz egal! Mann, auf muskelbepackte Desperados wie dich fall' ich doch schon lange nicht mehr rein! Ich bin doch nicht irre!«

Ihre Augen schleuderten Blitze auf mich, sie drückte mir die Flasche in die Hand, stolzierte raus und knallte die Tür zu. *Peng!*

Ich blieb sitzen, ratlos, als hätte mich der Schlag getroffen, und wunderte mich. Nach einer Weile stand ich auf, schnappte mir zwei Gläser, steckte den Dope in die Tasche und ging zu ihr rüber.

»Hör mal, Sarah.«

»Verschwinde.«

»Hey, jetzt komm doch mal wieder auf den Teppich.«

Sie saß auf ihrem Bett, hatte die Knie angezogen und starrte mich wütend an. »Was willst du?«

Tja, Malecki, was willst du eigentlich?

»Ich dachte, wir könnten einfach einen Bourbon zusammen trinken, ein bißchen reden, keine Ahnung, irgendwas in der Richtung. Ist doch nicht so schwierig, oder?«

Sie preßte die Lippen zusammen. »Willst du mich jetzt vielleicht auch noch anmachen?«

Ich stand da wie der letzte Idiot mit meiner Flasche und den Gläsern. Geh wieder, Mann, bevor's noch schlimmer wird.

»Hey, warte mal. Tut mir leid, ich hab's nicht so gemeint.«

»Also, du bist echt komisch.«

Sie guckte auf ihre Fingernägel.

»Ja, kann schon sein.«

Ich setzte mich ans Fußende. Sie beugte sich vor, nahm mir die Gläser ab und hielt sie fest, so daß ich einschenken konnte.

»Hier. Prost.«

»Prost.«

Peinliche Stille machte sich breit.

»Hör mal, Mark ...«

»Weißt du, Sarah ...«

»Du zuerst«, sagte sie.

»Nein, du.«

»Tja, also, mir ist das wirklich lieber, wenn ich klare Verhältnisse hab'. Also sag mir einfach, was es ist.«

»Nichts. Ehrlich. Wahrscheinlich liegt's an mir, ich bin einfach ziemlich düster drauf, das ist alles.«

»Und woran liegt das?«

Das wär' eine komische Aufzählung geworden. Woll'n mal sehen: Also, meine Frau hat mich verlassen, ich hab' eine Affäre mit unserem Kindermädchen, mein Sohn ist mir vollkommen fremd geworden und jagt mir Angst ein, ich verfalle mit zunehmendem Maße dem Alkohol, ein abgewichster Bankdirektor will mich fertigmachen, und ich hätte fast meinen Job verloren, ich hasse meinen Job, ich hasse mein verdammtes stereotypes Leben, und jetzt auch noch *Du*!

»Weiß nicht. Sind ein paar Sachen schiefgelaufen in letzter Zeit. Na ja, und diese Geschichte hier ... Ich werd' froh sein, wenn ich wieder zu Hause bin.«

»Aber bei diesem Job ist es doch normal, nicht zu Haus' zu sein, oder?«

»Schon. Eigentlich hab' ich das gern. Aber wie ist das denn mit dir? Macht dir das nichts aus, jetzt immer unterwegs zu sein? Ist das kein Problem für dich?«

»Nein.«

»Du bist nicht verheiratet oder so was?«

»Doch, aber das spielt keine Rolle.«

Mark, du solltest dir endlich abgewöhnen, Fragen zu stellen, deren Antworten du eigentlich nicht kennen willst.

»Tja, also wenn's dich nicht stört, rauch' ich mir noch einen.« Ich zog den Dope aus der Hosentasche.

»Nur zu.«

Sie sah mir zu, als ich das Haschisch erhitzte und kleine Bröckchen abbröselte. »Das machst du sehr geschickt.« Sie sah mir auch zu, als ich rauchte. »Meine Güte, wie kriegst du nur soviel auf einmal in die Lungen?« Ihre Augen waren groß und ... gierig.

Ich hielt ihr die Pfeife hin. »Alberne Kinderei, richtig?«

Sie zog, und dafür, daß es angeblich Jahre her war, hatte sie den Dreh noch ganz gut drauf, sie hustete nicht. Mit einem nostalgischen Schmunzeln lehnte sie sich gegen die Wand. Ihr T-Shirt war zu kurz, es rutschte hoch, und ich sah ihren Bauchnabel. Er wurde zum Fokus meines Blickfeldes und füllte alle Ebenen meines Bewußtseins. So unauffällig wie möglich setzte ich mich neben sie.

»Ist was mit dir, Mark?«

»Nein, alles okay. Noch was zu trinken?« Es wurde Zeit, daß ich woanders hinsah.

»Ja, bitte.«

Ich schenkte ihr nach, meine Motorik ließ ein bißchen zu wünschen übrig, der Bourbon fiel eher großzügig aus.

»Hey, bist du irre?«

»'tschuldigung.«

»Was hast du vor, he?«

Ich sah auf, manchmal passierten die erstaunlichsten Dinge mit ihrer Stimme. Jetzt klang sie dunkel und fast verführerisch.

Sie lächelte mich an.

Ich guckte weg und füllte mein eigenes Glas wieder. Bild dir nur nichts ein, Mark. Du hast doch gehört, was sie gesagt hat.

»Und was ist mit dir? Bist du verheiratet, Mark?«

»Ja. Aber nicht mehr lang. Irgendwann nächsten Monat

ist der Scheidungstermin. Und außerdem hab' ich zwei Kinder. Die leben bei mir. Und so soll das auch bleiben.«

»Und weiter?«

»Nichts weiter.«

»Ist das alles, was es über dich zu sagen gibt?«

»Warum sollte ich dir alles sagen, was es über mich zu sagen gibt?«

»Weil ich's gern wüßte.«

»Ich dachte, auf Desperados wie mich fällst du schon lange nicht mehr rein. Was gibt's denn über dich so zu sagen?«

»Weißt du doch schon alles. Ich bin eine karrieregeile Emanze. Basta.«

»Und verheiratet.«

»Wer sagt'n so was?«

»Na, du! Grad eben.«

»Quatsch. Ich bin doch nicht bescheuert! Seh' ich vielleicht aus wie 'ne Frau, die heiratet? Das ist doch wohl das Letzte!«

»Aber du hast es gesagt.«

»Hab' ich nicht. Daß ihr verdammten Kerle nie mal vernünftig zuhören könnt! Wir sprachen darüber, ob's ein Problem ist, von zu Hause weg zu sein oder nicht. Da hast du gefragt, ob ich verheiratet bin oder so was. Und ich hab' ja gesagt, weil ich ›oder so was‹ bin.«

»Sieh an. Du bist ein richtiges Miststück, ich hab's ja gleich gewußt.«

»Also, wenn du das schon sagen mußt, dann könntest du das wenigstens ein bißchen engagierter tun.«

»Und warum? Auf karrieregeile Emanzen wie dich fall' ich doch schon lange nicht mehr rein.«

Sie lachte. Sie konnte wirklich wunderschön lachen.

»Verrat mir was, Sarah.«

»Und zwar?«

»Was ist das für ein Parfüm?«

»Es heißt *Sarah*.«

»Tatsächlich? Kenn' ich nicht.«

»Kannst du auch nicht. Ich hab' einen Freund, der lebt in Grasse, in Südfrankreich. Da stellen sie die Essenzen her für die Parfüms, die in Paris gemacht werden. Er hat's für mich entworfen. Es wird fast nur aus weißen Magnolienblüten gemacht. Man braucht drei Tonnen Blüten für ein Gramm Essenz.«

»Hm. Er muß mächtig verliebt in dich gewesen sein.«

»Er ist schwul.«

»Ach, hör doch auf. Warum sollte er sich dann so was Romantisches ausdenken, he?«

»Soll ich dir sagen, was ich denke, Mark?«

»Wenn es dich erleichtert ...«

»Deine Vorstellungen von Beziehungen zwischen Männern und Frauen sind total primitiv.«

»Was?«

»Triebhaft. Du bist ein echter Primat.«

»Du hast wirklich die ausgefallensten Beleidigungen auf Lager, Schatz. Und du bist ganz schön eingebildet. Eine arrogante Ziege, das bist du.«

»Tja, wer weiß. Vielleicht ist es so. Aber sag um Himmels willen nicht Schatz zu mir.«

»Okay, Schatz. Wirst du mir verraten, was ›oder so was‹ zu bedeuten hat?«

»Nein.«

»Na ja. Wahrscheinlich stehst du sowieso auf Mädchen.«

»Und wie kommst du zu dieser scharfsinnigen Erkenntnis?«

»Das ist nicht weiter schwer. Weil du einen manischen Männerhaß hast, deswegen.«

Sie lachte schon wieder. Diesmal lachte sie mich aus, aber jetzt konnte ich ihr das verzeihen, es war nicht sonderlich gehässig.

»Okay. Laß mich raten. Du bist der Ritter in der schimmernden Rüstung, der mich von meinem Irrglauben erlösen und auf den rechten Pfad zurückführen wird, richtig?«

»Nein. Ich glaub', für so was werde ich zu alt.«

»Wie alt bist'n du?«

»Komm nicht vom Thema ab. Sag mir, ob du auf Frauen stehst, ich würd's wirklich gern wissen.«

»Ach, ich weiß nicht. In allen Dingen des täglichen Lebens sind mir Frauen tausendmal angenehmer als Männer. Sie sind sachlicher, intelligenter, unkomplizierter, freundlicher und praktischer als Männer ...«

»Ich fass' es nicht!«

»... aber im Bett, weißt du, da ist ein Mann einfach viel leichter kleinzukriegen. Handlicher, sozusagen. Und ich weiß nicht, was daran so irre komisch ist.«

»Nein, wahrscheinlich weißt du das wirklich nicht. Verrätst du mir jetzt, ob du einen Freund hast?«

»Hast du eine Freundin?«

»Nein.« Ein bißchen schuldbewußt dachte ich an Flip.

»Also?«

»Nein, ich verrat's dir nicht ...«

Sie schlief einfach ein.

Sie wurde nicht wach, als ich ihr die Schuhe auszog und sie hinlegte, auch nicht, als ich mich zu ihr legte; sie wurde noch nicht mal wach, als ich meinen Arm um sie schob und mir eine von ihren Brüsten schnappte.

Und dann schlief ich selbst ein.

7

Ich fand Anna im Garten. Sie hockte im Gras vor dem Kirschbaum, der in voller Blüte stand, und sah den ersten Bienen bei der Arbeit zu. Sie summte leise vor sich hin, bewegte sich ab und zu, um sich am Ohr zu kratzen oder die Haare aus der Stirn zu streichen, manchmal lachte sie, keine Ahnung, worüber.

Ich hockte mich neben sie.

»Papi!« Sie legte ihre Arme um meinen Hals und küßte mich. »Hihi, du kratzt.«

»'tschuldige.« Ich zog sie auf meinen Schoß. Die Erde war noch kalt, ich wollte nicht, daß sie sich erkältete.

»Wie geht's dir?«

»Gut. Wie war's bei dir?«

»Na ja. Nicht so toll. Ich hab' nicht gefunden, wonach ich gesucht hab'.« Sie sah mich stirnrunzelnd an, und ich grinste und zuckte mit den Schultern. »Jemand zieht eine große Sauerei ab, verstehst du. Ich weiß es, alle wissen es, aber ich kann nichts machen, weil er die Beweise versteckt hat. Und nach denen muß ich suchen.«

»Also mußt du nächste Woche noch mal hin, ja?«

»Ich fürchte schon, ja. Was machst du hier draußen?«

»Nur ein bißchen gucken. Hör mal, letztes Jahr hatten wir viel zu wenig Blumen im Garten, weil *sie* nicht mehr da war und keine gepflanzt hat. Können wir dieses Jahr bitte wieder Blumen im Garten machen?«

»Wir fahren morgen früh zusammen los und suchen alle aus, die du magst, was hältst du davon? Und dann pflanzen wir sie zusammen ein.«

»Au ja! Das ist toll! Guck mal, du sitzt mitten in den Kleeblättern. Ich hab' eben extra 'nen Bogen drum gemacht, damit ich sie nicht plattdrücke. Aber dann hab' ich mir überlegt, daß ich dann ja auf die Grashalme trete. Wie soll man denn über diese Wiese kommen, ohne auf irgendwas draufzutreten?«

»Ich bin sicher, es ist nicht weiter tragisch, wenn du mit deinen winzigen Füßen ein paar Halme umlegst. Die richten sich wieder auf.«

»Gut, wenn du meinst.«

»Wo steckt dein Bruder?«

»In seiner blöden Bretterhütte. Die ganze Woche hat er sich mit Frank dadrin verkrochen.«

»Frank Wefers?«

Sie nickte ungeduldig. »Klar.«

»Ich dachte, Frank liegt im Krankenhaus.«

»Nein, nicht mehr. Es geht ihm wieder gut.«

»Das ist ... toll. War er oft hier?«

»Jeden Tag. Also ehrlich, wird Zeit, daß die Schule wieder anfängt, Daniel hat gar keine Zeit mehr für mich.«

»Hm. Nimm's ihm nicht übel. Er ist in einem komplizierten Alter.«

»Ja, das hab' ich mir auch gedacht.«

Ich unterdrückte ein Grinsen; sie konnte das nicht leiden, wenn man sie belächelte. Das kann schließlich niemand leiden.

»Und wo ist Flip?«

»Drinnen wahrscheinlich. Weiß nicht genau. Wir haben Krach.«

»Warum?«

»Weil sie 'ne blöde Kuh ist.«

»Echt? Kannst du mir das ein bißchen genauer erklären?«

»Ach. Sie hat schlechte Laune, das ist alles.«

»Was hat's denn gegeben?«

»Nichts.«

»Anna. Komm schon.«

»Ach! Erst bringt sie mir bei, wie man Fahrrad fährt, geht mir tagelang damit auf den Geist, und dann will sie nicht, daß ich fahre, wenn sie nicht dabei ist. Sie weiß einfach nicht, was sie will. Sie weiß nur, daß sie auf keinen Fall will, was ich will. Sie ist furchtbar.«

»Anna, ich hab' euch schon tausendmal gesagt, ihr sollt bitte auf Flip hören, wenn sie euch was sagt.«

»Aber ...«

»Wir stehen wirklich auf dem Schlauch, wenn sie hier das Handtuch wirft. Glaub mir das. Es ist wichtig, daß wir sie haben. Und meistens ist sie doch in Ordnung, oder? Also, sei so gut und mach ihr nicht das Leben schwer.«

»Ach, du bist schrecklich ungerecht.«

»Das tut mir leid. Das will ich nicht. Aber Flip hat nun mal recht. Es ist zu gefährlich, wenn du allein durch die Gegend kurvst, dafür bist du noch zu klein. Und ich will sowieso nicht, daß du allein draußen spielst, weißt du doch. Es laufen zu viele Verrückte rum.«

»Hä? Wie meinste das?«

»Na ja. Es gibt Leute, die sind nicht ganz dicht, und die

haben es auf kleine Mädchen abgesehen. Und diese Typen gibt's leider immer häufiger.«

»Wie abgesehen?«

»Sie sind nicht richtig im Kopf. Sie haben Spaß dran, kleinen Mädchen einen Schreck einzujagen und ihnen sogar weh zu tun.«

»Männer?«

»Ja, Männer.«

»Hat das was mit dieser Sache zu tun, die du mir neulich mal erklärt hast? Mit Penis und Scheide und Sex und so?«

Ich war für einen Augenblick sprachlos. Sie war doch erst fünf! Wie konnte das Intuition sein?

»Ja, genau damit hat's was zu tun. Wie kommst du darauf?«

»Ooch. Nur so.« Sie sah mich nicht an und bohrte ihren Turnschuh ins Gras. Das tragische Schicksal plattgedrückter Grashalme schien völlig vergessen.

Meine Kehle war plötzlich eng, als würde sie zugedrückt. Von einer grabeskalten Hand. »Anna?«

»Hm?«

»Guck mich an.«

»Was denn?«

»Ist irgendwas passiert?«

»Nein. Nichts ist passiert.«

»Verdammt, lüg mich nicht an!«

»Papi!« Sie starrte mich entrüstet und verstört zugleich an, es kam so gut wie nie vor, daß ich sie anfuhr.

»Tut mir leid. Tut mir leid. Aber du mußt mir die Wahrheit sagen. Hat ein Fremder dich angesprochen oder angefaßt?«

»Nein. Angefaßt hat er mich nicht.«

Nur die Ruhe, Mark. Reiß dich zusammen. »Was ist passiert, hm? Sag's mir.«

Sie sah mich ratlos an. Ihr Turnschuh bohrte immer noch Krater in den Rasen. Ich nahm sie in die Arme und zog sie an mich.

»Au, nicht so fest!«

»Sorry.«

»Keiner hat mir was getan.«

»Dann ist es ja gut. Erzähl's mir trotzdem, ja?«

»Na ja. Ich war allein auf dem Spielplatz. Svenja hatte keine Lust, und Kati hatte Schnupfen und durfte nicht.« Svenja und Kati waren Annas beste Freundinnen. »Also bin ich allein gegangen. Ich saß auf der Schaukel, da kam ein Mann. Er fragte, wie ich heiße. Ich sag' ihm, ich heiß' Anna. Er fragt, ob mir nicht langweilig ist, so allein. Ich sag' nein, das ist okay. Er fragt, wo meine Mami und mein Papi sind. Ich sag', mein Papi ist arbeiten, und meine Mutter ist abgehaun. Er fragt, ob denn gar keiner in der Nähe ist, der auf mich aufpaßt. Und ich sag', so'n Quatsch, wofür denn. Da kommt er näher und sagt guck mal und macht den Reißverschluß von seiner Hose auf, und sein Penis kommt raus. Der war ganz groß. Viel größer als Daniels oder deiner, und der hing nicht runter, der war ganz steif und stand vor seinem Bauch. Er guckt mich an und fragt, gefällt dir das, und irgendwie fand ich's komisch. Ich bin rückwärts von der Schaukel runter und über den Zaun vom Spielplatz und hab' gemacht, daß ich nach Hause kam. Papi? Was hast du denn? Ist dir schlecht?«

»Nein. Nein, alles okay. Es ist alles in Ordnung.«

Ich konnte sie gar nicht mehr loslassen, mir war hundeelend, ich dachte, ich müßte kotzen, und ich hätte heulen können vor Wut.

»Bist du sicher, daß das alles war, Anna? Ich meine, wenn sonst noch was passiert ist, und er hat gesagt, du darfst es keinem erzählen, dann war das nur ein Trick. Er kann dir ja keine Vorschriften machen.«

»Nein, Ehrenwort. Das war alles.«

»Und wann war das?«

Sie überlegte. »Vorgestern.«

»Ist er dir nachgelaufen, als du über den Zaun geklettert bist?«

»Weiß nicht, kann sein.«

»Hast du Angst gehabt.«

»Höchstens ein bißchen.«

»Hast du ihn noch mal wiedergesehn?«

»Nein. Ich bin danach nicht mehr auf dem Spielplatz gewesen. Ich hatte keine Lust.«

»Kann ich gut verstehen. Das kann ich gut verstehen, Prinzessin.«

Ich wiegte sie hin und her, ich spürte kalten Schweiß auf meiner Wirbelsäule, ich war völlig am Boden zerstört.

»Wie hat der Mann ausgesehen?«

»Weiß nicht mehr.«

»War er alt oder jung?«

»Nein, ganz alt. Seine Haare waren schon grau.«

Grau sind auch viele junge Männer. Aber Kindern erscheinen grauhaarige Menschen immer alt.

»Waren Falten in seinem Gesicht?«

»Nur an den Augen.«

»Weißt du, welche Farbe die Augen hatten?«

»Nein.«

»Waren die Haare lang oder kurz?«.

»Kurz.«

»Hat er einen Bart gehabt?«

»Hm. Glaub' nicht.«

»Hat er Jeans angehabt? Oder was anderes?«

»Jeans. Glaub' ich jedenfalls. Ach, ich kann mich einfach nicht mehr so richtig dran erinnern. Kannst du machen, daß er nicht wieder zum Spielplatz kommt?«

»Ich werd's versuchen. Auf jeden Fall werd' ich verhindern, daß der Kerl dich noch mal bedroht.«

»Aber er hat mich eigentlich nicht bedroht. Ich weiß auch nicht, warum ich plötzlich Angst hatte.«

»Weil du ein kluges Mädchen bist. War sonst noch irgendwas an ihm, was dir aufgefallen ist? Denk nach, Anna, es ist wichtig.«

»Nein, nichts ... Doch! Er hat genauso geredet wie Frau Zimmermann!«

Ich dachte für eine Sekunde, ich würde einfach ohnmächtig werden und mit dem Gesicht in den Dreck fallen. Der Schock machte all meine Knochen zu Gummi. Frau Zimmermann war unsere Putzfrau. Und sie sprach den breitesten, ausgeprägtesten Schwarzwälder Dialekt, den man sich nur denken konnte. Frau Zimmermann stammte aus Freiburg.

Du wirst wirklich paranoid, Mann. Wieso sollte Brelau deiner Tochter einen Kinderschänder auf den Hals hetzen? Das hier ist kein Horrorfilm. Es ist die Wirklichkeit.

Schön und gut. Aber er hat auch eine Wanze in unserem Büro angebracht, oder?

Das ist doch nicht dasselbe. Mach dich nicht verrückt. Es ist ein Zufall.

Nein, es ist nicht dasselbe. Aber es beweist, daß er bereit ist, mit ungewöhnlichen Mitteln vorzugehen. Und vergiß nicht, was Klaus Hofer gesagt hat. Was, wenn es kein Zufall ist?

Du bist ja verrückt.

Hoffentlich.

Ich ließ Anna beim Kirschbaum und ging zur Bretterhütte.

Frank und Daniel saßen drinnen und rauchten. Na großartig.

Franks rechter Unterarm war noch immer in Gips. Ansonsten wirkte er ziemlich unbeschädigt. Als er mich sah, machte er große Augen. »Oh, Scheiße ... Äh, ich mein' ... ich wollt' sagen, Tag, Herr Malecki.«

»Hallo, Frank.«

Daniel grinste schief. »Schon so früh zurück?«

»Wie du siehst. Worauf wartet ihr? Los, macht die Kippen aus.«

Sie warfen die Zigaretten auf den Boden und traten hastig darauf herum.

»Okay, Jungs. Ich denke, sie sind aus.«

»Äh, ich wär' Ihnen echt dankbar, Herr Malecki ...«

»Wie wär's mit Mark, Junge. Also, ich glaub' nicht, daß ich deinem Vater sagen muß, was ich gesehen hab'. Wer weiß, vielleicht hab' ich mich ja auch geirrt, ist ja fast dunkel hier drin.«

»Oh, Mann. Da bin ich aber erleichtert. Danke, Mark.«

»Keine Ursache. Daniel, kann ich dich mal 'ne Sekunde sprechen?«

»Klar doch.«

»Allein.«

Er folgte mir raus in die Sonne.

»Hör mal, reg dich nicht so auf. War nur so 'ne blöde Idee.«

»Ich reg' mich doch gar nicht auf.«

»Du siehst aber so aus.«

»Das liegt an was anderem. Also, wegen der Kippen, ich will da nichts sagen. Das kann ich mir nicht leisten, ich hab' dir, solange du lebst, was vorgequalmt. Bisher war's so, daß du mir deswegen die Hölle heiß gemacht hast. Deswegen hab' ich immer gedacht, daß du in diesem Punkt der Vernünftigere von uns beiden bist. Kann ich davon ausgehen, daß das so bleibt? Daß das hier 'ne Ausnahme war?«

»Ja.«

»Sehr schön. Was anderes. Wie lange dauern die Ferien noch?«

»Bis eine Woche nach Ostern.«

»Gut. Ich will, daß du deine Schwester während dieser Zeit nicht eine Sekunde aus den Augen läßt.«

»Was? Soll das ein Witz sein?«

»Todsicher nicht.«

»Aber ... Hey, tu mir das nicht an! Ich mein', du weißt doch, daß ich so ziemlich alles für sie tun würde, aber sie wird eine echte Plage. Sie ist doch noch ein Baby, das kann ich doch meinen Freunden nicht zumuten! Grad jetzt in den Ferien!«

Ich hob die Hände, um mir seine flehentliche Verzweiflung vom Leib zu halten. »Ich verstehe das. Ehrlich, Daniel. Ich hab' früher auch gedacht, die Welt stürzt ein, wenn ich eine von meinen Schwestern am Hals hatte. Aber es geht nicht anders. Ich bin eben nicht hier, um auf sie aufzupassen. Und übernächste Woche, wenn der Kindergarten wieder anfängt, mußt du sie hinbringen, wenn Flip nicht kann. Du mußt mit ihr aus dem Bus steigen und sie bis ins Gebäude bringen, klar? Flip wird sie mittags abholen.«

Er sah mich argwöhnisch an. »Was ist los? Du siehst richtig besorgt aus.«

Zur Abwechslung steckte er die Hände mal in die hinteren Taschen der Jeans, das machte seine Haltung weniger angriffslustig als gewöhnlich.

»Hat sie dir nicht erzählt, was ihr auf dem Spielplatz passiert ist?«

»Nein. Was ist ihr denn passiert?«

»Jemand hat sie bedroht.«

»Was? Wer?«

»Ein Fremder.«

»Meinst du so was wie ein Perverser, ja?«

»Völlig richtig.«

»O Scheiße.«

Manchmal ist es wirklich nicht übel, einen Sohn zu haben, der schon halbwegs erwachsen ist.

»Wirst du mit der Polizei reden?«

»Wozu? Die werden uns nicht helfen können. Ich fürchte, daß das erst mal an dir hängenbleibt. Natürlich werd' ich auch mit Flip reden. Sie soll Anna soviel wie möglich im Haus halten, damit du in Ruhe deiner Wege gehen kannst.«

»Okay. Ist in Ordnung. Ich werd' auf sie aufpassen.«

Er zog die Hände aus den Hosentaschen und verschränkte die Arme.

»Das ist noch nicht alles, richtig?«

»Nein. Hör mal, ich will dich nicht in Angst und Schrekken versetzen, aber ich halt's für möglich, daß jemand diesen Kerl auf Anna angesetzt hat, um mir eins auszuwischen. Das heißt, es ist möglich, daß es eine geplante Sache ist und jemand mich erpressen will, indem er euch bedroht.«

Daniel nickte. »Es ist jemand von der Bank, oder? Du bist wieder mal einem auf die Schliche gekommen.«

»Vielleicht. Wie gesagt, kann sein, daß es nur ein Hirngespinst ist. Aber sicher ist sicher. Paß auf, hier sind fünfhundert Mark. Steck sie gut weg. Wenn nächste Woche irgendwas passiert, das dir Angst einjagt, dann schnapp dir deine Schwester und hau mit ihr ab. Fahrt mit der Bahn in die Stadt und besorgt euch ein Taxi. Hier, ich schreib' dir die Adresse auf. Das ist in Kamp-Lintfort. Ziemlich weit für'n Taxi, aber die Kohle wird reichen.«

Ich schrieb die Adresse meines Bruders auf den Fünfhunderter und hielt ihn ihm hin.

Er griff danach. »Was denn, zu dem sagenhaften Onkel Robert?«

»Genau. Wirst du das schaffen?«

»Natürlich. Aber glaubst du wirklich, daß das nötig sein wird?«

»Nein. Trotzdem. Ich will einfach nichts riskieren. Und du bist derjenige, auf den ich mich verlassen muß.«

»Das kannst du. Keine Panik.«

»Gut. Daniel, wenn dieser Fall eintreten sollte, dann zögere nicht. Versprich mir das. Pack keine Koffer oder irgendwas in der Art. Robert wird euch alles geben oder kaufen, was ihr braucht, er ist in Ordnung, auch wenn er mich haßt wie die Pest. Er wird sogar nett zu euch sein, denn er ist im Grunde ein anständiger Kerl. Und wenn ihr angekommen seid, dann rufst du diese Telefonnummer an.« Ich gab ihm einen Zettel mit der Nummer vom Maienfeld-Hof.

Ich sah zu, wie er den Zettel bedächtig zusammenfaltete und zu dem Geld steckte, das in den Abgründen seiner Hosentasche verschwunden war.

»Und was soll mit Flip werden?«

»Ihr werd' ich dasselbe sagen. Sollte das wirklich nötig

werden, wird sie natürlich mit euch fahren. Nur für den Fall, daß sie grad mal nicht da ist, wenn irgendwas passiert, oder wenn's auf dem Schulweg passiert oder weiß der Teufel, dann will ich, daß du auch ohne sie klarkommst. So, und jetzt versuch, nicht mehr dran zu denken und geh zu Frank zurück. Und vielen Dank, Daniel.«

»Wofür denn?«

»Daß du's mir nicht übelnimmst.«

»Ist doch nicht deine Schuld.«

Ich fand, darüber ließe sich streiten.

Ich ging zu Anna zurück und sah sie scharf an. Ich wollte mich vergewissern, daß sie auch wirklich in Ordnung war. Ich nahm sie mit ins Haus, sagte Flip hallo, und wir kochten zusammen Spaghetti mit Pistaziensauce.

So gegen zwei kam ich von Tarik nach Hause. Ich kochte mir einen Kaffee und flegelte mich damit im Wohnzimmer rum. Ich legte Musik auf, ein bißchen Talking Heads, nicht das Schlechteste zu später Stunde. Grafiti kam rein, sprang auf meinen Schoß und drehte sich ein paarmal um die eigene Achse. Mit der ihm eigenen Treffsicherheit trat er mir dabei auf den Eiern rum.

»Verdammt, paß doch auf, Alter.«

Er fand endlich die Stelle, die er gesucht hatte, legte sich umständlich hin und fing an zu schnurren. Ich kraulte seinen Nacken, trank von meinem Kaffee und zündete mir eine Zigarette an.

Plötzlich flammte das Deckenlicht auf. Ein herber Schock. Ich schreckte zusammen. Flip stand in der Tür. »Hi.«

»Komm rein. Und mach das Licht wieder aus.«

Die Dunkelheit kehrte zurück, ich hörte mehr als ich sah, daß sie näherkam. »Mann, warum sitzt du immerzu im Finstern?«

»Weil's mir gefällt.«

»Kann ich wenigstens die Kerze anmachen?«

»Sicher.«

Es raschelte, ein Feuerzeug klickte, sie zog die Kerze näher und zündete sie an. Sie nahm sich eine von meinen Zigaretten. »Wo steckt Paul eigentlich? Warum ist er nicht hier gewesen? Habt ihr Krach?«

»Quatsch. Er ist gar nicht mit nach Hause gekommen. Er bleibt das Wochenende über bei Angy.«

»Sieh an. Glaubst du, es wird was Ernstes mit den beiden?«

»Denk' schon, ja.«

Sie trank einen Schluck und betrachtete mich eingehend. »Hm. Der Schwarzwald scheint irgendwie ein amouröses Pflaster zu sein.«

»Was?«

»Du hast jemanden kennengelernt, richtig?«

Mir wurde unbehaglich.

Es paßte mir ganz und gar nicht, daß sie davon angefangen hatte, nicht ich. »Kann schon sein, ja. Wie kommst du darauf?«

Sie biß sich kurz auf die Unterlippe. »Du machst ein schuldbewußtes Gesicht. Du gehst mir aus dem Weg. Du faßt mich nicht an. War nicht schwer zu erraten.«

»Flip, ich ...«

»Nein. Ich glaub' nicht, daß ich das hören will. Und du schuldest mir keine Erklärung.« Sie schwieg einen Moment und sah auf ihre Hände.

»Wird sie hier einziehen?«

»Davon ist keine Rede. Ich glaub' nicht mal, daß sie sonderlich auf mich steht.«

»Aber für alle Fälle willst du klare Verhältnisse schaffen?«

Sie hatte nichts von ihrer Wirkung auf mich eingebüßt. Ich hätte gerne die Hand auf ihre Schulter gelegt. Aber diese Tür war ganz plötzlich und ohne alles spektakuläre Gepolter zugefallen.

»Ich wollte nur, daß du es weißt. Ohne weiterführende Absichten.«

Sie runzelte die Stirn. »Auf einmal so zynisch. Bist du enttäuscht, daß ich dir keine Szene mache?«

»Ich bin erleichtert.«

Sie seufzte, wie man über einen hoffnungslosen Fall seufzt. »Wer ist sie?«

»Hör mal, ist es okay, wenn wir nicht über sie reden? Da ist nämlich noch eine andere Sache, über die wir reden müssen. Und das ist viel wichtiger.«

»Na, jetzt bin ich gespannt.«

Ich erzählte ihr von Annas Begegnung mit dem geheimnisvollen Exi und meinem Verdacht.

Als ich fertig war, war ihr jeglicher Sarkasmus vergangen.

Mit zittrigen Händen stellte sie ihr Glas ab und hörte mir genau zu, als ich ihr erklärte, was ich am Nachmittag schon Daniel gesagt hatte.

»Wenn irgendwas Komisches passiert, wenn nur das Telefon klingelt und keiner dran ist, wenn du abhebst, dann schnapp dir die Kinder und bring sie zu meinem Bruder. Okay?«

Sie nickte wie hypnotisiert. »Klar, mach' ich.«

»Und du wirst kein Risiko eingehen, oder?«

»Nein. Verlaß dich drauf. Sobald ich das Gefühl habe, es stimmt was nicht, werden wir alle verschwinden. Mach dir keine Sorgen.«

Aber ich machte mir eine Menge Sorgen.

8

Ich holte Sarah an dem Hotel ab, wo sie derzeit noch wohnte. Wir frühstückten an gewohnter Stelle, sie schlug sich wieder den Bauch voll, ich beschränkte mich auf Kaffee.

»Und? Wie war das Wochenende, Mark? Nicht nach deinen Wünschen?«

»Weißt du, was der schlimmste Exzeß der deutschen Konsumgesellschaft ist?«

»Ich bin gespannt.«

»Ein Gartencenter. Einfach pervers. Ein Supermarkt für alles, was wächst und blüht.«

»Großer Gott, und da hast du das Wochenende verbracht?«

»Den größten Teil vom Samstag vormittag. Mit meiner Tochter. Und dann haben wir gesät, gepflanzt, alles mögliche, wie die Verrückten.«

»Wie alt ist sie?«

»Fast sechs, nächsten Monat.«

»Und sie hat Spaß an so was?«

»Sie war völlig verrückt danach. Sie hat mich so lange bearbeitet, bis ich ihr versprochen hab', daß wir nächstes Wochenende einen Teich anlegen. Mit Fröschen und Fischen und weiß der Teufel was sonst noch.«

»Komische Beschäftigung für ein kleines Mädchen.

Normalerweise hassen Kinder Gartenarbeit, oder? So war das jedenfalls bei mir.«

»Hm. Vielleicht ist sie ein außergewöhnliches Kind.«

»Wie könnte sie auch normal sein bei dem Vater.«

»Vielen Dank. Und was hast du am Wochenende gemacht?«

»Ich hab' jemanden getroffen, den ich lange nicht gesehen hatte.«

»Verstehe. Der große Unbekannte.«

»Wenn du so willst.«

»Und? War's nett?«

»Phantastisch.«

»Wie schön. Los, iß endlich auf, sonst kommen wir ja nie an.«

Wir fuhren erst mal zum Maienfeld-Hof raus, weil Sarah einen ganzen Koffer voll neuer Klamotten mithatte, den sie zuerst loswerden wollte. Dann fuhren wir weiter nach Ellertal und machten uns an unsere freudlose Arbeit.

Die Bank und die Angestellten hatten inzwischen schon was Vertrautes. Da gab es die dickliche Frau Herberat, ein mütterlicher Typ mit einer scharfen Zunge. Sie war das Bindeglied zwischen Brelau und seinen Leuten. Sie brachte ihm den Tee, tippte seine Briefe und schien ihn weniger zu fürchten als die anderen. Dann die dürre, mausgraue Frau Jakobs, todsicher frigide, die niemals lächelte und immer zur Seite guckte, wenn man sie anredete. Und der grüne Herr Tobler, der dummes Zeug redete, sobald er den Mund auftat. Nicht zu vergessen der fette Herr Thoma, der die Kohlen hütete, an einem chronischen Herzhusten litt und den ganzen Tag mißmutig vor sich hinbrummelte. Till Hansen, Carola Bruns und Brelau. Es kam mir vor, als würde ich jeden von ihnen schon seit Ewigkeiten kennen, aber ich hätte immer noch nicht sagen können, bei wem die Chancen am besten standen, wer von ihnen am ehesten dazu zu bewegen war, uns zu helfen.

Sie waren wie eine geschlossene Schlachtformation.

Drei Tage lang traten wir weiter auf der Stelle, ohne daß sich das geringste an neuen Erkenntnissen ergab. Die Faust saß uns mal wieder im Nacken.

Wenn wir bis Ende der Woche nichts fanden, mußten wir die Sache abblasen.

Am Donnerstag morgen hockten wir in unserem Büro, jeder tat irgendwas, nichts brachte uns weiter, ich hatte miserable Laune.

»Mark, mach nicht so'n Gesicht, Alter. Wir müssen uns damit abfinden. Hier ist nichts für uns zu holen. Brelau ist zu schlau für uns.« Er zog die Brille ab, rieb sich die Nasenwurzel und schaukelte auf seinem Stuhl.

»Ich will das nicht glauben.«

»Ach, komm schon. Du solltest froh sein, wenn du wieder nach Hause kannst. Zurück in die Zivilisation und zu deinen Kindern. Und für deine Rehabilitation ist schließlich gesorgt.«

»Trotzdem. Ich will einfach nicht glauben, daß dieser Typ keinen einzigen Fehler gemacht hat. Es muß doch was geben, womit wir ihm das Kreuz brechen könnten.«

»Ja, aber hier wirst du das nicht finden. Er hatte inzwischen zwei Wochenenden Zeit, alles von hier wegzuschaffen, was uns weiterhelfen könnte.«

»Ja. Stimmt.«

»Diese Fälscherwerkstatt zum Beispiel. Wenn wir wüßten, wo die ist ...«

»Ich kann mir schon vorstellen, wo die ist. Und ich hätte nicht übel Lust, sie mir mal anzusehen.«

Pauls Stuhl kippte nach vorn und kam krachend zum Stehen. »Das hab' ich nicht gehört, Mann.«

Ich zuckte mit den Schultern. »Ja, ja. Schon gut.«

»Hör mal, Mark, schlag dir das aus dem Kopf. Ich werd' das auf keinen Fall zulassen, daß du mal wieder den Ausnahmezustand verhängst und dich einen Dreck um Regeln oder Gesetze und so weiter kümmerst.«

»Hey, jetzt mal halblang. Was redest du da?«

»Hast du etwa nicht dran gedacht, in Brelaus Haus einzubrechen, um nachzusehen, ob vielleicht da rumliegt, was du hier nicht findest? Aber ohne mich. Das sag' ich dir. Ich hab' endgültig die Schnauze voll von deinen Ausrastern. Ich meine ...«

»Ja, ich weiß. Halt die Luft an.«

»Tu mir nur den Gefallen und zieh keine krummen Dinger ab, Mark. Nur dieses eine Mal. Dafür ist die Sache zu ernst. Und zu gefährlich.«

»Meinst du eigentlich, ich bin bescheuert, oder was?«

»Schwer zu sagen.«

»Also, jetzt hör mal zu ...«

Sarah stand auf, schnappte sich den Känguruhbeutel und hängte ihn sich über die Schulter.

»Ich denke, das macht ihr wohl besser unter euch aus. Ich geh' was essen. Vorausgesetzt, ich krieg' irgendwo was. Bis später.«

Sie ging zur Tür und ließ uns allein.

Ich schnippte eine Kippe aus dem Päckchen. »Vielen Dank, alter Freund. Das hast du ja fein hingekriegt. Ich glaub', du versuchst, sie auf deine Seite zu kriegen. Für den Zweifelsfall.«

»Ach, Quatsch! Denkst du eigentlich, ich bin blind? Ich seh' doch genau, daß sie's dir mächtig angetan hat. Und ich hab' die Befürchtung, du würdest so ziemlich alles tun, um sie zu beeindrucken. Das scheint ja bei ihr nicht so einfach zu sein.«

»Würdest du das bitte mir überlassen? Wieso meinst du eigentlich, du kannst dich da einmischen, he?«

»Nein. Das will ich doch gar nicht. Mann, es gibt doch keinen, der erleichterter ist als ich, daß du diesen Trauerzirkus endlich eingestellt hast. Ich will nur nicht, daß du irgendwas anstellst, was uns allen nachher leid tut.«

»Nur keine Panik. Ich weiß schon, was ich tue.«

Er nickte ohne viel Überzeugung. »Und? Wie läuft's mit ihr?« wollte er wissen.

»Hm. Schwer zu sagen. Ich glaube, es ist ziemlich hoffnungslos. Vermutlich ist da jemand anderes.«

»Was heißt vermutlich?«

»Sie rückt nicht damit raus.«

»Ach, dann ist da auch keiner.«

»Ich wünschte, ich hätte deinen Optimismus.«

»Mann, wieso sollte sie dich an der Nase rumführen? Sie ist doch wirklich in Ordnung, das merkt man doch sofort, oder? Vielleicht versucht sie nur, ein bißchen Territorium gegen dich zu verteidigen, he? Ich wette, du hast dich schlecht benommen und sie mit deinem rauhen Charme in Angst und Schrecken versetzt.«

»Was soll denn das heißen? Hör mal, ich komm' auch ohne dein Geschwätz klar, ich bin vielleicht ein bißchen monogamer als du, aber ich bin weder ein Idiot noch ein Anfänger.«

»Ich sag' ja nur.« Er zog seine Pfeife aus der Tasche, stopfte sie bedächtig und hielt Feuer drauf. »Ähm, also hör mal, Mark, ich weiß nicht, wie ich dir das schonend beibringen soll, aber ich denke, wir werden nächsten Monat heiraten. Am zehnten, das ist ihr Geburtstag.«

Ich war geplättet.

»Das ging ... rasant schnell.«

»Tja. Lange Probezeiten bieten keinerlei Erfolgsgarantie, oder?«

Ich grinste. »Nein. Stimmt. Na ja, was soll ich sagen? Ich wünsch' dir Glück, Junge. Das kannst du sicher gebrauchen.«

»Danke, das kann ich. Hör mal, ich hab' da 'ne Bitte. Ich mein', ich weiß ja, daß du eigentlich von der Heiraterei nichts mehr hältst, aber würdest du trotzdem ... ich meine ... hättest du vielleicht Lust, mein Trauzeuge zu sein?«

»Das ist mir eine Ehre.«

Er strahlte.

Wir beschlossen, irgendwo eine Flasche zu kaufen, zu Klaus zu fahren und was zu essen und ein bißchen zu feiern, aber daraus wurde nichts. Sarah kam plötzlich reingestürmt, sie war total außer Atem, knallte die Tür zu und lehnte sich dagegen. »Leute, das glaubt ihr nicht!«

»Was?« fragte Paul neugierig.

Ich schob ihr einen Stuhl hin. »Setz dich erst mal.«

Sie sah mich mit riesigen Augen an, ließ sich auf den Stuhl fallen und schüttelte den Kopf. »Was sagt euch die Adresse Alter Grenzweg Nummer sieben?«

Paul und ich wechselten einen Blick.

»Da wohnen ein paar der reichsten Kunden von diesem Laden hier«, sagte Paul. »Es ist die Adresse von dem neuen Einkaufszentrum am Ortsrand der Stadt, das, wofür sie das Bauland dem Bauern abgepreßt haben. In den oberen Etagen gibt's eine Menge Apartments, wo viele von den zugereisten Yuppies wohnen. Und ein Penthouse gibt's meines Wissens auch.«

»Und woher weißt du das?« fragte sie atemlos.

»Hey, immer mit der Ruhe.« Ich fand, sie sah aus, als wollte sie gleich umkippen, richtig aufgeregt.

Sie ignorierte mich einfach.

»Na ja, ich hab' bei Angys Freundin einen Typen getroffen, der mir von der ganzen Geschichte erzählt hat«, antwortete Paul. »Der war Bauzeichner bei dem Architektenbüro in Freiburg, wo sie das Ding geplant und entworfen haben. Der hat mir von den Apartments erzählt, er hatte die Pläne gesehen.«

»Tja, Jungs«, sie machte ein Gesicht, als würde sie in der nächsten Sekunde ein Kaninchen aus dem Hut ziehen. »Das Einkaufszentrum haben sie gebaut, das steht mal fest. Aber es gibt keine Apartments und kein Penthouse.«

»Was? Wieso das denn nicht? Woher weißt du das?«

»Weil ich gerade da war. Ich hab' mir das Gebäude von oben bis unten angesehen. Im Keller ist ein Lebensmittelgroßmarkt. Im Erdgeschoß und in der ersten Etage sind Geschäfte und Restaurants, ein Kino, zwei Diskotheken. In den zwei Stockwerken darüber von innen alles Rohbau. Sie haben einfach aufgehört zu bauen. Von außen sieht alles toll aus, Fenster sind drin, man käm' nie auf die Idee, daß innen nicht eine einzige Wand verputzt ist. Vermutlich ist ihnen die Luft ausgegangen. Keine Kohle mehr.«

Paul und ich wechselten noch einen erstaunten Blick.

»Aber wie kann es sein, daß keiner davon was weiß?« fragte er fassungslos.

Das fand ich nicht weiter verwunderlich. »Hier passieren erstaunlichere Dinge als das. Viel interessanter wäre die Frage, wer und vor allem wo die Leute sind, die angeblich da wohnen, die jedenfalls mit dieser Adresse hier im Computer stehen.«

Sarah lächelte mich triumphierend an. »Das wüßte ich auch gern.«

Wir dachten alle dasselbe. Noch mehr Schwarzgeldkonten.

»Wie bist du drauf gekommen, dir das Gebäude mal genauer anzusehen, Sarah?«

Sie lächelte jetzt gefährlich. »Habt ihr euch die Namen von den Leuten mal angesehen, die da angeblich wohnen?«

»Sicher.«

»Und? Ist euch nichts daran aufgefallen?«

Ich sah zu Paul. Er schob die Unterlippe vor und zuckte mit den Schultern. »Nein.«

»Hat denn keiner von euch Geschichtsunterricht in der Schule gehabt?«

»Was? Nun mach's doch nicht so spannend, Schatz.«

»Okay. Also, Malecki: Wann war die Völkerschlacht bei Leipzig?«

»Meine Güte, geh mir doch nicht mit so was auf die Eier! Red doch endlich!«

»Also du weißt es nicht. Sie begann am 16. Oktober 1813. Dauerte bis zum 19. Die Koalition errang den ersten großen Sieg über Napoleon. Einer der siegreichen Generäle hieß Schwarzenberg. Und in diesem sagenhaften Apartmenthaus am Alten Grenzweg wohnt angeblich ein Kunde von Kienast, der Karl Schwarzenberg heißt und am 16. Oktober Geburtstag hat. Komischer Zufall, hab' ich mir gedacht. Aber der Nachbar von Herrn Schwarzenberg heißt Arthur Gagern und hat am 18. Mai Geburtstag. Am 18. Mai 1848 wurde die Nationalversammlung in der Frankfurter Paulskirche eröffnet. Ihr Präsident hieß von Gagern. Wollt ihr noch mehr? Jetzt wird's erst richtig spannend. Am Alten Grenzweg Nummer sieben wohnt auch noch ein Mann namens Peter Stahl. Sein Geburtstag ist der 22. Mai. Am 22.5.1939 schloß Hitler mit Mussolini einen Freundschafts- und Bündnispakt. Man nannte ihn den ›Stahlpakt‹.«

Wir starrten sie an, ich konnt's echt nicht glauben. »Wie bist du dahintergekommen? Wie ist dir das nur aufgefallen?«

»Tja, Malecki. Es scheint, daß es noch ein paar Sachen gibt, die wir über unseren Freund Alwin Graf Brelau nicht wußten. Er hat eine Schwäche, und das ist seine Überheblichkeit. Er hält sich für so unantastbar, daß er sich mit seinen Schwarzgeldkonten kleine Scherze erlaubt. Die Namen der Kontoinhaber sind dieses Mal frei erfunden. Sehr phantasievoll.

Und die zweite Sache, die wir über ihn rausgefunden haben, ist, daß er offenbar eine Schwäche für die deutsche Geschichte hat. Oder sagen wir, für die deutschnationale Geschichte insbesondere. Ich hatte von der Sexta bis zum Abitur einen Geschichtslehrer, der hielt historische Daten für wichtiger als die Luft zum Atmen, der kriegte glatt eine Herzattacke, wenn einer seiner Schüler nicht sagen konnte, an welchem Tag der alte Fritz den Thron bestieg. Er machte uns damit das Leben schwer. Jetzt weiß ich, wofür's gut war.«

Sie lächelte zufrieden, schlug ihre sagenhaften Beine übereinander und zündete sich eine Zigarette an.

Ich faßte mich endlich.

»Los, worauf warten wir. Laßt uns die Unterlagen raussuchen. Wenn das stimmt, wenn er Konten eingerichtet hat für Leute, die überhaupt nicht existieren, mit frei erfundenen Namen und frei erfundener Adresse, dann haben wir ihn. Das ist ein bißchen zu wild, als daß ihn noch irgendwas retten könnte.«

Sie nickte. »Tja, sicher. Die Frage ist nur, wie kriegen wir eine komplette Aufstellung von den Kunden, deren Adresse der Alte Grenzweg Nr. 7 ist? Diese drei sind mir nur durch Zufall aufgefallen, als ich diese allgemeine Kontenüberprüfung gemacht hab', die du mir aufs Auge gedrückt hast. Aber der Computer wird kaum in der Lage sein, anhand einer Adresse eine Kundenliste zu erstellen. Das ist im Programm nicht vorgesehen, richtig?«

Daran hatte ich nicht gedacht. Ich nickte ratlos.

Ich bin nicht gerade der begnadete Computerfreak. Die Dinger sind für mich so ähnlich wie Telefone: Ich bin absolut in der Lage, sie fachgerecht zu bedienen, aber ich werd' nie begreifen, wie sie funktionieren. Es gibt auch wirklich Dinge, die mich brennender interessieren.

Aber wir hatten Glück, wir hatten einen Computerfreak bei uns. Paul war beim Bankhaus Kienast ziemlich berühmt als Computerkapazität. Es gab Leute in der EDV-Abteilung, deren Job es war, sich mit den Dingern auszukennen, die ihn anriefen und um Rat fragten. Man munkelte, daß er die Kienast-Programme besser kannte als die Leute, die sie bei IBM angefertigt hatten. Man munkelte auch, daß IBM ihm schon mehrfach einen gutbezahlten Job angeboten hatte.

Ich sah ihn an. »Ist da irgendwas zu machen?«

»Klar. Wir brauchen eine Suchroutine.«

»Eine was?«

»Ein Hilfsprogramm, Mann. Guck mal, das Programm, in dem die Kundenadressen verwaltet werden, kennt eine Reihe von Auswahlkriterien, nach denen du Daten aufrufen kannst. Zum Beispiel ein alphabetisches, anhand der Namen, oder ein numerisches, anhand der Kontonummern. Wenn du willst, daß er eine Gruppe von Kundendaten unter anderen Auswahlkriterien rausrückt, mußt du ihm nur sagen, wie er's machen soll. Dafür brauchst du eine Suchroutine.«

»Verschon mich mit Einzelheiten. Wo kriegen wir so was her?«

Er grinste. »Das kannst du bei IBM bestellen. Dauert höchstens zwei Monate. Oder ich kann's schreiben.«

»Und wie lange dauert das?«

Er wiegte leicht den Kopf hin und her. »Stunde ungefähr.«

Pauls Programm funktionierte einwandfrei. Das Ergebnis war der endgültige Durchbruch. Der Computer druckte eine Liste mit siebenundzwanzig Namen aus. Es war in allen Fällen das gleiche: Zu jedem Namen und jedem Geburtsdatum fiel Sarah ein denkwürdiges Ereignis aus der glorreichen deutschen Geschichte ein.

Wir machten uns daran, die Kontoeröffnungsanträge und die Vollmachtsformulare rauszusuchen. Sie waren alle vorhanden und unverfälscht. Und alle trugen Brelaus Unterschrift.

Wir saßen um unseren Tisch herum, die Formulare lagen wild vor uns verteilt.

Sarah hatte sich zurückgelehnt, rauchte eine und lächelte zufrieden.

Paul hatte den Kopf auf die Hand aufgestützt und starrte auf das Belastungsmaterial auf dem Tisch. »Ich denk', das war's, Mark. Jetzt kann er sich am nächsten Baum aufhängen.«

Ich nickte, trank von meinem Kaffee und schnappte mir eine Handvoll Formulare. »Laßt uns eine Liste machen mit den Namen der Bevollmächtigten und den dazugehörigen Kontoständen. Damit wir sehen, welche Größenordnung die Sache hat.«

Als unsere Liste fertig war, bekamen wir alle drei kalte Füße.

Da gab es einen Bundestagsabgeordneten. Er war angeblich der Bevollmächtigte einer Frau Maria Wann. Ihr Geburtstag war der 20. Januar. Das fiel sogar mir auf, jetzt, wo ich einmal wußte, worauf ich achten mußte. Schließlich bin ich ja auch mal zur Schule gegangen, und ich erinnerte mich, daß am 20.01.1940 die Wannseekonferenz gewesen war. Offenbar hatte Brelau eine echte Schwäche für die Nazis. Jedenfalls belief sich das Guthaben auf dem Konto dieser Frau Wann auf knapp eineinhalb Millionen.

Dann war da ein parlamentarischer Staatssekretär aus dem Innenministerium. Über eine Million. Nicht zu vergessen der Manager einer Textilfabrik aus Krefeld und das Aufsichtsratsmitglied eines der namhaften Automobilkonzerne. Ich meine, einen von den wirklich Großen.

Es verschlug uns schier den Atem. Wir sahen uns ratlos an.

»Mark«, sagte Paul tonlos, »ruf Ferwerda an.«

»Ja. Du hast recht. Warte hier.«

Seit der Sache mit der Wanze traute ich den Telefonen in der Bank nicht mehr. Wie benommen torkelte ich raus auf die Straße und zum Marktplatz runter. Da gab's eine Telefonzelle.

»Ferwerda.«

»Ich bin's.«

»Malecki?«

»Genau.«

»Was ist los?«

»Ich weiß gar nicht, womit ich anfangen soll.«

»Am besten mit dem Anfang, Mann.«

Ich unterschlug ihm die Sache mit den gefälschten Unterschriften, unseren Rausschmiß aus dem Hotel und diese Sachen, ich begann mit den vergifteten Kühen und dem Einkaufszentrum und Sarahs Entdeckung vom Vortag.

Als ich fertig war, war es einen Moment still am anderen Ende. Dann sagte er: »Ich wußte doch, daß Goldstein ein Gewinn sein würde. Sind Sie zufrieden mit ihr?«

»Was? Äh, ja natürlich ... Verdammt, sagen Sie mir doch, was ich jetzt anfangen soll.«

Er lachte dröhnend. »Soweit ich weiß, ist das das erste Mal, daß Sie sich an die Spielregeln halten, Malecki, statt wie gewöhnlich Ihre Kompetenzen zu überschreiten und einfach zu tun, was Sie wollen. Kann es sein, daß Sie es mit der Angst zu tun bekommen?«

»Ja, kann sein.«

»Dann hören Sie mir genau zu: Tun Sie ganz einfach Ihre Arbeit. Lassen Sie sich nicht davon bremsen, daß das Ergebnis vielleicht ein Skandal sein wird, der das ganze Land erschüttert. Das soll Ihre Sorge nicht sein. Machen Sie einfach weiter. Sie sind doch sonst nicht aus der Ruhe zu bringen. Gehen Sie zu Brelau, konfrontieren Sie ihn mit Ihrer neuen Entdeckung. Vielleicht wird er weich und gesteht. Dann ersparen Sie sich lange Ermittlungen und Beweisführungen. Tun Sie einfach, was Sie unter normalen Umständen tun würden. Um den Staub, den Sie aufwirbeln, werde ich mich kümmern.«

»Gut.«

»Aber was immer Sie tun, seien Sie diskret. Schalten Sie um Himmels willen keine Behörden ein. Sie wissen ja, wenn es irgendwie möglich ist, hat der Vorstand es lieber, wenn unsere schmutzige Wäsche in aller Stille gewaschen wird.«

»Natürlich.«

»Und, Malecki ... Es gibt ein paar Sachen, auf die Sie achten müssen. Das sind zum einen die Unterlagen, die Sie heute sichergestellt haben.«

»Und weiter?«

»Geben Sie vor allem auf sich selbst acht. Sagen Sie das auch den anderen. Die Sache wird gefährlich.«

»Ich weiß.«

»Gut. Kommen Sie morgen abend bei mir vorbei, falls Sie in der Stadt sind.«

»Abgemacht.«

»Und? Was hat er gesagt?« Paul sah immer noch ein bißchen blaß aus und guckte mich gespannt an.

Ich setzte mich erst mal und zündete mir eine Zigarette an. »Er sagt, wir sollen so tun, als wär' nichts.«

»Verdammt, Mark. Kannst du nicht wenigstens dieses eine Mal ernst sein?«

»Ehrlich. Er scheint es auf die leichte Schulter zu nehmen. Er meint, ich soll jetzt zu Brelau gehen und ihn mit der Sache konfrontieren. Er hofft, daß er weich wird.«

»Er kennt ihn nicht.«

»Nein, ich hab' da auch wenig Hoffnung. Aber werd's trotzdem versuchen.«

»Soll ich mitkommen?«

»Nein. Wenn überhaupt, hab' ich wohl eher allein eine Chance. Gebt mal den Plunder her, vor allem die Liste. Bis später.«

Ich machte es ganz offiziell und wandte mich höflich an Frau Herberat. »Würden Sie Herrn Brelau freundlicherweise fragen, ob er ein paar Minuten Zeit für mich hat?« Ich strahlte sie an.

Sie warf mir einen Blick zu, von dem man glatt zur Salzsäule erstarren konnte, und drückte auf den Knopf der Gegensprechanlage.

»Ja!«

»Herr Malecki hätte Sie gern gesprochen, Herr Direktor.«

»Soll reinkommen.«

Sie deutete mit dem Daumen auf die Tür, ohne mich noch mal anzusehen.

»Nun, Malecki? Sind Sie gekommen, um sich zu verabschieden?«

»Nein, vorläufig noch nicht. Werfen Sie doch mal 'nen Blick hier drauf.«

Ich beobachtete sein Gesicht genau, als er die Unterlagen aus meiner Hand nahm.

Er breitete sie vor sich auf seinem ordentlichen Schreibtisch aus, stützte einen Ellenbogen auf und betrachtete sie mit einem gelangweilten Stirnrunzeln. Dann guckte er mich an. »Und?«

»Meinen Sie nicht, es ist an der Zeit zu kapitulieren?«

Er lächelte nachsichtig. »Dieses Wort kenne ich noch nicht mal. Und ich sehe vor allem gar keinen Grund dafür.«

»Ach nein? Wollen Sie bestreiten, daß es sich hier um Konten handelt, die auf frei erfundene Namen lauten?«

»Wie kommen Sie auf so was?«

»Ihre alte Freundin Sarah Goldstein ist ein As in Geschichte. Sie war von Ihrer Phantasie sehr angetan. Die Namen sind erfunden, soviel ist sicher. Sehr real sind dagegen die Namen der Bevollmächtigten. Richter, Manager, Parlamentsabgeordnete, lauter honorige Bürger, die mit Ihrer Hilfe den Staat um die Steuern bescheißen. Es ist aus, Brelau.«

Sein Gesicht zeigte einen Anflug von Ärger, aber keinerlei Spuren der Verzweiflung, die seiner aussichtslosen Situation angemessen gewesen wäre. »Und können Sie Ihre interessante Theorie auch beweisen?«

»Wenn's wirklich sein muß, werde ich das tun. Aber ich gebe Ihnen den Rat, sich ein bißchen kooperativ zu zeigen. Packen Sie aus, Mann. Bevor ich auf die Idee komme, mich mit der Frage zu beschäftigen, was für Sie dabei rausgesprungen ist. Überlegen Sie es sich. Noch haben Sie vielleicht eine Chance, mit einem guten Anwalt und Ihren zahlreichen Beziehungen ohne Knast aus der Sache rauszukommen. Aber wenn ich rauskriege, wer Ihre alljährliche Safari in Namibia bezahlt oder wieso Sie sich so ein riesiges Haus leisten können oder woher Sie das Geld haben, um hier ein Vermögen an Antiquitäten aufzustellen, dann sind Sie fertig.«

Er stand auf und donnerte seine kleine, gepflegte Faust auf den Tisch. »Sie wagen es, mir zu drohen? Das ist lächerlich!« Er machte eine kurze Pause, es gelang ihm ziemlich schnell, die Fassung wiederzufinden. »Machen Sie sich lieber nichts vor, Malecki. Es wird nicht so einfach sein, Ihre Behauptungen zu beweisen. Sie werden feststellen, daß jede der angeblich erfundenen Personen im Melderegister dieser Stadt als sehr leibhaftiger Bürger vermerkt ist, es gibt Geburtsurkunden, vielleicht sogar Heiratsurkunden; die Existenz einer Person ist doch immer so real wie der amtliche Existenznachweis, oder? Und selbst wenn Sie es schaffen: Glauben Sie denn im Ernst, all diese einflußreichen Persönlichkeiten würden es sich gefallen lassen, daß ein hergelaufener kleiner Bankangestellter wie Sie ihnen Ärger macht? Glauben Sie, sie würden es riskieren, sich von Ihnen das Image kaputtmachen zu lassen und vielleicht die nächste Wahl zu verlieren? Wenn Sie das glauben, sind Sie ein Idiot. Hören Sie lieber auf, Mann. Diesmal haben Sie mehr zu verlieren als nur Ihren Job.«

Ich merkte, wie mir die Galle überkochen wollte, aber ich beherrschte mich meisterhaft. »Der Rest ist geschenkt, Brelau. Gegen Ihre Drohungen bin ich ziemlich immun. Ich werde diese Geschichte beweisen, und wenn es Jahre dauert. Ich hab' keine Eile. Aber viel Geduld, wenn's sein muß.«

Wir beantragten im Archiv in Freiburg die Mikrofilme zu den Kontobewegungen der siebenundzwanzig historischen Kunden. Wenn wir schon keine Beweise beschaffen konnten, jedenfalls nicht auf Anhieb, dann wollten wir wenigstens Indizien.

Und ein Indiz würde sein, daß die angeblichen Kontoinhaber niemals in Erscheinung getreten waren. Wir waren sicher, daß es auch in diesem Fall so sein würde, daß nur die Kontobevollmächtigten irgendwelche Transaktionen vorgenommen hatten.

»Gut und schön«, meinte Paul, als wir abends mit einem Bier unter der Erle in Klaus Hofers Garten standen und die Sache besprachen. »Aber das wird uns nicht viel weiterbringen, Mark. Er hat ja recht, wenn er sagt, daß man mächtigen Leuten nicht so leicht an die Karre pissen kann. Wir müssen uns schon was Hieb- und Stichfestes beschaffen.«

Ich trank von meinem Bier. »Tja. Völlig richtig. Ich wüßte gerne, ob es nicht irgendwelche Korrespondenz gibt.«

»Was für Korrespondenz?«

»Na ja, ich stelle mir vor, daß das ungefähr so abgelaufen ist: Ein Richter und ein Abgeordneter treffen sich abends in ihrem Rotary-Club, und der Richter weint dem Abgeordneten was vor, daß er so viel Steuern für sein Kapitalvermögen bezahlen muß. Da gibt ihm der Abgeordnete einen Tip und eine Adresse in Ellertal. Und dann muß der Richter doch Kontakt mit Brelau aufnehmen, oder nicht?«

»Also, wenn ich der Richter wäre, hätte ich das Telefon genommen.«

»Ja, schon möglich. Aber ich glaube nicht, daß alle das gemacht haben. Viele Leute vertrauen delikate Angelegenheiten lieber einem persönlichen Brief an als einer unsicheren Telefonleitung. Ganz sicher die Parlamentarier, die mit all ihren Skandalen, die können doch keinem Telefon trauen. Ich bin sicher, es gibt Korrespondenz.«

»Aber warum sollte Brelau sie nicht vernichtet haben?«

»Weil es ihm dienlich sein könnte, etwas gegen seine mächtigen Kunden in der Hand zu haben. Für einen Fall wie diesen, zum Beispiel. Wenn's ihm an den Kragen geht, werden sie ihn fallenlassen und nicht mal mehr seinen Namen kennen. Es sei denn, er kann ihnen einen Fetzen Papier unter die Nase halten, der beweist, daß sie mit drinhängen und gezwungen sind, ihm aus der Klemme zu helfen.«

»Hm. Möglich, daß du recht hast. Aber wo sollten wir diese Briefe finden?«

»Tja, Mann. Keine Ahnung.«

Ich hatte das Gefühl, daß er mich scharf ansah. Ich blieb ganz cool, trank mein Bier aus und setzte mich auf Ellens Schaukel.

»Wie werden wir also weitermachen?«

»Erst mal mit den Mikrofilmen. Mal sehen, was das bringt.«

»Wo sind die Formulare, die wir heute gefunden haben?«

»Oben in meinem Zimmer.«

»Vergiß nicht, die morgen mitzubringen. Wir werden sie brauchen zum Unterschriftenvergleich mit den Mikrofilmen.«

»Ich werd' dran denken. Ich würd' die Sachen sowieso nicht hierlassen. Ich könnte mir vorstellen, daß das genau die Art von Unterlagen ist, die einen Hang zum Verschwinden hat.«

Es wurde ziemlich spät, bis Angy und Paul beschlossen aufzubrechen. Hofer brachte sie nach Hause, er hatte nichts getrunken.

Als er zurückkam, saß ich als einziger noch in der Küche, die anderen waren schlafen gegangen.

»Bist du müde, oder trinkst du noch ein Bier mit?«

Er schüttelte den Kopf. »Ich bin nicht müde, und ich merk' schon den ganzen Abend, daß du was mit mir besprechen willst. Aber kein Bier, danke.«

»Ist das 'ne religiöse Überzeugung oder so?«

»Nein, das ist Alkoholismus, Mann.«

»Wieso hast du das nicht ein bißchen eher gesagt, statt uns den ganzen Abend beim Biertrinken zuzugucken?«

Er zog die Schultern hoch. »Hm, keine Ahnung. Vielleicht wollte ich mal sehen, ob's noch so schlimm ist wie früher.«

»Und? Ist es das?«

»Verlaß dich drauf.«

Ich starrte ein bißchen phlegmatisch auf mein Bier, dann stand ich auf und schüttete es weg.

»Also? Was ist es, Mark?« fragte er, als ich zurückkam.

»Tja. Komplizierte Sache. Kennst du die Leute, die für Brelau arbeiten?«

»Du meinst die Bankangestellten?«

»Genau.«

»Klar. Ich kenne alle, aber nicht alle gleich gut.«

»Erzähl mir alles, was du von ihnen weißt.«

»Das kann ich nicht. Ich hab' eine Schweigepflicht.«

»Dann erzähl mir das, was du kannst.«

»Wofür willst du das wissen?«

»Na ja. Wir haben was rausgefunden, womit wir Brelau das Genick brechen können. Aber es wird schwierig, die Sache zu beweisen. Ich brauche einen Verbündeten, einen Überläufer aus Brelaus Reihen. Sonst wird's übel aussehen.«

Klaus dachte eine Weile nach, er drehte eine Teetasse zwischen den Händen und schnippte dann eine Zigarette aus einem verknitterten Päckchen. »Ich weiß nicht, ob ich dir da weiterhelfen kann. Mal überlegen. Agnes Herberat kannst du vergessen. Sie ist eine fromme Seele und gibt, was sie kann, wenn ich für die Mission in Burundi sammle, sie ist im Kirchenchor und Vorsitzende im Pfarrgemeinderat, aber eigentlich ist sie eine Schreckschraube. Und sie ist Brelau so ergeben, sie würde vor ihm auf die Knie fallen und ihm einen blasen, wenn er sie drum bäte.« Er schwieg nachdenklich.

Ich grinste und sah ihn an. Wirklich ein komischer Pfarrer.

»Und dann ist da Liesel Jakobs. Die kannst du auch vergessen, die fürchtet sich zu sehr. Sie hat vor allem Angst, am meisten vor Brelau. Hans Thoma würde sofort einen Herzinfarkt kriegen, und der junge Tobler ist einfach zu beschränkt. Über diese Bruns und den Schwulen kann ich dir nichts sagen, ich hab' sie noch nie gesprochen. Ich seh' sie nur mal auf der Straße und höre, was die Leute über sie reden. Aber ich denke, bei den beiden hättest du noch die besten Chancen.«

Es war zum Haareraufen. Ich winkte ab. »Vergiß es. Brelau hat sie beide in der Tasche. Er erpreßt Hansen mit einer Geschichte wegen eines minderjährigen Jungen, und Carola Bruns ist finanziell von ihm abhängig. Er bezahlt ihre Spielschulden.«

Klaus schüttelte traurig den Kopf. »Es ist verrückt. Die Leute, die mich am dringendsten brauchten, finden einfach nie den Weg in die Kirche. Kannst du mir ein bißchen mehr erzählen über die Sache, mit der Brelau diesen Hansen erpreßt?«

Ich hatte keinerlei Bedenken. Ich erzählte ihm, was ich wußte.

Er starrte mich erstaunt an und schüttelte verständnislos den Kopf. »Aber der Sohn des Staatsanwaltes ist tot!«

»Was? Wovon redest du?«

»Jens Krassberg. Er ging in Frankfurt auf den Strich. Er war grad mal siebzehn. Vor zwei Monaten haben sie ihn aus dem Main gefischt.«

Das war ein Hammer.

»Könnte es nicht der Lümmel von irgendeinem anderen Staatsanwalt sein?«

»Nein, bestimmt nicht. Krassberg ist der einzige Staatsanwalt, der hier in der Stadt wohnt. Er hatte immer viel Kummer mit seinem Jungen, aber er hat die Dinge auch falsch angefaßt. Als Jens zuerst in Verruf kam, sich mit Männern einzulassen, schickte er ihn in irgendein Internat mit militärischem Drill. Da ist natürlich alles nur schlimmer geworden. Dann kam der Junge irgendwann zu den Ferien nicht nach Hause, sondern tauchte in Frankfurt ab. Sie konnten ihn nicht finden, obwohl sein Vater Himmel und Hölle in Bewegung setzte. Tja, und dann haben sie ihn tot aufgefunden. Furchtbare Geschichte.«

Ich dachte darüber nach. »Till Hansen scheint das nicht zu wissen. Hat es denn nicht in der Zeitung gestanden?«

»Nein. Darüber hab' ich mich auch gewundert. Vermutlich hat Krassberg sich das 'ne Stange Geld kosten lassen. Ich weiß es von der Mutter des Jungen. Aber der Staatsanwalt ist ein Typ, dem sein guter Ruf und der seiner Familie vermutlich wichtiger sind als alles andere. Furchtbarer Kerl. Guter Freund von Brelau.«

»Aber was kann es Till nützen, daß der Junge jetzt tot ist?«

»Na ja, ohne die Aussage des Jungen können sie ihm nicht viel anhaben, oder?«

»Keine Ahnung.«

Klaus zuckte mit den Schultern. »Zumindest ist es eine Chance. Red doch mal mit ihm.«

»Tja, vielleicht werd' ich das tun.«

Wir schwiegen eine Weile. Das klappte ohne weiteres, kam schon mal öfter vor, daß wir einfach so zusammensaßen und nichts sagten. Wir verstanden uns wirklich ganz gut. Ich rauchte auf und verabschiedete mich mit einer Handbewegung und warf unterwegs einen Blick in den Kühlschrank. Ein Bier war noch da. Ich schnappte es mir, ich wollte nicht, daß der Teufel Klaus die ganze Nacht in Gestalt eines Kühlschranks versuchte.

Dann machte ich mich an den mörderischen Aufstieg zu meinem Zimmer. Als ich gerade aufschloß, kam Sarah aus ihrer Tür geschossen. »Na endlich.«

»Hey! Wenn ich gewußt hätte, daß du so sehnsüchtig auf mich wartest, wär' ich eher gekommen.«

Sie verzog das Gesicht. »Bild dir ja nichts ein. Ich wollte mir was aus deiner Flasche holen, weil ich nicht einschlafen konnte, und mußte feststellen, daß du neuerdings deine Tür abschließt.«

»Zu Recht, wie sich soeben bewiesen hat. Tut mir leid. Ich hab' nichts mehr. Komm trotzdem rein. Du kannst die Hälfte von diesem Bier hier haben.«

Sie schob die Unterlippe vor und schüttelte den Kopf. »Ach, manchmal bist du doch wirklich enttäuschend. Was hast du mir schon zu bieten, wenn dein Bourbon alle ist?«

Ich ließ die Hände sinken und sah sie an. Wir standen uns in dem kleinen, staubigen Flur direkt gegenüber. Ich holte tief Luft. »Weißt du das wirklich nicht?«

Sie grinste und winkte ab. »Ach, hör doch auf.«

»Hast du nie Angst, du könntest mal was versäumen?«

»Hm, nein. Eigentlich nicht.«

Ich faßte sie am Arm, zog sie näher und machte gleichzeitig einen Schritt auf sie zu. Sie sah mich halb neugierig, halb amüsiert an, und ich drückte meine Lippen auf ihren unverschämten roten Mund.

Augenblicklich war ich eingehüllt in diesen fernen Duft weißer Magnolien. Ihr Lippenstift schmeckte wie ein frischer Himbeerkaugummi. Ihre Lippen öffneten sich, und ihre Zunge wagte sich vor, sie war kühl und schnell und schamlos, und ich verfiel ihr rettungslos innerhalb von Sekunden. Das schaffte sie spielend. Die Dose glitt aus meiner Hand und rollte über die Holzdielen.

Zwei T-Shirts übereinander ist nicht viel Stoff, ich konnte ihre harten Brustwarzen spüren, und ich hatte mit einem Mal weiche Knie. Nichts wär' mir lieber gewesen, als hier auf dem Flur mit ihr zu Boden zu sinken und mit ihr zu bumsen, bis das Haus einstürzte. Es waren vor allem ihre Lippen, die mich so elektrisiert hatten.

Wir saugten uns aneinander fest, ich legte eine Hand auf ihren Hintern und drängte sie auf die Tür zu. Wir stießen gegen die Wand und blieben da für einen Moment. Ihre Zunge umkreiste meine. Ich fuhr mit meiner an ihren Zähnen entlang und verlagerte das Schlachtfeld wieder in ihren Mund.

Sie legte den Kopf in den Nacken, weil ich sie immer weiter nach hinten drückte.

Ihre Haltung wirkte irgendwie gefügig, es war ein ergreifender Anblick. Sie stieß uns von der Wand ab, legte ihre eine Hand in meinen Nacken, mit der anderen zog sie mein T-Shirt aus der Jeans und streichelte meinen Rükken.

Wir steuerten gegen die andere Wand, zwischen der Tür zum Bad und der Gerümpelkammer, ein Kruzifix stürzte von der Wand, als ich mit der Schulter dagegenstieß.

Ich machte einen neuen Versuch, sie zu meiner Zimmertür zu lotsen. Ich schob eine Hand von hinten zwischen ihre Beine, um sie von meinen Plänen abzulenken, und ihr linkes Bein umschlang mich plötzlich, sie legte sich noch ein bißchen weiter zurück. Ich fuhr mit der Hand an diesem göttlichen Oberschenkel entlang. Sie trug nur eine dünne Stoffhose, wie Mädchen sie im Sommer schon mal anhaben, und als ich wieder an ihrem Hintern ankam, spürte ich, daß sie nichts drunter anhatte. Als ich das merkte, klinkte mein letzter Rest Verstand aus. Ich dachte nur noch, sie hat wirklich auf dich gewartet, Mann, und dann ließ ich mich treiben.

Ich beendete den Kuß so diplomatisch wie möglich, weil wir sonst nie in eins der Zimmer gekommen wären, und faßte sie am Handgelenk. Ich öffnete meine Tür, sie zog mich rein und riß sich schon das T-Shirt über den Kopf, bevor ich die Tür ganz geschlossen hatte.

»Hey, laß mich das machen.«

Sie lachte leise, sie lachte mich schon wieder aus, aber das war mir egal, mir war alles egal. Ich machte den Knopf von ihrer Hose auf. Der Reißverschluß war zum Glück auf meiner Seite und machte mir keine Schwierigkeiten. Ich streifte das verdammte Ding runter und fuhr dabei über ihre Beine.

Sie ließ sich das ein paar Sekunden gefallen und schob meine Hände dann weg. »Zieh dich aus, Mark.«

Sie sah mir zu und ging mir hier und da zur Hand, irgendwie gefiel ihr das, sie lächelte, fuhr sich mit beiden

Händen durch ihre Löwenmähne und ging rückwärts aufs Bett zu.

Ich folgte ihr, schnappte sie mir, bevor sie sich niederlassen konnte, stellte ihren einen Fuß auf die Bettkante und glitt in sie rein.

»Plötzlich bist du in Eile, was?«

»Mußt du immerzu reden, Goldstein?«

Sie sah mir ein paar Sekunden in die Augen, ihre Finger spielten mit den Haaren in meinem Nacken. Ihr Atem ging ruhig und gleichmäßig, es war, als taxierte sie mich. Ich hatte das Gefühl, als könnte ich Jahrhunderte so weitermachen, plötzlich hatte ich keine Angst mehr, zu früh in ihr zu explodieren, das hier konnte einfach nicht schiefgehen.

Ich drängte sie zurück und ließ sie aufs Bett gleiten, beugte mich über sie und küßte ihren Bauchnabel, endlich. Ich ließ mir Zeit rauszufinden, wie sie schmeckte, und nahm alles in meinen unbescheidenen Mund, was mir so unterkam. Dann zog sie mich auf sich.

Mir war, als hätte ich mich kopfüber in eine Supernova gestürzt, ich fand mich wieder in einem wirbelnden Sog sinnlicher Empfindungen und fragte mich, ob das Paradies dem würde standhalten können.

Und als sie sehr viel später endlich fertig mit mir war und von mir abließ, fragte ich mich, ob meine Pumpe das auf Dauer mitmachen würde.

9

Das Ausmaß meiner Schwierigkeiten wurde mir erst bewußt, als ich am nächsten Morgen wach wurde und feststellte, daß sie irgendwie quer über mir lag. Ihre Hand lag auf meinem Bein, ihr Kopf auf meiner Brust, wir hatten die Decke zum Teufel geschickt. Ich stopfte mir ein Kissen in den Nacken und sah sie an, ließ versuchsweise einen Finger über ihre Hüfte wandern, aber sie rührte sich nicht.

Ich dachte, es müßte ein Gesetz geben, das so was verbietet, das verhindert, daß so ein Mädchen auf einen wehrlosen Kerl losgelassen wird, der gerade erst wieder aufgestanden ist, nachdem er eine geraume Zeit blutend am Boden gelegen hat. Ich saß in der Falle. Wenn sie einfach nur schön gewesen wäre, wär' es ja noch in Ordnung gewesen. Aber daß ich schon keine Lust mehr hatte, morgen früh ohne sie aufzuwachen, verschaffte mir Unbehagen, es löste eine seltsame Beklommenheit aus. Trotzdem kam ich nicht umhin, sie auf den Rücken zu drehen und wieder von vorne anzufangen, es war unvermeidlich. Ich konnte sie keine Minute lang ansehen, ohne auf solche Ideen zu kommen.

An diesem Morgen kam Sarah Goldstein zum ersten Mal in ihrem Leben zu spät zur Arbeit. Wir kamen nicht so richtig aus den Federn, sie schien sich darüber auch nicht besonders aufzuregen. Wir ließen es ruhig angehen, ohne viel zu reden. Ich kam nicht dahinter, was in ihrem Kopf vorging, was sie von der Sache hielt, aber ich hatte auch keine große Lust, so früh am Tag darüber zu reden. Das Risiko war zu hoch.

Als wir zu guter Letzt so gegen halb elf eintrudelten, war Paul schon am Werk. Er verlor kein Wort über unsere Verspätung, von mir war er das schließlich gewohnt. Er traktierte mich nur mit einem fragenden Grinsen.

Wir verbrachten einen zähflüssigen Tag mit den verdammten Mikrofilmen. Es war Freitag, aber es kam einfach kein Hauch von Wochenendstimmung auf. Ein Ende der Arbeit war nicht abzusehen, es war langwierig und nervtötend. Ich war mit meinen Gedanken meilenweit weg, ich konnte mich kaum konzentrieren. Ich war erleichtert, als Feierabend wurde.

Als wir auf die Straße rauskamen, hatte sich ein unfreundlicher Wind erhoben, er pfiff um die Ecken der Häuser und zerrte an uns. Er war kalt und böig und trieb große graue Regenwolken über den Himmel.

»Was machen wir?« fragte Sarah und zog ihren Mantel fester um sich.

»Laßt uns zum Ellertaler Hof fahren«, schlug Paul vor.

Wir verkehrten da eigentlich kaum noch, aber Angy mußte arbeiten, und so wollten wir da eine Kleinigkeit essen und warten, bis sie Feierabend machte.

Die Gaststube war schon ziemlich voll, es war wohl das Wetter, das die Leute zahlreicher als gewöhnlich in die Kneipe trieb. Keiner hatte Lust, unter solchen Wolken noch großartig mit seinen Kühen auf den entlegenen Weiden rumzukaspern.

Angy stand hinter der Theke und zapfte Biere im Akkord, während ihr Boß seelenruhig mit ein paar Gästen an einem Tisch hockte. Schließlich fand sie eine Minute Zeit und kam zu uns rüber. Sie war ganz außer Atem. »Na, ihr Süßen, wie geht's euch?«

Paul drückte einen flüchtigen Kuß auf ihren Arm, als sie über den Tisch langte, um einen neuen Aschenbecher hinzustellen.

»Hungrig«, meinte Sarah.

Angy nickte. »Ihr seid Glückspilze. Heute gibt's frischen Lammrücken in einer tollen Kräutersauce. Alles was recht ist, Wagner ist und bleibt ein Wichser, aber sein Lammrücken ist unübertroffen.«

Ich schnitt eine Grimasse. »Also, wenn's euch nichts ausmacht, würd' ich lieber woanders essen.«

»Wieso das denn?« fragte Sarah entrüstet.

»Ach. Ich mag kein Lammfleisch, das ist alles.«

Sie betrachtete mich kopfschüttelnd. »Okay, laß uns meinetwegen irgendwoanders hingehen. Aber wo sollen wir was zu essen bekommen? In diesem gastfreundlichen Kaff setzen sie uns doch fortwährend vor die Tür.«

Angy wußte Rat. »Geht einfach zu dem Griechen ganz am Ende der Straße. Der Typ hat mit nichts was am Hut, dem würd's nicht einfallen, sich von Brelau was vorschreiben zu lassen.«

Das klang nicht übel. »Na schön. Gehen wir.«

Sarah stand auf, aber Paul schüttelte den Kopf. »Wenn's euch nichts ausmacht, bleib' ich hier. Angy macht in einer Stunde Schluß hier, ihre Eltern warten zu Hause auf uns.« Plötzlich wurde er rot wie ein Feuerwehrauto. »Na ja, ich hab' ihnen gesagt, ich wollte was mit ihnen besprechen heute abend.« Er studierte eingehend die Beschaffenheit seiner Fingernägel.

Angy lächelte strahlend.

Sarah sah sie entgeistert an. »Was ist denn mit euch los?«

Angy zuckte mit den Schultern und lächelte immer noch. »Paul meint, wir müßten ihnen wenigstens die Möglichkeit geben, was dazu zu sagen, daß wir heiraten wollen. Er will mit ihnen darüber reden, es irgendwie offiziell machen.«

Sarah öffnete den Mund, schloß ihn dann wieder, schüttelte den Kopf und sah mich hilfesuchend an.

Ich stand auf. »Ich würde gern die Braut küssen.« Ich nahm Angy in die Arme. »Ich wünsche dir alles Glück der Welt, Engel.«

Sie lachte. »Danke, Mark.«

Sarah faßte sich allmählich und lächelte schwach. »Ich kann euch zwar nicht verstehen, aber ich wünsch' euch auch Glück. Ich hoffe, ihr wißt, was ihr tut.«

Sie überrumpelte Paul und schlang die Arme um ihn, verpaßte ihm einen Kuß mitten auf den Mund, ehe er überhaupt wußte, wie ihm geschah. Dann wandte sie sich an Angy, legte die Hand auf ihren Arm und flüsterte ihr was ins Ohr. Die beiden kicherten und tuschelten.

Ich sah zu Paul, dem die Sache offenbar unendlich peinlich war. Er hatte den Kopf unnötig tief über seine Pfeife gebeugt.

»Ich hoffe, du hast wenigstens einen Strauß Blumen für ihre Mutter?«

Er schob die Unterlippe vor, hob die Schultern und grinste mich an. »Klar. Liegt hinten in deinem Wagen.«

Ich gab ihm die Schlüssel. »Hier. Ihr könnt ihn haben. Sarah und ich werden zu Fuß gehen. Ist ja nicht so weit wie zu euch raus.«

»Danke.«

»Keine Ursache. Was ist, Sarah? Können wir?«

»Klar. Ich warte nur, daß du endlich fertig wirst.«

Als wir auf den Hof hinter dem Hotel kamen, fielen gerade die ersten dicken Tropfen und zerplatzten auf dem Asphalt wie winzige Wasserbomben.

»Ich wette, du besitzt keinen Regenschirm, Malecki, richtig?«

Ich antwortete ihr nicht, ich war abgelenkt.

Mein Wagen stand am Ende einer unordentlichen Reihe, hinten an der Ecke des Hauses, vielleicht zwanzig Meter entfernt. Es war dunkler, als es hätte sein dürfen, wegen der Wolken und des zunehmenden Regens, aber trotzdem erkannte ich ziemlich deutlich, daß eine Gestalt in einer Motorradjacke sich in höchst verdächtiger Weise an meinem Kofferraum zu schaffen machte.

»Wart 'ne Sekunde.«

Ich ließ sie stehen und näherte mich der Gestalt von hinten. »Was hast du an meiner Karre verloren?«

Er wirbelte erschrocken herum, ein Schraubenzieher fiel aus seiner Hand und hüpfte klirrend über den Asphalt.

Es war ein junger Typ, vielleicht zwanzig. Er sah mich für eine Sekunde an und beschloß offenbar, sich auf keine Diskussion einzulassen. Er rannte los.

Damit hatte ich gerechnet, ein paar Schritte, und ich hatte ihn. Ich drehte ihm den linken Arm auf den Rücken und drückte ihm meinen Unterarm auf den Kehlkopf, er konnte sich nicht rühren.

»Ich hab' dich was gefragt, du kleiner Wichser!«

»Nichts, Mann. Bleib ganz cool«, röchelte er.

»Ich bin die Ruhe selbst. Also?«

»Hey, ich wollte deine Kiste schon nicht klauen!«

»Da wärst du auch schön dämlich. Sah eher so aus, als wolltest du im Kofferraum was suchen.«

»Quatsch!« Er krümmte sich nach vorn, aber ich riß ihn zurück.

»Scheiße, du drückst mir die Luft ab.« Er schien so langsam in Panik zu geraten.

»Das tut mir leid. Na komm schon, mach das Maul auf. Was wolltest du am Kofferraum? Hat dich jemand geschickt, nach ein paar Unterlagen zu suchen?«

»Was? Ich hab' keine Ahnung, wovon du redest! Niemand hat mich geschickt ... Verdammt, ich ersticke!«

»Nein, so leicht nicht. Los, sag schon.«

Der Junge war härter, als ich geglaubt hatte. Er blieb stumm wie ein Fisch und versuchte ein paar Ausfälle. Sein freier Ellenbogen landete einmal auf meinem Hüftknochen und rutschte ab in meine Weichteile. Ich fand das ganz und gar nicht komisch. Ich schnappte mir ein Büschel seiner Haare, versuchte, den Regen aus meinen Augen zu blinzeln, und drückte ein bißchen fester zu. »Sag, wer dich schickt. Sei ein guter Junge. War's vielleicht Brelau?«

»So'n Blödsinn, er ist nicht mal in der Stadt ... Ich krieg' keine Luft mehr.«

»Tatsächlich? Wo ist er denn?«

»Auf Jagd, wo denn sonst.«

»Du bist gut informiert, was?«

Er äußerte sich nicht dazu. Und weil ich ihn weder umbringen noch auf offener Straße und vor Sarahs Augen verprügeln wollte, nahm ich den Arm von seinem Hals und verpaßte ihm einen unsanften Stoß in die Nieren. »Los, verpiß dich. Und laß dich hier nicht noch mal blikken, verstanden?«

Er verschwand mit Lichtgeschwindigkeit.

Ich sah ihm ein paar Sekunden nach, dann guckte ich mir mein Auto an. Der Lack rund um das Kofferraumschloß war ziemlich übel zerkratzt. Na ja, das war kein Drama.

Als ich einen Schritt zurücktrat und meinen Wagen in der Totale betrachtete, da überlief mich mit einem Mal ein eisiger Schauer, der nichts mit dem Regen zu tun hatte, der mir in den Kragen fiel. Mich packte eine so erbärmliche Angst, daß ich ein Wimmern nur mit Mühe unterdrücken konnte, und ich mußte plötzlich dringend pinkeln.

Ich schüttelte den Kopf und wandte mich ab. Das war doch blödsinnig, an der Karre lag mir nun echt nichts. Aber das Gefühl war ebenso heftig wie unsinnig, es kostete mich einige Mühe, es abzuschütteln. Und auf einmal hatte ich das dringende Bedürfnis, zu Hause anzurufen und zu hören, ob noch alles okay war. Ich ging zu Sarah zurück.

»Was war das denn für 'ne seltsame Vorstellung?«

»Keine Ahnung. Nichts von Bedeutung, hoffe ich. Gehn wir?«

»Okay.« Sie drehte sich noch mal kurz zum Wagen um und trippelte dann neben mir her, ich ging ziemlich schnell, es goß inzwischen wie aus Kübeln.

Sie knickte um. »Verdammt!«

»Das sind wirklich genau die richtigen Schuhe für einen kleinen Sprint durch den Regen, Goldstein.«

»Wenn schon. Wie konnte ich ahnen, daß das Wetter so

apokalyptisch wird? Heute morgen hat die Sonne geschienen.«

Das stimmte nicht, die Sonne hatte nicht geschienen. Aber wenn ihr das so vorgekommen war, konnte das nur ein Kompliment sein, und das kostete ich aus, statt ihr zu widersprechen.

»Wart mal 'ne Sekunde, ich muß mal eben telefonieren.«

»Bist du irre?« Sie strich sich eine nasse Strähne aus der Stirn, es tropfte inzwischen aus ihren Locken. »Meinst du, ich stell' mich hier im Regen vor die Telefonzelle und warte, bis du fertig bist?«

»Schön, dann komm mit rein.«

Wir zwängten uns also zu zweit in die winzige Zelle. Ihr Bein preßte sich an meines, ich rückte noch ein bißchen näher als nötig. Ich fand plötzlich, die Enge in Telefonzellen hatte auch ihre guten Seiten.

Ich hob den Hörer ab, warf eine Münze ein und wählte.

»Hallo? Hallo! Hier ist Anna, wer ist da? Hallo?«

»Hallo, ich bin's.«

»Papi!«

»Du brauchst nicht so zu krakeelen, Prinzessin, ich versteh' dich auch, wenn du ganz normal sprichst.«

»Gut. Wann kommst du nach Hause?«

»Nächsten Freitag.«

»Ist das lange?« Mit den Wochentagen kam sie immer noch durcheinander, und sie hatte kürzlich verkündet, daß sie nicht gedenke, sich jetzt oder in Zukunft jemals wieder mit diesem überflüssigen Quatsch zu befassen. Ich hatte ihr zugestimmt.

»Nein, nur siebenmal schlafen.«

»Das ist wohl lange! Geht's nicht eher? Mußt du soviel arbeiten?«

»Ja, ich fürchte schon.«

»Hm, also meinetwegen.« Aber sie klang enttäuscht. Ich verfluchte diese ganze verdammte Sache und diesen beschissenen Job. »Ist dein Bruder da?«

»Klar. Draußen.«

»Und Flip?«

»Beim Frisör.«

Ich sah auf die Uhr. Um diese Zeit? Komisch.

»Sei so gut, hol Daniel mal ans Telefon, ja?«

»Okay. Bis bald, Papi. Ich hab' dich sehr lieb.«

»Ich dich auch, Anna.«

Sie legte den Hörer weg, er schaukelte auf der Tischplatte hin und her und verursachte mahlende Geräusche in meinem Ohr. Ich warf ein paar Münzen nach.

»Ja?«

»Hör mal, wir hatten abgemacht, daß Anna nicht allein ist, richtig?«

»Hey, was ist denn mit dir los? Sie war mit mir im Garten, aber sie hat's Telefon eher gehört und ist reingestürzt.«

»Okay. 'tschuldige.«

»Ist irgendwas?«

»Nein. Läuft alles?«

»Klar. Alles ist ruhig, keine besonderen Vorkommnisse.«

»Na gut.«

»Das heißt ...«

»Ja?«

»Ach, so 'ne Tussi vom Jugendamt war da. Sie hat hier überall rumgeschnüffelt und wollte wissen, wann du nach Hause kommst.«

»Was wollte die denn?«

»Hm, keine Ahnung. Ich hab' sie das auch gefragt, sie hat mich angeguckt, als würd' ich mir zuviel rausnehmen, und gesagt, das wollte sie mit dir besprechen.«

»Hast du einen Ausweis gesehen?«

»Ja, sie hatte einen. Sah okay aus, soweit ich das sagen kann. Und daß die Zicke vom Jugendamt war, hätt' ich auch blind geglaubt. Die hat ausgesehen wie 'ne Eule, griesgrämig und altmodisch.«

»Hat sie euch eine Telefonnummer dagelassen?«

»Nein.«

»Mist. Hör mal, wenn sie das nächste Mal aufkreuzt, sagst du ihr, sie soll sich zum Teufel scheren oder demnächst vorher einen Termin mit mir ausmachen, okay? Das ist doch wohl das Letzte! Was die sich einbilden!«

»Meinst du, sie werden uns irgendwelche Schwierigkeiten machen oder so was?« Das klang ziemlich ängstlich.

»Ach, Quatsch. Die wollen vermutlich nur hunderttausend Formulare unterschrieben haben. Mach dir keine Sorgen, Daniel. Ich regele das.«

»Gut.«

»Hör mal.«

»Ja?«

»Tja, also ... Ich kann nicht nach Hause kommen dieses Wochenende.«

»Super. Echt super.«

»Es geht nicht anders. Nur so kann ich hier mal zu 'nem Ende kommen, verstehst du?«

»Das klingt, als würdest du irgendein Ding drehen.«

Ich antwortete nicht. Ich wollte nicht, daß er sich Sorgen machte. Aber dieses Wochenende war meine einzige Chance. Brelau war zur Jagd gefahren. Seine Frau war für ein paar Tage zu ihrer Schwester nach München, hatte Klaus mir erzählt. Kinder gab's keine. Das Haus würde leerstehen ...

»Wird's gefährlich?« hakte Daniel nach.

»Nein. Ich mach' das schon.«

»Na gut. Rufst du mal an?«

»Klar.«

»Also dann. Bis nächste Woche. Paß auf dich auf, ja? Du weißt schon, wir haben nur dich und so weiter.«

Ich mußte lachen. »Ja, ja. Ich bin zu Tränen gerührt.«

Wir hängten gleichzeitig ein.

Das griechische Restaurant war ein heißer Tip für Ellertaler Verhältnisse. Drinnen war zwar alles ein bißchen runtergekommen, aber die Leute waren nett, das Licht war nicht zu gleißend, es war gemütlich. Und wie sich rausstellen sollte, war vor allem das Essen sagenhaft.

Wir suchten uns einen kleinen Tisch in einer Ecke am Fenster, eine halb runtergebrannte Kerze in einer Demestica-Flasche stand drauf. Viel war nicht los, ein junger Typ kam und fragte, was wir trinken wollten.

»Ein Bier.«

»Und Sie?« Er wandte sich an Sarah.

»Ja. Auch. Nein, lieber ein Glas Rotwein. Trocken.«

»Okay, kommt gleich.«

Er verschwand mit einem eilfertigen Lächeln.

Sarah zündete sich eine Kippe an, blies mir den ganzen Qualm ins Gesicht und sah mich an.

»Du bist wohl ziemlich verrückt nach deinen Kindern, was?«

»Wie kommst du denn darauf?«

»Ach, komm schon. Mach mir nichts vor. Ich hab' dich angesehen, eben, als du mit ihnen gesprochen hast. Deine

Augen haben die ganze Zeit geleuchtet. Ich glaube, für deine Tochter würdest du die Sterne vom Himmel holen. Jede Wette, daß du sie schrecklich verwöhnst.«

»Ja, schon möglich.«

»Warst du dabei, als sie geboren wurden?«

»Natürlich.«

»Hm. So natürlich ist das nun auch wieder nicht. Hätte ich dir gar nicht zugetraut. Und? Bist du ohnmächtig geworden?«

»Nein. Nur fast und nur beim ersten Mal.«

Sie grinste, und das ärgerte mich.

»Wenn du eine Ahnung hättest, wie so was ist, würdest du nicht so überheblich grinsen, Schatz. Das ist nämlich echt kein Pappenstil.«

»Oh, davon bin ich überzeugt. Vor allem für die armen Väter.«

»Hör mal, willst du mir jetzt vielleicht auch noch vorwerfen, daß ich sie nicht selbst bekommen konnte?«

Sie lachte, und für einen Moment schien der Raum ein bißchen heller zu werden. »Verrat mir was anderes.«

»Und zwar?«

»Warum ißt du kein Lammfleisch?«

»Kein besonderer Grund. Ich esse fast überhaupt kein Fleisch. Und wie ist das mit dir? Du ißt einfach alles, was dir unterkommt. Du kümmerst dich einen Dreck um Speisegesetze. Ich dachte immer, das wär 'ne ernste Sache bei Juden.«

Sie seufzte und verdrehte die Augen. »Das ist es, darauf kannst du wetten. Aber ich bin glücklicherweise nicht religiös. Darum hab' ich damit keine Scherereien. Wieso interessiert dich das? Ich mein', was weißt du über Juden?«

»Nichts. Nur, was eben so in Büchern steht.«

Sie machte eine unbestimmte Geste und seufzte leise. »Mein Bruder Leon ist orthodox. In seiner Küche stehen zwei Kühlschränke. Einer für Milch, einer für Fleisch. Für ihn sind die Sachen schon nicht mehr koscher, wenn sie nur zusammen im selben Kühlschrank waren. Er kauft nur in jüdischen Geschäften ein und geht niemals aus essen. Er verbringt sein halbes Leben in der Synagoge, und zu allem, was ich tue, fällt ihm ein mahnender Spruch aus der Thora ein.«

»Und wie kommt es, daß du so ganz anders bist als dein Bruder?«

»Hm, schwer zu sagen. Vielleicht, weil wir auf verschiedenen Schulen waren. Oder weil meine Eltern sich um ihn immer viel mehr gekümmert haben als um mich, ich konnte eigentlich immer tun, was ich wollte, es war nicht so wichtig. Aber der arme Leon mußte funktionieren.«

»Hm. Das ist irgendwie überall dasselbe. Ich bin katholisch erzogen. Das ist auch kein Spaß. Bei uns gab's jeden Freitag Fisch, wir mußten jeden Sonntag in die Kirche und samstags zur Beichte. Als Kinder. Wenn der Pfarrer uns dabei erwischte, daß wir mit evangelischen Kindern zusammen spielten, gab's einen Satz heiße Ohren. Und meine Mutter wurde immerzu schwanger, weil sie dachte, es sei Sünde, was dagegen zu tun. Ich habe vier Schwestern und fünf Brüder. Ich sag' dir, wo die Kirche noch soviel Einfluß hat, ist das Mittelalter noch nicht zu Ende.«

Der Junge kam wieder und brachte ein Gyros für sie und überbackene Auberginen für mich.

Wir redeten über dies und jenes. Sie erzählte mir ein paar Sachen über sich, und ich hörte begierig zu. Ich erfuhr, daß sie aus Berlin stammte, nach der Schule von da weggegangen war und in Köln VWL studiert hatte. Ich erfuhr, daß ihre Großeltern und sämtliche Verwandte ihrer Großeltern und zwei Schwestern ihres Vaters im KZ vergast worden waren. Danach hatte ich keinen Appetit mehr, aber sie aß weiter, als wäre nichts.

»Was ist los?« fragte sie und zeigte mit ihrer Gabel auf meinen Teller. »Schmeckt's dir nicht?«

»Was? Doch, doch.«

Ich versuchte, mich in sie hineinzuversetzen, irgendwie aus ihr schlau zu werden. Aber ich schaffte es nicht.

»Stimmt was nicht mit dir?« wollte sie wissen.

»Wieso?«

»Du bist den ganzen Tag schon so komisch.«

»Echt? Tut mir leid.«

Sie zuckte mit den Schultern und kratzte ihren Teller leer. Der Regen klatschte in dichten, windgepeitschten Vorhängen gegen das Fenster.

Plötzlich ergriff sie meine Hand und umfaßte sie mit ihren beiden Händen. »Worüber zerbrichst du dir den Kopf, he?«

Ich wollte abwinken, aber ich konnte mich nicht zurückhalten. »Du hast mir immer noch nicht gesagt, ob du einen Freund hast. Du tust einfach so, als wäre nichts gewesen.«

Sie wirkte plötzlich ärgerlich und ließ meine Hand los. »Wenn du wirklich meinst, daß das so einen Unterschied macht, sag' ich's dir. Nein, ich hab' keinen Freund. Nicht mehr seit fünf Monaten. Na und? Fühlst du dich jetzt besser?«

Ich schüttelte den Kopf. »Vergessen wir das. Ist wahrscheinlich wirklich nicht so wichtig, wie's mir vorkam.«

Sie verdrehte die Augen. »Bitte, wenn du meinst.«

Mir platzte der Kragen. »Jetzt sei bloß nicht eingeschnappt. Ich meine, erst führst du mich tagelang an der Nase rum, dann ziehst du die große Leidenschaftsnummer ab, dann tust du so, als wär' nichts passiert und läßt mich auflaufen. Was soll ich davon halten, he?«

»Himmel, was willst du von mir?«

»Alles, was ich wollte, war, daß du mir irgendein Zeichen gibst, ob das eine Eskapade oder eine Sache mit Zukunft war. Aber wenn's dir lieber ist, können wir es auch einfach unter den Teppich kehren.«

»Ach ja? Ist ja phantastisch!«

»Hey, brüll doch nicht so.«

»Ich brülle so laut, wie ich will!«

»Also bitte. Nur keine Hemmungen. Guck dich um, alle sind bestens unterhalten, und das auch noch kostenlos.«

Die paar Leute, die in dem Laden saßen und aßen, verrenkten sich wirklich die Hälse nach uns. So was war mir verhaßt.

Sie sah sich kurz um und mäßigte sich ein bißchen. »Ich will dir sagen, wie's aussieht, Mark. Du wolltest wissen, ob es eine Sache mit Zukunft ist, sagst du. Aber meine Zukunft ist leider schon verplant. Freund oder nicht Freund, ich bin keine alleinstehende Frau. Ich habe einen Jungen, der ist sieben Jahre alt. Tobias. Und Tobias ist so behindert, daß er niemals in seinem Leben in der Lage sein wird, allein pinkeln zu gehen, geschweige denn seinen Namen zu schreiben. Das ist meine Zukunft. So sieht sie aus. Das ist der Grund, warum Goldstein so karrieregeil ist. Ich weiß nicht, ob du dich inzwischen mal über mich erkundigt hast und festgestellt hast, wie schlecht mein Ruf ist. Jeder, der mal mit mir gearbeitet hat, wird dir sagen, daß ich rücksichtslos bin und notfalls über Leichen gehe, wenn's um meinen Job geht. Weil ich es schaffen muß, so reich zu sterben, daß immer genug Geld da ist, damit Tobias versorgt ist. Auch wenn sie sagen, daß er wahrscheinlich nicht älter als dreißig, fünfunddreißig wird, darauf kann ich mich doch nicht verlassen, oder? Er ist jetzt in einem Heim in Erkrath, ich kann mich ja nicht selbst um ihn kümmern. Aber ich hol' ihn zu mir, so oft das nur geht, denn mit dem bißchen Verstand, das er hat, hängt er an mir, und er weint sich die Augen aus, wenn ich nicht da bin. Verstehst du, Tobias ist nicht perfekt, aber er ist mein Kind, und ich liebe ihn wirklich über alles auf der Welt. Und wenn ich abends zu ihm fahre oder ihn übers Wochenende nach Hause hole, dann bin ich damit verplant. Er braucht alles, was ich an Zeit und Geduld und Gefühlen zu bieten hab'. So viel ist das ohnehin nicht. Und das hat meinen letzten Freund ziemlich genervt und den davor auch, und am meisten hat es Tobias' Vater angeödet. Ich bin das satt. Langsam könnt ihr mich alle mal, kapiert?«

Ihre Augen sprühten Funken, kleine rote Flecken brannten auf ihren hohen Wangenknochen.

Ich war ziemlich erschüttert. Ich sah sie an, ich wollte eine Zigarette, aber meine Arme kamen mir bleischwer vor. Meine Hände lagen kraftlos in meinem Schoß, ich konnte mich nicht rühren.

»Tja, Mann. Jetzt bist du stumm, was?«

Mühsam hob ich die Hand und angelte eine Zigarette aus dem Päckchen. Ich schüttelte den Kopf. »Nein. Ich frag' mich, wieso du dich so schwer getan hast, mir das zu erzählen.«

Sie grinste kalt.

»Vielleicht habe ich befürchtet, daß du es mit der Angst kriegen und Reißaus nehmen würdest. Wäre doch schade gewesen um die letzte Nacht.«

»Na toll. Das ehrt mich.«

»Ach, hör doch auf. Wahrscheinlich wär's doch genauso gewesen.«

»Du bist ganz schön bescheuert. Hör mal, ich kann doch nichts dafür, was Tobias' Vater abgezogen hat, oder? Warum läßt du das an mir aus?«

»Mark, glaub mir, ich weiß, wie das ist. Du wärst auch nicht anders. Es ist einfach zuviel verlangt. Jedenfalls von einem Mann.«

»Das glaubst du echt, was?«

»Sehe ich aus, als würde ich Witze machen?«

Ich seufzte. »Komm, verschwinden wir von hier. Der Laden kotzt mich an.«

»Wo willst du denn hin?«

»Das überlegen wir unterwegs.«

»Aber es gießt immer noch.«

»Wenn schon.«

Ich stand auf, sie folgte mir zur Theke, und wir bezahlten. Unter dem Vordach des Restaurants blieben wir stehen. Der Regen rauschte und trommelte mit einem ohrenbetäubenden Getöse auf den Asphalt. Es roch nach nasser Straße und nassen Bäumen. Plötzlich fröstelte uns beide. Ich legte einen Arm um sie und zog sie an mich, damit ihr warm wurde. Und mir auch.

»Weißt du, Goldstein, ich denke, du solltest dein Glück vielleicht doch mal mit einem Desperado versuchen.«

»Und warum?«

»Weil Desperados, die sich allein mit zwei Kindern rumplagen, vielleicht nicht so unerfüllbare Ansprüche an deine Zeit und deine Kapazitäten stellen.«

Sie stand direkt vor mir, legte den Kopf in den Nacken und sah mich an. »Ach, du machst dir nur was vor.«

Das klang ziemlich traurig, und ich zog sie noch näher und küßte sie. Sie kam mir wirklich so vor, als könnte sie ein bißchen Wärme gebrauchen. Sie ließ sich das auch ohne weiteres gefallen, es wurde ein langsamer, beschaulicher Kuß, der eine Menge hätte sagen können, wenn sie für so was sensibel gewesen wäre. Er fing gerade an zu kippen, wurde ein bißchen schneller und gieriger, als ein Motorrad durch den Regen heranbrauste. Wir ließen uns davon nicht weiter stören, doch das Motorrad hielt praktisch direkt neben uns. Ich sah aus dem Augenwinkel, wie ein Typ absprang, die Maschine fiel in den Dreck, er stürzte an uns vorbei zur Tür und riß sie auf.

Die Tür blieb offenstehen, ich hörte eine Stimme, die außer Atem rief: »Gibt's hier ein Telefon?«

Panik war in der Stimme, und ich hörte auf, Sarah zu küssen. Wir sahen beide in die Kneipe.

»Natürlich«, sagte der junge Grieche.

Der Motorradfahrer gestikulierte wild. »Draußen an der Straße nach Todnau hat's einen fürchterlichen Unfall gegeben. Irgendein Idiot muß viel zu schnell in die Kurve gerast sein, es hat ihn von der Straße gerissen. Los, Mann, worauf wartest du? Ruf den Krankenwagen! Und die Feuerwehr! Mach schon!«

Mehr sah ich nicht mehr. Plötzlich hatte ich einen brodelnden Lavaklumpen im Magen. Ich ließ Sarah los und schnappte mir das Motorrad. Ich hob es auf und zündete den Motor.

»Hey, was machst du?«

»Los, komm schon!«

Sie kam an, Aktenkoffer in der einen, Känguruhbeutel in der anderen Hand. »Aber ...«

»Mach schon!«

Sie setzte sich hinter mich, und ich brauste los, als wäre der Teufel hinter mir her. Ich war halb wahnsinnig vor Eile.

»Mark, was ist denn? Warum verdammt haben wir dieses Motorrad gestohlen?« brüllte sie mir ins Ohr.

Ich konnte nicht antworten. Ich konnte auch nicht denken, ich hatte gerade noch genug Verstand, uns nicht mit dem Motorrad in den Dreck zu legen, aber ansonsten stand mein Gehirn unter Starkstrom.

Keine Ahnung, warum ich es wußte. Es hätte schließlich jeder Mann aus der Stadt sein können, der mit seinem Auto auf dem Weg nach Todnau verunglückt war. Aber ich wußte es besser.

Grauen packte mich.

Erst nach einer Weile merkte ich, daß ich leise wimmerte. »Paul ... Scheiße, Paul ... Angy ...«

Ich fuhr wie besessen mit hundert durch die Stadt, immer noch hundert, als wir am anderen Ende auf die Straße nach Todnau kamen.

»Du wirst uns umbringen!« brüllte sie.

Ich konnte nicht langsamer. Eine Steigung kam, ich gab noch ein bißchen mehr Gas. Die Stadt lag jetzt weit hinter uns, hier gab es keine Laternen. Aber es war nicht so dunkel, wie es hätte sein sollen. Ein paar hundert Meter vor uns, da, wo die Straße eine scharfe Haarnadelkurve machte, drang ein zuckender, gelber Lichtschein durch die Bäume.

»O mein Gott! Paul!«

Ich nahm die Hand vom Gas, und wenige Sekunden später entglitt mir die Maschine, wir schlingerten, dann landeten wir auf der Straße. Ich sprang auf und rannte los, ich sah mich nur eine Sekunde um, ob Sarah okay war. Sie kam fluchend auf die Füße.

Es war noch ein gutes Stück. Ich rutschte auf dem nassen Gras am Straßenrand andauernd aus, rang um Gleichgewicht und stolperte vorwärts. Der Regen war wie ein dichter Vorhang, ich versuchte, ihn mir aus den Augen zu wischen.

»Paul! Angy!«

Obwohl ich brüllte wie ein Irrer, kam meine Stimme gegen das Getöse von Wind und Regen nicht an. Ich rannte weiter. Verzweifelt spürte ich, wie meine Kräfte mich verließen, es war wie in einem Alptraum, wenn dein Leben davon abhängt, daß du rennst, und du kannst dich nicht rühren. Ich stürzte der Länge nach auf die Straße. Ich merkte es gar nicht, ich stand sofort wieder auf und lief weiter. Endlich kam ich an der Kurve an, und hier fand mein Sprint ein jähes Ende.

Wie vom Schlag getroffen stand ich an der Bresche, die der Wagen in die Straßenböschung gerissen hatte. Zwanzig, fünfundzwanzig Meter unterhalb der Straße lag er auf dem Dach und brannte. Die Regentropfen zischten in den Flammen, ein Reifen war zerfetzt, alle Scheiben waren zersplittert. Der Wagen sah aus, als hätte ihn einer auf halbem Weg noch mal aus der Schrottpresse geholt, doch es konnte keinen Zweifel geben. Dieser Sarg da unten war mein Auto.

Aber noch war er nicht hochgegangen.

Ich setzte mich wieder in Bewegung. Plötzlich hielt mich eine Hand am Arm zurück. Ich wandte mich um. Es war Sarah, sie war kreidebleich. »Du kannst da nicht runter. Er wird in ein paar Sekunden explodieren!«

»Laß mich los!«

Ich wollte mich losreißen, aber ihre Hand hatte viel Kraft. »Bitte, Mark! Siehst du nicht, daß es zu spät ist?«

Ich umfaßte ihr Handgelenk und befreite mich von ihrem Griff. Dann schlitterte ich den Abhang runter, die letzten paar Meter rollte ich, ich war schon wieder auf die Schnauze geflogen. Um ein Haar wäre ich gegen den brennenden Wagen geprallt. Ich sprang auf die Füße, und ich hatte einen intensiven Eisengeschmack im Mund. Die Flammen blendeten mich, und es war so heiß, als wäre ich schon in der Hölle. Das Feuer prasselte, mit leisem Knacken sprang der Lack ab. Ich faßte an den Türgriff, alles war irrsinnig verkehrt herum. Ich schrie auf und riß die Hand zurück. Das Blech war glühend heiß. Ich zog die Jacke aus und versuchte es damit. Es klappte, die Tür war nicht verzogen, lächerlich leicht ließ sie sich öffnen.

Angy hing in ihrem eingerasteten Gurt wie ein Zombie-Astronaut. Ihre Arme baumelten herunter, und ihr Kopf pendelte hin und her. Ihr Gesicht war zu einer grinsenden Fratze verzerrt, ihre schockgeweiteten, toten Augen starrten mich an. Ihr Genick war gebrochen.

Für eine Sekunde überrollte mich das Entsetzen so übermächtig, ich stand nur stocksteif da und wimmerte. Dann bewegte ich mich wieder.

Es ist schier unglaublich, was man fertigbringt, wenn die Welt plötzlich zu einem Horrorfilm geworden ist, völlig aus den Fugen gerät und nur der Schock einen noch treibt. Ich kroch zwischen Angys baumelnden Armen durch in diese brennende Zeitbombe.

Paul war nicht angeschnallt. Aber er brannte schon.

Ich schlug mit meiner nassen Jacke auf die Flammen ein. Es funktionierte, und plötzlich roch diese Hölle nach verbranntem Fleisch.

Ich bekam Paul unter den Armen zu fassen und zerrte an ihm. Nichts war eingeklemmt, es klappte. Ich zog ihn raus, seine Füße schleiften über den Boden, als ich mich abmühte, ihn den Abhang raufzuzerren. Das Feuer beleuchtete sein Gesicht mit brutaler Deutlichkeit, es war nicht viel davon übrig. Die Brillengläser waren tief in die Wangen getrieben, wahrscheinlich war er mit dem Kopf vor die Scheibe geprallt. Das Gestell hing schief wie ein schlechter Witz, und er hatte Brandwunden im Gesicht.

Der Abhang war unüberwindlich. Immer wieder rutschte ich ein Stück ab, Paul drohte mir zu entgleiten. Ich packte ihn wieder und versuchte es aufs Neue.

Jetzt hörte ich Sirenen, noch weit entfernt, aber sie kamen näher.

Wieder geriet ich ins Rutschen. Dann war Sarah plötzlich neben mir, sie sah Paul und stöhnte, dann packte sie seinen Arm, und zu zweit schafften wir es.

Keine Sekunde zu früh. Wir hatten gerade die Straße überquert und ließen Paul auf der anderen Seite ins Gras gleiten, da spürte ich einen heftigen Stoß im Rücken, ich wurde mit dem Gesicht in den Dreck geschleudert, prallte mit der Schulter gegen einen Baum, und dann dröhnte mir das Getöse der Explosion in den Ohren.

Ich dachte an Angy. Asche zu Asche. Staub zu Staub.

Ich rappelte mich auf, drehte mich um und sah eine Feuersäule in den Himmel schießen. Mit einem Mal war es taghell, heller als der hellste Sommermittag, jeder Grashalm, jedes Steinchen warf einen winzigen Schatten. Jetzt prasselte das Feuer nicht mehr, es brüllte. Dicker schwarzer Qualm stieg auf, und es wurde wärmer. Die Sirenen kamen schnell näher.

Ich sah zu Paul, der neben mir im Dreck lag.

Ich nahm den Arm, der nicht verbrannt war, und suchte

seinen Puls. Ich fand ein schwaches Flattern. »Bitte, Paul. Bitte.«

Ich wischte mir mit dem Ärmel übers Gesicht, und als ich wieder hinsah, waren seine Augen offen. Er guckte mich an, sein Blick war ziemlich glasig, sein Mund zuckte.

»Mark.« Es war ein fast unhörbares Krächzen.

»Alles in Ordnung, Junge. Der Krankenwagen ist fast da.«

»Scheiße ... Ich halt' das nicht aus ...« Seine Stimme kippte ab.

»Halt durch, sie müssen jeden Moment hier sein. Hörst du die Sirene?«

»Angy ...«

»Mach dir keine Sorgen, Paul. Alles ist okay. Ganz ruhig, Kleiner.«

Ich redete dummes Zeug, während seine Augen wieder zufielen.

Dann kamen endlich der Krankenwagen und die Feuerwehr, und mit ihnen kamen die Gaffer. Keine Ahnung, wieso sie alle gleichzeitig aufkreuzten. Frauen mit Lockenwicklern, Männer in Jogginganzügen mit Regenmänteln drüber. In sicherer Entfernung, am Rande des Feuerscheins liefen sie zu einer Traube auf und verrenkten sich die Hälse.

Ein Typ in Weiß stürzte auf mich zu, stieß mich zur Seite und beugte sich über Paul. Zwei weitere kamen mit einer Trage auf Rädern angestürmt, sie hoben Paul darauf und stülpten ihm eine Sauerstoffmaske über sein ramponiertes Gesicht.

Ich kam auf die Füße und folgte ihnen.

Die Feuerwehrleute waren ein bißchen lustlos am

Werk, hier und da richteten sie einen Strahl auf die rauchenden Trümmer, es gab nichts mehr für sie zu tun.

Einer machte sich drüben bei den Gaffern nützlich. »Es gibt hier nichts zu glotzen, Leute! Geht nach Hause! Verschwindet, macht die Straße frei! Los, macht Platz für den Krankenwagen!«

Sie hatten Paul in den Ambulanzwagen gebracht und werkelten hektisch an ihm herum. Ich stand draußen, lehnte mich an die Wagentür und starrte rein. Blut lief mir in die Augen, ich hatte mir irgendwie die Stirn aufgeschrammt. Von Sarah war nirgends eine Spur.

Dann kam ein Streifenwagen, und die Jungs stürmten direkt auf mich zu. »Haben Sie den Unfall gesehen?«

Ich schüttelte den Kopf.

»Haben Sie den Mann aus dem Fahrzeug geholt?«

Ich nickte.

Er machte sich eifrig Notizen, keine Ahnung, was es da bei zwei kurzen Fragen und zwei kurzen Antworten soviel aufzuschreiben gab.

»Kennen Sie den Mann?«

»Ja.«

»Name, Adresse?«

»Paul Schumann, Düsseldorf, Kissingerstraße ... sagen Sie mal, was wollen Sie eigentlich von mir?«

»Ganz ruhig. Wir haben nur ein paar Fragen.«

Ich war zu erledigt, um mich zu wehren. Meine Knie wollten einknicken, ich hielt mich an der Autotür fest und hoffte, daß sie nicht abbrechen würde.

»Wie heißen Sie?«

»Malecki.«

»Vorname?«

»Markward.«

»Adresse?«

»Zur Zeit der Maienfeld-Hof. Bei Pastor Hofer.«

»Wissen Sie, ob sonst noch jemand im Wagen war?«

Ich schloß für eine Sekunde die Augen. »Ja, aber sie ist tot. Ihr ... Genick war gebrochen.« Ich sagte das zwar, aber ich glaubte es nicht so richtig.

»Wissen Sie ihren Namen und ihre Adresse?«

»Angela Morgen. Die Adresse kenn' ich nicht.«

Ich mußte an ihre Alten denken, die jetzt zu Hause saßen, Mutter mit Strickzeug, Vater mit Pfeife und einem landwirtschaftlichen Magazin, und sie warteten auf Paul und Angy.

Und warteten und warteten und warteten.

Statt dessen würden die Bullen kommen.

Lieber nicht dran denken.

»Wie kamen Sie überhaupt hierher?«

»Ich war in dieser griechischen Kneipe da unten, und da kam ein Typ rein und ...«

Ich hörte seine nächste Frage nicht. Über seine Schulter hinweg sah ich etwas, das ich einfach nicht glauben konnte. Der Notarzt knipste das Sauerstoffgerät aus und zog eine weiße Decke über Pauls Gesicht.

»Hey! Was soll das!!!«

Meine Hand rutschte von der Klinke ab, und ich kniete im Dreck.

Der Notarzt sprang aus dem Wagen und hockte sich zu mir runter. Der Bulle wollte sich dazuhocken, aber der Notarzt schubste ihn weg. »Lassen Sie den Mann doch zufrieden, sehen Sie denn nicht, in was für einem Zustand er ist?«

Der Bulle zog sich murrend ein paar Meter zurück, und der Notarzt und ich sahen uns an.

»Tut mir leid. Aber er hatte keine Chance mehr.«

In meinem Kopf hatte ein seltsames Summen angefangen. Wie ein Wespennest, es wurde immer penetranter, kaum auszuhalten.

»Was soll das heißen ... Ich meine ... sein Puls! Ich hab' doch eben noch seinen Puls gespürt! Und er hat ... gesprochen ...«

»Schon möglich. Hat trotzdem wenig Zweck, drüber zu diskutieren. Er ist tot, das steht mal fest. Die Verbrennungen waren zu schwer, er ist einfach ... na ja. Tut mir leid, Mann. Nicht zu ändern.«

Dieser Notarzt war wirklich ein Komiker.

»Und jetzt sind Sie dran. Bei Ihnen ist ja zum Glück noch was zu machen. Aber Sie sehen ganz schön abenteuerlich aus. Los, kommen Sie rein.«

Er legte seine Hand auf meine Schulter, und ich verpaßte ihm eine, während er mir aufhalf.

»Er kann nicht tot sein! Das ist unmöglich!«

Dieser Bulle schaltete sich wieder ein, er stürzte sich auf mich und zog mir eins über, ich landete wieder im Morast, und er packte mich von hinten, als wäre ich echt gefährlich. »Ganz ruhig, Mann, ganz ruhig!«

Da kam mir der erlösende Gedanke, daß es ein Alptraum war. Das war's. Nur ein Alptraum. Ich atmete tief durch.

»Machen Sie nicht so einen Wirbel, Sheriff, und lassen Sie den Mann los«, sagte der Notarzt in aller Ruhe. »Dem geht's schon dreckig genug, ohne daß Sie ihn niederknüppeln.«

»Aber ...«

»Ich sagte, Sie sollen ihn bitte loslassen.«

Er ließ von mir ab, und der Notarzt tauchte wieder vor

mir auf. Seine Nase blutete, aber das schien ihn wenig zu erschüttern. »Wie sieht's aus? Versuchen wir's noch mal?«

Ich nickte, stützte mich auf seine Hand auf und stieg hinter ihm in den Krankenwagen.

»Setzen Sie sich da mal hin.« Er wies auf einen Klappsitz an der rechten Wand.

Ich setzte mich auf die Kante von Pauls Sterbebett, zog die weiße Decke zurück und sah ihn an. »Wo werden Sie ihn hinbringen?«

»Ins Krankenhaus. Zeigen Sie mal Ihre Stirn her.«

»Was passiert jetzt mit ihm?«

»Na ja, wir werden seine Familie verständigen, die werden ihn holen und hoffentlich anständig unter die Erde bringen. Das ist der Lauf der Dinge, Freund.«

Ich sah ihn an. Er zuckte mit den Schultern und lächelte. »Tut mir leid, wirklich. Kann ich jetzt Ihre Stirn sehen?«

Ich hielt ihm den Kopf hin, und er pappte mir irgendein brennendes Zeug auf die Stirn.

»Tun Sie mir einen Gefallen, Doc?«

»Und?«

»Laßt mich fünf Minuten allein mit ihm.«

Er verzog das Gesicht und sah auf seine Uhr. »Mann, woanders werden wir gebraucht, verstehen Sie? Wir müssen's immer so kurz wie möglich machen.«

Ich suchte nach Worten, da sagte eine Stimme von draußen: »Auf fünf Minuten wird's doch wohl nicht so ankommen, oder?«

Es war Klaus.

Sarah stand neben ihm, und sie weinte. Klaus sah aus wie immer und war die Ruhe selbst.

Er wandte sich an den Doktor: »Was ist jetzt? Je länger Sie da rumsitzen, um so mehr Zeit verlieren Sie.«

Er nickte, stand auf, warf mir einen kurzen Blick zu und sprang raus.

Krachend fielen die Türen zu, das Neonlicht erzitterte kurz, und ich war allein mit Paul.

Fünf Minuten. Fünf Minuten allein mit einem toten Freund. Ich werde nichts erzählen über diese fünf Minuten. Sie sind jenseits meines Wortschatzes, sie sind eine meiner bittersten Erinnerungen, und ihr Andenken soll in dem Abgrund meiner Seele bleiben, in den es gehört.

Als sie um waren, stieg ich aus dem Wagen aus.

Ich war mir jetzt klar darüber, daß es kein Alptraum war. Daß Paul tot war. Und Angy. Ich wußte das jetzt. Aber ein Teil von mir war unter Vollnarkose. Ich ging zu Klaus und Sarah, sie standen ein bißchen abseits an einem Baum, der Notarzt war bei ihnen.

»Tun Sie mir noch einen Gefallen, Doc?«

»Schande. Was denn?«

»Sorgen Sie dafür, daß seine Familie nicht benachrichtigt wird. Das will ich selbst machen.«

»Na schön.«

»Danke.«

»Keine Ursache.« Er hob die Hand, um sie mir auf die Schulter zu legen, zog sie im letzten Moment zurück, grinste und winkte. »Gute Nacht. Nehmen Sie's nicht so tragisch. Früher oder später wird's uns alle erwischen.«

»Wirklich ein komischer Vogel«, murmelte Klaus.

Ich sah ihn an. »Wie kommst du hierher?«

»Genau wie all die Gaffer. Schlechte Nachrichten verbreiten sich hier in Windeseile. Ich werd' jetzt zu Angys Eltern fahren. Und ihr solltet lieber schlafen gehen.«

Sarah nickte, sie wirkte wie betäubt, ihr Gesicht sah hohlwangig und bekümmert aus. Ich legte einen Arm um sie.

»Gehen wir?« fragte sie leise.

Ich schüttelte den Kopf. »Ich hab' noch was zu tun.«

Verrückte Dinge spielten sich ab in meinem Kopf. In der einen Sekunde dachte ich: Was willst du tun, Mann, er wird nicht wieder aufstehen, ganz egal, was du tust. Und im nächsten Moment war mein Verstand klar, und ich dachte an das, was für mich im Augenblick das naheliegendste war.

»Mark«, sagte Klaus eindringlich, »geh lieber und leg dich hin, auch wenn du nicht schlafen kannst. Du stehst unter Schock, alles, was du jetzt anfängst, kann nur nach hinten losgehen.«

»Laß mich zufrieden.«

»Wie du willst. Was ist mit dir, Sarah?«

»Ich geh' mit Mark.«

Ich sagte nichts, ich hatte keine Kraft, ihr zu widersprechen, mir war egal, was sie tat. Mir war alles egal.

Der Polizist tauchte wieder auf.

»Ich hab' da noch ein paar Fragen.«

»Können wir das nicht morgen erledigen?« fuhr Sarah ihn an.

Er schüttelte wichtig den Kopf. »Tut mir leid. Eine Sache müssen wir direkt klären.« Er wandte sich wieder an mich. »Haben Sie eine Vorstellung, wie es zu dem Unfall kommen konnte?«

Ich nickte, meine Kehle brannte, es war, als wäre ich monatelang durch die Wüste geirrt, und das ohne einen

Tropfen Wasser. »Ja. Jemand hat die Bremsleitung durchtrennt. Das war kein Unfall.«

»Hä? Wissen Sie eigentlich, was Sie da reden, Mann?«

»Absolut. Es ist so, ich schwör's.«

»Sie meinen also, wir sollten das Wrack sicherstellen lassen?«

»Keine dumme Idee.«

»Mann, wenn das Schwachsinn ist, was Sie hier erzählen, und wir machen uns die ganze Arbeit jetzt umsonst, dann reiß' ich Ihnen persönlich den Arsch auf, kapiert?«

Ich wandte mich ab und sagte nichts. Ich kam mir vor wie ein Roboter, nichts berührte mich mehr. Sie sollten mich nur endlich gehen lassen.

Sarah schaltete sich ein. »Lassen Sie den Wagen sicherstellen. Er hat wirklich recht, es ist gut möglich, daß jemand die Bremsen manipuliert hat. Und können wir bitte jetzt gehen?«

Ihr Ton war ruhig und höflich, und er funktionierte. Der Bulle nickte. »Hier. Rufen Sie morgen diese Telefonnummer an. Gute Nacht allerseits.«

Er ging zum Streifenwagen zurück, und in diesem Moment fuhr der Krankenwagen an. Das Warnlicht drehte sich langsam, die Sirene blieb aus. Die Jungs hatten keinen Grund mehr, sich zu beeilen.

Ich stieg auf, und Sarah setzte sich wieder hinter mich. Sie hatte tatsächlich immer noch ihre Handtasche. Sie war wirklich erstaunlich.

»Wohin fahren wir eigentlich?« fragte sie müde.

»Wart's ab.«

Es war nicht weit zu der Wohnung. Sie lag an diesem Ende der Stadt. Als ich anhielt, hörte es auf zu regnen, plötzlich war die Nacht klar wie ein Glas Wasser. Es war vollkommen still geworden. Sogar der Wind hatte sich gelegt. Es war noch nicht spät, vielleicht Mitternacht.

Das Haus hatte drei Etagen mit sechs Wohnungen. Die Haustür war offen. Wir stiegen die Treppe hinauf in den zweiten Stock. Ich klingelte an der Etagentür.

Es tat sich nichts. Ich klingelte noch mal. Dann hörte ich Schritte hinter der Tür. Ich sah Sarah an. »Komm mir nicht in die Quere.«

Sie schüttelte den Kopf.

Die Tür öffnete sich einen Spalt, ich warf mich mit der Schulter dagegen, und sie ging auf.

Im Flur stand ein magerer junger Kerl in schwarzen Shorts.

Ich knallte ihm einfach die Faust in den Magen, und er sackte stöhnend zusammen. Ich schleuderte ihn gegen die Wand, verpaßte ihm eins auf die Nase, Blut spritzte in alle Richtungen, dann packte ich ihn am Arm. »Wo ist er?«

»Wer?« Er röchelte ein bißchen.

»Willst du noch eine?«

»Im Schlafzimmer!« Er hob abwehrend die Hände.

Ich öffnete eine angrenzende Tür, es war das Badezimmer. Ich schubste ihn rein. »Wenn du schlau bist, bleibst du hier drin.«

Er setzte sich auf den Badewannenrand, starrte ein paar Sekunden wie hypnotisiert in einen Spiegel, sah mich mit großen Augen an und nickte. Ich zog die Tür zu.

Till lag auf dem Bett, hatte ein Kissen in den Nacken gestopft und blinzelte verschlafen. Er war nackt.

»Steh auf.«

»Scheiße, Mark!«

Ich ging zu ihm hin, packte seinen Arm und riß ihn

vom Bett. Er polterte auf den Boden, stieß sich die Stirn am Bettpfosten und stöhnte. »Verdammt, was willst du?«

»Ich will alles wissen, was du weißt. Du wirst mir jetzt alles erzählen, alter Freund.«

Er rappelte sich auf, er wirkte benommen. Er tastete nach dem Bettrand und setzte sich. Ich ließ ihm Zeit, sich Shorts anzuziehen. Dann zog ich ihn hoch und setzte mein Knie zwischen seine Beine. »Los. Fang an.«

Er hielt sich die Eier und hatte die Augen zugekniffen. Sein Oberkörper wiegte sich sanft hin und her.

»Laß dir nicht zuviel Zeit, Till, wenn du nicht willst, daß ich dir ein paar Knochen breche.«

»Mann, du bist ja irre! Total abgedreht!«

»Ja. Deswegen bin ich heute auch so gefährlich. Also?«

Er schluckte ein paar Mal. »Ich hab' dir nichts zu sagen.«

Das war es, was ich hören wollte. Ich ging wieder auf ihn los. Er riß die Arme hoch und versuchte, mir eins am Kinn zu verpassen, aber seine Faust streifte ins Leere. Statt dessen zerrte ich ihn auf die Füße, ich landete eine gerade Rechte in seinen Magen, und als er sich daraufhin zusammenkrümmte, schlug ich ihn in den Nacken. Dann riß ich ihn an den Haaren wieder hoch, schlug ihm einen Zahn aus und ließ ihn los. Er fiel zu Boden.

Er japste eine Weile, spuckte Blut aus und krümmte sich, dann stützte er sich auf die Hände auf und sah mich von unten her an. Eine verzweifelte Entschlossenheit war in seinem Blick, er hatte die Angst ganz gut im Griff. Unter anderen Umständen hätte ich den Hut vor ihm gezogen.

»Und wenn du mich totprügelst, Mann. Es bleibt dabei.«

Ich trat ihn in die Seite. Er fiel wieder um und stöhnte und vergrub den Kopf in den Armen. »Mark! Hör doch auf!«

Ich sah auf ihn runter. Dann packte ich seinen Arm, half ihm auf und verfrachtete ihn auf sein Bett. »Till.«

»Was?«

»Weißt du, daß Jens Krassberg tot ist?«

»*Was?* Was redest du da?«

»Er ist tot, glaub's mir. Ich weiß es. Brelau hat nichts mehr gegen dich in der Hand.«

Es war ein paar Sekunden still, Till betastete seinen Mund, er schnalzte dabei ein paarmal mit der Zunge und sah mich unsicher an.

»Das ist unmöglich. Er ist doch erst siebzehn, wieso soll er tot sein? Als ich ihn das letzte Mal gesehen hab', war er gesund.«

»Es ist die Wahrheit, ich schwör's dir. Sie haben ihn aus dem Main gefischt. Der Frankfurter Schwulenstrich ist ein ungesundes Pflaster.«

»O mein Gott. Armer Jens. Konntest du mir das nicht ein bißchen eher sagen?«

Der Zorn packte mich von neuem, und ich ohrfeigte ihn, zweimal, eine links, eine rechts.

»Verdammt, Mark!« schrie er. »Was ist denn in dich gefahren?«

Ich starrte ihn an. Ich fand es nicht leicht, es laut auszusprechen.

»Paul ist tot. Vor kaum einer Stunde ist Paul gestorben. Verbrannt. In meinem Wagen. Er ist ohne zu bremsen in eine Kurve gedonnert und von der Straße gesegelt. Paul fuhr zwar immer wie eine Schnecke, man konnte schier verrückt werden davon, er war der vorsichtigste Autofahrer der Welt, aber heute abend hat ihn wohl der Hafer gestochen. Dämmert dir was?«

Er guckte weg und krümmte sich. Er sah plötzlich grau und krank aus. Er ließ sich einfach zur Seite fallen und fing an zu heulen. Ich sah mir das eine Minute an. Er hatte das Gesicht in einem Kissen vergraben, seine Schultern zuckten. Es war ohne weiteres zu erkennen, daß er wirklich erschüttert war, mehr als das, er war verzweifelt. Aber ich war jenseits der Grenze, nichts konnte mich wirklich erreichen. Ich zog ihn wieder hoch. Er drehte den Kopf weg, er wollte mich nicht ansehen. Ich packte ihn an den Haaren. »Hör auf zu flennen. Du hast ihn doch genauso auf dem Gewissen wie Brelau.«

»Nein!«

»O doch, mein Freund. Mach dir nichts vor. Du hast einfach zugeguckt, während wir auf irgendwelche Windmühlenflügel losgingen, und als wir endlich was in der Hand hatten, hast du genauso wie alle anderen gehofft, daß wir es nicht beweisen könnten. Aber Brelau wollte sich damit nicht zufrieden geben. Verstehst du, an jedem Abend außer heute sind wir alle zusammen mit meinem Wagen gefahren, mit Angy Morgen. Es ist nur ein lächerlicher Zufall, daß Sarah und ich noch leben. Angy ist auch tot. Sie ist mit dem Wrack in die Luft geflogen. Wenn sie sie beerdigen wollen, müssen sie mit einer Lupe den Waldboden absuchen und sie einsammeln.«

Ich mußte eine Pause machen. Till drehte den Kopf zur Wand und göbelte, was das Zeug hielt. Ich sprang in Sicherheit und wartete, bis er fertig war.

Ich gab ihm ein Glas Wasser, das neben dem Bett stand. »Da, trink 'nen Schluck. Brelau wollte, daß wir alle draufgehen, sogar Angy, die ja nun gar nichts damit zu tun hatte. Und mit uns sollten diese Unterlagen verbrennen, dann wär' nichts übrig geblieben, und es wäre wieder Frieden eingekehrt. Auf so was habt ihr doch alle gehofft, oder etwa nicht?!«

»Nein! Nein, das ist nicht wahr. Scheiße, das ist nicht wahr! Ich hab' nicht geahnt, daß er so was tun würde. Das mußt du mir glauben!«

»Was spielt das schon für eine Rolle. Ich will von dir nur eine umfassende Aussage. Danach kannst du dich von mir aus aufhängen. Kapiert? Los, du hast nichts mehr zu befürchten, also mach jetzt das Maul auf.«

Er schniefte und nickte langsam. »Komm, gehen wir nach nebenan.«

Ich war einverstanden, nichts ist mir mehr zuwider als der Geruch und der Anblick von Erbrochenem.

Till stand mühsam auf wie ein alter Mann, zog sich einen Bademantel über und schlich vor mir her. »Kann ich mir mal eben die Zähne putzen?«

»Sicher.«

Er ging ins Badezimmer. »Alex! Um Gottes willen. Alles okay?«

Alex hockte immer noch wie eine Nebelkrähe auf der Badewanne, er hatte sich das Blut vom Gesicht gewaschen und sah mich mißmutig an.

»Du kannst rauskommen, wenn du kein Theater machst.«

»Was will der Irre, Till?«

»Ist schon okay. Ist nur was Geschäftliches.«

»Komische Geschäfte macht ihr.«

Er stand auf, ließ mich nicht aus den Augen, quetschte sich an mir vorbei durch die Tür und verschwand im Schlafzimmer.

»Hau ab, Mark, laß mich 'ne Sekunde allein.«

»Komm nicht auf die Idee, irgendwas zu schlucken, ja?«

»Quatsch.«

Ich ging ins Wohnzimmer. Sarah hing kraftlos in einem Sessel. Ich suchte drei Gläser zusammen und fand eine Flasche, schenkte ein und gab ihr ein Glas. Sie nahm es, kippte es runter und hielt es mir wieder hin. Ich schenkte ihr nach.

Sie zog die Beine an und legte den Kopf auf die Knie, erst jetzt sah ich, daß sie keine Schuhe mehr anhatte. Ihre Füße und Waden waren dreckverschmiert, am linken Bein hatte sie einen langen, blutigen Kratzer. Sie mußte die Schuhe zum Teufel geschickt haben, als wir Paul den Abhang raufzerrten, klar, so was ist mit hohen Absätzen gar nicht zu meistern. Ich schaute ihre Füße an und sah gleichzeitig wieder das Bild vor mir, wie der Notarzt die Decke über Pauls Gesicht zog. Es ließ sich nicht verscheuchen, obwohl ich es nicht sehen wollte. Ich starrte auf ihre Füße, hatte einen bitteren Geschmack im Mund und konnte mich nicht rühren.

»Setz dich lieber, sonst wirst du einfach umfallen«, murmelte sie. Der Ton sollte belanglos klingen, aber ihre Stimme war heiser.

Ich setzte mich, und Till kam rein.

Er wankte zu dem Sessel mir gegenüber, nahm sich das dritte Glas und setzte sich. Er drückte die Hand auf seinen Bauch und schnitt eine Grimasse. »Ich wünschte, wir wären ins Kino gefahren. Alex wollte so gern. Ich hätte besser auf ihn gehört. Was hättest du gemacht, wenn ich nicht hiergewesen wäre, he? Wärst du morgen wiedergekommen?«

Wohl kaum. Morgen früh würde ich betäubt sein von der Trauer. Ich würde mich keinen Millimeter rühren können ohne größere Anstrengung, das wußte ich.

»Ich wäre vermutlich zu Carola Bruns gefahren. Spielt doch keine Rolle, oder?«

»Hättest du es aus ihr auch rausgeprügelt?«

Ich zuckte mit den Schultern. Gut möglich, daß ich das getan hätte. Es muß immer was passieren, das mich enthemmt, bevor ich zuschlagen kann, ich bin ein friedfertiges Wesen. Echt, das ist kein Witz. Aber wenn's dann mal soweit ist, dann mache ich auch keine großartigen Unterschiede mehr, dann ist mir alles egal.

»Fang endlich an.«

»Womit denn?«

»Irgendwas, einfach der Reihe nach. Laß dir nur Zeit.«

Er schloß für eine Sekunde die Augen und schauderte, dann sah er mich wieder an. »Mark, Brelau wird mich umbringen.«

»Nein. Verschwinde einfach ein paar Tage aus der Stadt. Nächste Woche wird Brelau abgelöst werden, und vermutlich wird er sogar in U-Haft wandern. Er wird bald ein zahnloser Tiger sein. Du kannst aufhören, dich vor ihm zu fürchten.«

»Ach, du redest Scheiße, Mann. So leicht wird das nicht.«

»Schluß jetzt. Komm endlich zur Sache.«

Er nickte und hob die Hände, Handflächen nach außen. »Okay, okay. Bleib ja sitzen.«

Er trank einen Schluck, sah mich über den Rand des Glases hinweg an, lehnte sich dann zurück und holte zittrig Luft. »Also gut. Die Konten ohne Adresse. Die ersten wurden vor meiner Zeit hier eröffnet. Muß über zehn Jahre her sein. Damit hat Brelau diese Sache mit den Schwarzgeldkonten angefangen. Auch bei denen sind die Namen frei erfunden, aber weil die Adressen fehlen, um die Personen einwandfrei zu ermitteln, ist das kaum zu beweisen. Wir nennen die Konten ohne Adressen den Aristokratenclub. Denn die wahren Kontoinhaber gehören allesamt zu Brelaus Adelsclique. Einflußreiche, vermögende Leute aus dem ganzen Land. Die hatten von allen den meisten Schiß vor Entdeckung. Darum gibt's für die auch keine Vollmachten, ihre Namen erscheinen einfach nirgends. Ich denke, Brelau besitzt eine Liste, wo draufsteht, welches Konto welchem adeligen Typen gehört, sonst würde er früher oder später durcheinanderkommen. Es sind nämlich ein paar mehr, als ihr gefunden habt, es sind achtunddreißig.«

»Sehr schön. Weiter.«

»Die Leichen. Diese Konten sind für Leute aus der Gegend hier. Reiche Bauern, Richter, Ärzte, Politiker, Manager. Die haben alle damit angefangen, daß sie ein Sparkonto für ihre verstorbene Großmutter oder so eröffnet haben, ich war mal zufällig dabei. Brelau hat ihnen mit einem Augenzwinkern erklärt, das wäre durchaus üblich, und man könnte notfalls immer noch erklären, die Bank hätte nichts davon gewußt, daß die Leute tot sind. Später wurden die Sparguthaben dann umgeschichtet in Investments oder Aktien, dafür reicht ja die Unterschrift des Bevollmächtigten. Schlau eingefädelt.

Dann der Alte Grenzweg Nummer sieben. Weißt du, wie's überhaupt zum Bau von dem Einkaufszentrum gekommen ist?«

»Ja. Weiter.«

»Kienast hat das ganze Ding finanziert, ein paar ausländische Investoren aus Schweden oder so hängen auch mit drin. Irgendwann ging ihnen die Kohle aus, und sie verloren das Interesse an dem Projekt. Der Bau stand monatelang still. Dann ging's plötzlich weiter, aber von den Wohnetagen wurden nur die Fassaden fertiggestellt. Alle, die da gemeldet sind, siebenundzwanzig, glaub' ich, sind frei erfundene Personen. Die Guthaben auf den Konten gehören in Wirklichkeit den Vollmachtsinhabern, das sind Leute aus dem ganzen Land. Politiker, Manager großer Konzerne, auch ein paar aus Österreich und der Schweiz. Und zwei, drei Amerikaner, die hier einen Teil ihres Vermögens investiert haben. Klar, steuerfrei haben alle gern.

Dann haben wir da die staatliche Investitionsförderung. Brelau hat ein paar Leuten aus der Umgebung zu staatlich subventionierten Krediten verholfen, kennste doch, der Staat gibt Zinszuschüsse, wenn man in Umweltschutz investiert und solche Sachen. Sie haben einen falschen Verwendungszweck für die Gelder angegeben, Brelau hat falsche Bankbestätigungen abgegeben, und jetzt subventioniert der Staat zum Beispiel eine umweltverseuchende Chemiefabrik in Villingen. Brelau hat dafür bei fast jedem, der hier in der Gegend Geld und Macht hat, einen Gefallen gut. Dann war da die Sache mit den falschen Schufa-Auskünften ...« Er redete sich richtig in Fahrt, ich brauchte ihn überhaupt nicht mehr zu ermuntern. Er guckte mich nicht an, er starrte auf seine Hände, die den Gürtel seines Morgenrocks kneteten. Ich hatte das Gefühl, er war einfach nur erleichtert, das alles mal loszuwerden. Er redete schnell und leise, machte ab und zu eine kurze Pause, um nachzudenken oder einen Schluck zu trinken, und erzählte uns Sachen, hinter die wir allein nie und nimmer gekommen wären.

Ich hörte ihm zu, ich machte mir keine Notizen. Ich war

zu müde, und ich war sowieso sicher, daß ich kein Wort von dem vergessen würde, was er erzählte.

Sarah saß immer noch mit angezogenen Knien in ihrem Sessel, rauchte eine nach der anderen und starrte Till ungläubig an.

Er redete fast zwei Stunden ohne Pause. Dann schwieg er erschöpft. Ich ließ ihm Zeit, in Ruhe ein Glas zu trinken. Er kippte den Inhalt in kleinen, nervösen Schlucken.

Ich sah ihn an, ein Schauer überlief mich, und mir war plötzlich kalt.

(Du sitzt hier, hörst dir diesen Quatsch an, und dabei ist Paul tot.)

Nur die Ruhe, Mark. Nur die Ruhe.

»Das ist alles, was ich weiß.«

»Ja.«

»Dann hindert dich ja jetzt nichts mehr, dich zu verpissen, oder?«

Ich schüttelte den Kopf. »Eigentlich nicht. Nur eine letzte Frage.«

»Und zwar?«

»Gibt's irgendwelche Unterlagen, die das alles beweisen könnten?«

Er zuckte mit den Schultern und seufzte tief. »Ich bin sicher, daß es sie gibt. Selbst Brelau mit seinem phänomenalen Gedächtnis kann nicht alle Fakten im Kopf haben. Und er braucht sicher den ein oder anderen Beweis schwarz auf weiß, um die Leute bei der Stange zu halten. Aber in der Bank sind sie bestimmt nicht.«

»Hat Brelau kein Safefach gemietet? In der Bank, meine ich.«

»Nein. Ich schätze, daß er zu Hause einen Safe hat. Für soviel Dreck sind unsere Kundensafes zu klein.«

Ich nickte und stand auf.

Sarah schnellte hoch wie ein Springteufel, sie schien es eilig zu haben, hier rauszukommen. Wir gingen zur Tür, Till folgte uns. Er sah ziemlich mitgenommen aus. Ich hätte ihm vielleicht ganz gern gesagt, daß es mir leid tat, aber das wäre wohl ziemlich grotesk gewesen. Und ich fühlte mich nicht in der Lage, seiner Antwort ins Auge zu sehen.

Ich öffnete die Tür. »Wirklich besser, du tauchst ein paar Tage ab.«

Er nickte. »Verlaß dich drauf.«

Dann schlug er die Tür zu.

Ich kriegte kaum noch das Bein über die Maschine.

Sie stieg hinter mir auf, ihr Rock rutschte hoch, und ich legte für einen Moment die Hand auf ihr nacktes Bein. Es fühlte sich warm und lebendig an.

Sie legte die Arme um meine Taille und lehnte den Kopf an meinen Rücken.

»Los. Fahren wir. Du hast für heute wirklich genug getan.«

Ich atmete tief. Die Luft war schön, mild und sauber, wie Balsam. »Okay. Laß uns die Kiste vor dem Griechen abstellen. Es muß ja nicht sein, daß sie mich deswegen hier einsperren.«

»Gut.«

Ich fuhr los, quer durch das Kaff, stellte das Motorrad ab, und wir machten uns zu Fuß auf den Weg. Meine Füße stolperten andauernd, ich hatte einen Horror vor dem langen Fußweg und ich hätte es wohl auch nicht mehr geschafft.

Klaus wartete am Marktplatz auf uns.

Er war ausgestiegen, lehnte an seinem Wagen, rauchte eine und blies kleine graue Rauchfetzen in die Nacht. Als er uns kommen sah, warf er die Kippe weg, stieg ein und machte die Türen auf.

Sarah ließ sich auf die Rückbank fallen. »Mann, dich schickt der Himmel.«

»Sag' ich doch.«

Ich stieg ein, schlug die Tür zu und starrte aus dem Fenster. »Wie haben sie's aufgenommen?«

»Angies Eltern?«

Ich nickte.

»Na ja. Was erwartest du? So was ist einfach immer furchtbar.«

»Hatte Angy Geschwister?«

»Nein.«

Ich dachte an ihren Vater, und in derselben Sekunde dachte ich an Anna. Ich kam auf die Idee, daß es vielleicht jemanden gab, dem es in dieser Nacht noch dreckiger ging als mir.

10

Ich hatte einen verrückten Traum.

Paul hatte den Job geschmissen und bei IBM angefangen. Statt mit ihm teilte ich das Büro mit Angy, aber sie war zu nichts zu gebrauchen. Ihr Schreibtischstuhl hing immerzu an der Decke, sie starrte mich nur mit leeren Augen an, ihre Arme baumelten herunter, und ihr Kopf pendelte. Ich hatte genug davon und fuhr zu Paul nach Hause. Er stand an seinem Bügelbrett und plättete Mikrofilme, seine Brille hing schief. Ich fragte ihn, was er sich dabei gedacht hätte, mich mit dieser nutzlosen Leiche allein zu lassen.

Er grinste wie ein Zombie und sagte: »Ach, weißt du, Mann, Daniel ist echt in Ordnung. So einen hätt' ich auch gern mal irgendwann. Aber daraus wird nichts. Denn du hast ja zugelassen, daß ich in deinem Wagen verbrannt bin. Du bist so verdammt egoistisch geworden, seit Ilona weg ist. Du bist so verdammt ... egoistisch geworden ... Ich arbeite jetzt lieber hier als mit dir zusammen. Du bist so verdammt ... egoistisch geworden ...«

Ich wachte auf, mein Herz hämmerte wie eine Morlock-Maschine in meiner Brust, ich war in kalten Schweiß gebadet und fror erbärmlich. Für ein paar Sekunden tat sich nichts in meinem Kopf, ich spürte nur mein Herz, es machte solche Sprünge, daß ich fürchtete, mein Brustkorb würde explodieren, und ich würde eine eklige Sauerei und zwei hilflose Kinder hinterlassen, aber es beruhigte sich nach und nach. Der graue, pulsierende Schleier verschwand vor meinen Augen, und ich konnte wieder sehen. Es war noch dunkel.

Ich versuchte, die Zeit zu schätzen, und kam zu dem Schluß, daß es ungefähr vier sein mußte. Ich war allein. Ich bemühte mich, mich zu erinnern. Ich konzentrierte mich, nach und nach kriegte ich alles wieder zusammen, alles, was passiert war. Gestern. Nachdem wir zurückgekommen waren, hatten zuerst Klaus und dann Sarah mir ihre Gesellschaft angeboten. Ich hatte sie alle zum Teufel geschickt und mich in meinem Zimmer verbarrikadiert, mehr wußte ich nicht mehr. Offenbar war ich eingeschlafen.

Jetzt war ich wach.

Ich wollte auch nicht mehr schlafen, vielen Dank, aber bitte keine Träume dieser Art mehr (du bist so verdammt egoistisch geworden Mark das hier war nur deine Sache aber Paul ist jetzt tot und du lebst noch schämst du dich denn eigentlich gar nicht).

Hör auf damit.

Ich drehte mich unter größter Anstrengung auf den Rücken. Ich mußte dringend pinkeln, aber ich konnte mich nicht rühren. Eine monströse Bestie hockte auf meinem Brustkorb und schnitt mir die Luft ab. Mit offenen Augen wartete ich darauf, daß ich irgendwas spürte, im Kopf oder im Bauch, oder wo immer Haß auch anfängt, ich versuchte, an Brelau zu denken. Es war ziemlich zwecklos. Es kümmerte mich nicht, ich konnte nur an Paul denken, mir fielen Sachen ein, die wir vor Jahren gemacht hatten, als die Welt noch eine andere Farbe hatte, als die Zeichen noch auf ewig währender Glückseligkeit standen.

Ich wimmerte und fing an zu heulen.

Nach einer Weile hatte ich mich in einen Taubheitszustand trügerischer Erleichterung manövriert. Der Drang, meine Blase zu entleeren, wurde stärker als meine Apathie, ich stand auf und ging ins Bad. Auf dem Rückweg blieb ich unentschlossen vor ihrer Tür stehen. Ich stand ungefähr eine Viertelstunde da, nicht in der Lage, einen Entschluß zu fassen. Dann drückte ich die Klinke runter und ging rein.

Als ich auf das Bett zuging, spürte ich einen Hauch weißer Magnolien. Ich sog ihn dankbar ein und legte mich zu ihr. Sie lag auf dem Bauch, nackt, schlief fest, die Hände links und rechts flach neben dem Kopf, das Gesicht mir zugewandt. Ich stützte mich auf einen Ellenbogen, sah sie eine Weile an, dann rückte ich näher und zog sie an mich. Sie schauderte, preßte ihren Rücken an meinen Bauch und rollte sich zusammen.

Meine Augen brannten, ich hätte gern noch ein paar Tränen in ihrem Rücken vergossen, aber es ging nicht, es war wieder tiefer abgerutscht. Statt dessen kroch ich noch ein bißchen näher, legte einen Arm um sie und die Hand auf ihre Brust. Es gibt wohl kein tröstlicheres Gefühl. Ich strich langsam darüber und machte die Augen zu. Ich dachte mir zuerst nichts dabei. Nach einer Weile fing ich an, mich an ihr zu reiben, und sie seufzte leise.

So verdammt egoistisch, Mark ...

Ich faßte zwischen ihre Beine, sie schlief immer noch, aber ihre Hüften bewegten sich rhythmisch.

Du lebst noch, Mark. Nur ein lächerlicher Zufall, aber du lebst noch.

»Komm her, Sarah.«

»Hhmmhh?«

»Komm her.«

Sie wurde wach und nahm mich wortlos in sich auf.

So gegen neun stand ich auf, ich hatte noch ein bißchen geschlafen und nicht mehr geträumt. Ich weckte sie nicht und ging in die Küche runter. Zum Glück war niemand da. Ich kochte mir einen Kaffee, trank eine Tasse im Stehen am Fenster und rauchte eine Zigarette auf nüchternen Magen. Das bekommt mir immer schlecht, aber das machte keinen großen Unterschied angesichts der Umstände.

Der Frühling zeigte sich von seiner melancholischen Seite. Ein schweigsamer Regen fiel in dünnen Fäden, der Himmel war grau und hing tief über den dunklen Wäldern, die sich in endlosen Wellen über die Hügel zogen. Das war mir lieber, als wenn die Sonne gestrahlt hätte. Ich glaube, das hätte ich nicht wegstecken können.

Ich zog mir einen Stuhl ans Fenster und setzte mich. Es ging mir ziemlich furchtbar, ich spürte jeden Knochen und fühlte mich völlig zerschlagen. Pulsierende Kopfschmerzen lauerten hinter meiner Stirn. Irgendwie hatte ich mir an der rechten Hand sämtliche Knöchel aufgeschürft (vermutlich an Tills Zähnen, hast du das wirklich getan, Mark?), je mehr mein Körper zum Leben erwachte, um so mehr fing er an, weh zu tun. Ich stand auf, bevor ich völlig steif wurde, stellte mich eine Viertelstunde unter die heiße Dusche, zog mir ein paar Klamotten an und machte mich davon.

Der scharfe Wind blies mir in Böen ins Gesicht, er pfiff über die Weiden, die Kühe hatten sich mißmutig zusammengekauert.

Ich kehrte der Stadt den Rücken und lief einfach drauflos in den Wald. Nach einer Stunde traf ich auf einen kleinen Fluß, ich ging an seinem Ufer entlang.

In meinem Kopf war der Ausnahmezustand verhängt. Hundertschaften in schwarzen Uniformen bewachten die Barrikaden, die vor den Sperrzonen errichtet waren, und so was wie eine diktatorische Ordnung beseitigte das Chaos.

Es gab ein paar Dinge, die zu regeln waren. Ich mußte Ferwerda anrufen und es ihm sagen. Ich mußte es Daniel, Anna und Flip sagen. Ich mußte morgen nach Düsseldorf zurückfahren und zu Pauls Mutter gehen. Aber zuerst mußte ich in Brelaus Haus einsteigen.

Daran hatte sich nichts geändert, auch wenn die Welt ansonsten mehr oder weniger in Stücke gegangen war, blieb es doch die einzige Gelegenheit, das zu tun. Denn nur in dieser Nacht konnte ich sicher sein, daß das Haus leerstand.

Ich war in der vergangenen Woche dreimal während der Dämmerung oder kurz nach Einbruch der Dunkelheit da gewesen und war um die Villa herumgeschlichen. Sie lag ein paar Kilometer außerhalb der Stadt auf einem weitläufigen Waldgrundstück, das von vier Dobermännern bewacht wurde. Für die hatte ich mir was einfallen lassen. Eine Alarmanlage gab es nicht. An der Rückfront des Hauses waren sechs Glastüren, die zum Garten führten, ohne Jalousien. Ich brauchte nichts weiter als einen Glasschneider. Den hatte ich mir besorgt, auch ein paar andere Kleinigkeiten. Ich hatte eine heimliche Einkaufstour nach Freiburg unternommen.

Ich hatte über diese Sache nachgedacht, sooft ich allein war, und war zu dem Schluß gekommen, daß ich nur ein bißchen Glück, ein bißchen Zeit und gute Nerven brauchte. Ich durfte nichts vergessen, ich mußte jede nur mögliche Situation berücksichtigen. Dann konnte nichts schiefgehen.

Ich ging meinen Plan noch mal durch. Das war ganz angenehm, es beschäftigte meine Gedanken, es beruhigte mich und lenkte mich ab, ich konnte dabei die Hände in die Hosentaschen stecken und zu der geschlossenen Wolkenformation hochsehen. Ich würde das durchziehen, das stand fest. Es war die einzige Chance, das nötige Belastungsmaterial gegen Brelau zu beschaffen. Tills Aussage allein war nichts wert, wenn man bedachte, wieviel Macht sich auf der Gegenseite vereinte. Ich mußte sie alle gleichzeitig zu packen kriegen, mit hieb- und stichfesten Beweisen, und dann blitzschnell zuschlagen, bevor sie auch nur die Chance hatten, eine Verteidigungsstrategie zu entwerfen.

Und während ich so über die Sache nachdachte, systematisch und konzentriert, kam endlich das, worauf ich seit der letzten Nacht wartete: Die erste Barrikade in meinem Gehirn wurde erstürmt und eingerissen, und mein Zorn auf Brelau kam gemächlich angekrochen und explodierte dann in meinem Bauch wie eine Leuchtrakete. Ich stapfte weiter den Fluß entlang, es ging ziemlich steil bergauf, es kam mir vor, als wäre jeder meiner Schritte zwei Meter lang, ich bekam Seitenstiche. Dann fiel ich ins Gras am Wegrand und brüllte wie ein Berserker. *»Ich mach' dich kalt, du Sau!! Ich bring' dich um!!!!«*

War ja nicht weiter schlimm, außer ein paar Vögeln hörte mich ja keiner. Und das Brüllen tat mir gut. Ich hatte nicht mehr das Gefühl, mit einer Steinschleuder auf einen Panzer loszugehen, ich fühlte mich stark und unantastbar. Und mein Kopf wurde klarer. Ich war nicht mehr wie in Glaswolle eingepackt. Ich wußte, daß das alles nicht mehr viel Sinn hatte, daß nichts Paul und Angy wieder zurückbringen konnte, aber ich mußte ja mal mit irgendwas weitermachen.

Und wenigstens sollte das Schwein dafür bezahlen. Ich wünschte mir sehnlich, daß die Enthüllung seiner Machenschaften ihn in den Selbstmord treiben würde, ich hoffte, er würde sich den Lauf seiner verdammten Jagdflinte in den Mund stecken und mit den Zehen abdrücken, ich malte mir auch noch ein paar andere Sachen aus.

Solche befremdlichen Phantasien nahmen mich so in Anspruch, daß ich mich verirrte. Ich hatte den Fluß irgendwann an einer kleinen Holzbrücke überquert, weil eine Stadt im Tal vor mir auftauchte, und war in nördlicher Richtung weitergegangen, gerade, als es aufhörte zu regnen. Aber danach hatte ich nicht mehr auf den Weg geachtet. Jetzt stand ich an einer Wegkreuzung, um mich rum nur undurchdringlicher Tannenwald, und versuchte, mich zu orientieren und an meine Route zu erinnern.

Zwecklos.

Auf ein vages Gefühl hin, daß es Zeit wurde zurückzugehen, machte ich kehrt, aber ich kam nicht zu dem Flüßchen und dem Holzsteg zurück. Statt dessen führte mein Weg bergab. Ich kam aus dem Wald heraus, und vor mir lag ein kleines Tal mit einem Bauernhof. Ich beendete meinen Abstieg, kam durch ein Gatter auf eine Weide mit Kühen, die mich teilnahmslos betrachteten, und näherte mich dem Hof.

Ich ging um das Haupthaus herum und kam in einen Innenhof, ein Scheunentor stand offen. Ich ging rein.

Der Bauer stand an einer Box, in der einen Hand eine braune Flasche, in der anderen einen Lappen, mit dem er die Flanke einer gescheckten Kuh sorgfältig abrieb.

»Tag.«

Er sah auf, begutachtete mich mit einem mißtrauischen Blick, schob die Kappe in den Nacken und nickte.

»Können Sie mir sagen, wie ich in die nächste Stadt komme?«

»Die nächste Stadt ist Freiburg.«

»Darf auch ein bißchen kleiner sein. Ich brauche nur einen Bus nach Ellertal. Oder ein Taxi.«

Er schüttelte den Kopf und tränkte den Lappen aus der Flasche. »Da kommen sie heute nicht mehr hin. Das sind zwanzig Kilometer, und samstags fahren fast keine Busse. Taxis gibt's in Freiburg.«

»Zwanzig Kilometer? Wie spät ist es?«

»Vier.«

»Gütiger Himmel. Ich glaub', ich bin in Schwierigkeiten.«

»So sehen Sie auch aus.«

»Haben Sie ein Telefon?«

»Nein.«

Ich wette, er hatte eins. Aber er wollte sich mit mir nicht rumplagen.

»Können Sie mir sagen, wie ich zum nächsten Telefon komme?«

»Nein.«

Ich gab's auf. »Verstehe. Vielen Dank auch, Kumpel.«

Ich kam mir ziemlich bescheuert vor. War es echt möglich, daß ich fast den ganzen Tag wie ein Irrer durch die Gegend gelaufen war und jetzt mein Nachtmanöver schlichtweg verpassen sollte?

Klar, warum nicht. Alles ist möglich. Es kommt nur auf die Umstände an.

Als ich aus der Scheune rauskam, lehnte ein Junge am Tor. Er war die Miniaturausgabe des Bauern, vielleicht zehn oder elf, hatte die Hände hinter dem Rücken verschränkt und grinste mich verschwörerisch an. Ich blieb stehen. Er zog eine Hand vor, legte einen verdreckten Finger an die Lippen, schüttelte den Kopf und winkte mir, ihm zu folgen. Er führte mich an der Scheunenwand entlang durch ein Gatter auf eine Weide. Zwei alte Klepper grasten neben einer Gruppe verkrüppelter Apfelbäume. Unter den Bäumen lag eine geschlossene Decke weißer Blütenblätter.

Der Junge setzte sich auf einen der untersten Äste, holte ein Jojo aus der Tasche und zeigte mir eine Reihe faszinierender Jojo-Kunststücke.

»Mein Alter hat ein Rad ab«, verkündete er unvermittelt.

»Wenn du es sagst ...«

»Ich heiß' Georg.«

»Mark. Kannst du mir sagen, wie ich zu einem Telefon komme? Möglichst noch heute?«

Er schüttelte den Kopf. »Wie kommst du hierher?«

»Zu Fuß.«

»Aus Ellertal?«

»Ja.«

»Mann! Warum das denn?«

»Ich hab' mich verlaufen. Ich wollte eigentlich nur spazierengehen.«

Er sah mich verwundert an und schüttelte dann wieder den Kopf. »Mein Alter hat irgendwie recht. Die Typen aus der Stadt haben alle ein Rad ab.«

»Eben hast du gesagt, er hätte ein Rad ab.«

»Na ja, kommt eben immer drauf an.«

Ich nickte, der Junge war weise für sein Alter.

»Wieso hast du dich verlaufen?«

»Weil's in der Hölle einen Typen gibt, der nur dafür zuständig ist, mir das Pech zuzuschustern. Und er macht nie mal 'ne Pause.«

»Doch. Heute.«

Ich guckte ihn an. Er lächelte. »Meine Schwester, Katja, die hat übrigens auch ein Rad ab, deren Freund wohnt in Ellertal. Er kommt sie gleich abholen. Ich wette, sie werden dich mitnehmen.«

»Meinste echt?«

»Warum nicht?«

Wenn der Typ wirklich aus Ellertal war, würde er sich das dreimal überlegen, mir einen Gefallen zu tun.

»Wie heißt der Freund von deiner Schwester?«

»Martin Thoma.«

»Hey, du hast recht, Georg. Die Hölle scheint heute Ruhetag zu haben. Gehn wir?«

Er nickte, sprang von seinem Ast runter, schickte sein Jojo voraus und führte mich in einem weiten Bogen um die Scheune zum Wohnhaus zurück.

Keine zwei Minuten später kam der Sohn des Rathauspförtners leibhaftig in einem klapprigen Fiat angebraust, und ein Mädchen stürzte aus dem Haus. Martin stieg aus und wollte gerade die Hände auf den Hintern seiner Flamme legen, da sah er mich. Die Farbe fiel ihm aus dem Gesicht. »Was machst *du* hier?«

»Georg meinte, du könntest mich vielleicht mitnehmen. Nach Ellertal.«

Er verzog das Gesicht, strich sich die Haare aus der

Stirn und sah das Mädchen einen Augenblick an. »Das liegt nicht gerade auf dem Weg, Mann.«

»Dann sag mir, was es kostet. Es ist wichtig, ehrlich.«

Er seufzte. »Ach Quatsch, das kostet nichts. Nur ... na ja, du bist ziemlich heiß geworden und ...«

»Du brauchst mich nur bis zu Klaus zu bringen. Niemand wird uns zusammen sehen.«

»Okay. Steig ein. Na, was ist, meine Schöne? Kommst du?«

Ich winkte Georg mit einem gequälten Lächeln zu und quetschte mich hinten in den Fiat.

Es war still während der Fahrt, Katja saß vor mir und hatte die Hände im Schoß verschränkt, sie wirkte verkrampft. Ob sie über mich Bescheid wußte, keine Ahnung. Martin fuhr wie ein Irrer und starrte auf die Straße, ich schloß die Augen und wartete einfach, daß wir ankommen würden.

Als der Wagen schließlich mit quietschenden Bremsen zum Stehen kam, schreckte ich aus einem leichten Schlaf auf.

Ich war wirklich in der denkbar besten Verfassung für mein Vorhaben, völlig am Ende. Einfach sagenhaft.

Martin stieg aus und klappte den Sitz um. Ich krabbelte raus. »Vielen Dank, Mann.«

Er nickte und sah mich einen Moment scharf an. »Ich hab' gehört, was passiert ist. Tut mir wirklich leid.«

»Ja.«

»Mach das Schwein fertig.« Er sprang in den Wagen und brauste davon.

Ich sah ihm nach und zerbrach mir den Kopf über das Phänomen, daß offenbar jeder in dieser Stadt wußte, daß Brelau Paul und Angy ermordet hatte oder wahrscheinlicher hatte ermorden lassen, und immer noch blieben alle mit eingezogenen Köpfen auf ihren Ärschen hocken. Ich konnte das nicht begreifen.

Eine Tür schlug krachend zu, und ich sah auf. Sarah kam mit fliegenden Haaren über den Hof gerannt.

»Ich bin halb tot vor Angst! Wo warst du?«

»Nur ein bißchen rumgelaufen.«

»Sechs Stunden?«

»Scheint so.«

»Sag mal, spinnst du?«

»Was ist los? Willst du mir auf die Eier gehen?«

Sie warf mir einen eisigen Blick zu, wandte sich abrupt ab und ließ mich einfach stehen.

Na wunderbar. Das war alles, was mir gefehlt hatte. Ich hatte schon fast gedacht, daß das Blatt sich wenden würde, als Martin in meiner hoffnungslosen Klemme auftauchte, aber das hatte nur knapp eine Stunde angehalten.

Ich ließ ihr ein paar Minuten Vorsprung, dann ging ich ins Haus, weil ich dringend ein paar Sachen erledigen mußte, bevor es Abend wurde.

In der Küche waren außer Klaus und Marlies und Ellen noch ungefähr dreitausend weitere Leute, und ich dachte für einen Moment, ich würde durchdrehen. Ich schluckte trocken und warf Klaus einen flehentlichen Blick zu. Er blickte auf die Tür zum Wohnzimmer, stand auf und folgte mir dahin. Ich schloß die Tür ein bißchen lauter als nötig, ich mußte jedes noch so kleine Ventil nutzen, das sich mir bot.

»Sarah war ziemlich in Sorge um dich, Mark. Und ich auch.«

»Ja. Erspar mir den Rest. Kann ich heute abend deinen Wagen haben?«

Er zuckte mit den Schultern. »Klar.«

»Danke.«

»Ich muß nur noch mal kurz zur Kirche runter.«

»Kein Problem, ich wollte nicht vor elf los.«

»Sehr schön ... Mark?«

»Hm?«

»Du wirst keinen Blödsinn machen, oder?«

»Keine Bange.«

»Aber ...«

»Nein, Klaus. Besser, du fragst nicht weiter.«

»Wie du willst. Ich finde trotzdem, du solltest nach Hause fahren zu deinen Kindern und die ganze Sache hier wenigstens übers Wochenende vergessen. Und dir noch mal gut überlegen, was du tun willst.«

»Das kann ich nicht.«

Er seufzte, zuckte mit den Schultern und wandte sich zum Gehen. »Die Wagenschlüssel werden an dem Haken in der Diele hängen.«

»Okay.«

Er blieb noch mal stehen. »Ach, übrigens, da war ein Anruf für dich.«

Meine Eingeweide krampften sich zusammen. Ich kniff die Augen zu. »Mein Junge? Daniel?«

»Nein. Ein Herr Ferwerda. Du sollst mal zurückrufen.«

»Gut. Mach' ich.« Es ließ sich sowieso nicht länger aufschieben.

Das Telefon stand auf einem winzigen Tischchen in der Diele, aber es hatte eine lange Schnur, die bis ins Wohnzimmer reichte. Ich setzte mich auf den Fußboden, zündete mir eine Kippe an und wählte. Ungefähr nach dem zehnten Klingeln ging er endlich dran. »Ja?«

»Ich bin's.«

»Wer ist ich?«

»Malecki.«

»Malecki? Was ist mit Ihrer Stimme passiert? Hören Sie, Mann, Sie kommen reichlich ungelegen, nur Sie bringen es fertig anzurufen, wenn ich gerade eine Entenbrust in Kastaniensauce verspeise, also seien Sie so gut ...«

»Paul ist tot.« Es ging mir plötzlich ganz leicht von den Lippen.

Er sagte eine Weile nichts. Ich hörte ihn nur atmen, ziemlich zittrig.

»Was ist passiert?«

»Jemand hat die Bremsleitung durchtrennt. Seine Freundin ist auch tot.«

»Lieber Gott im Himmel ... Was ... was ist mit Goldstein?«

»Sie ist in Ordnung. Wir waren beide nicht mit im Wagen.«

Er brauchte noch mal eine Minute, um sich zu sammeln.

»War's Ihr Wagen?«

»Ja.«

»Haben Sie dafür gesorgt, daß die Polizei ihn sicherstellt?«

»Ja.«

»Gut. Waren die Unterlagen drin? Die von diesem Apartmenthaus ohne Apartments?«

»Nein.«

»Passen Sie gut drauf auf. Wenn es wirklich ein Anschlag war, dann galt er wohl vor allem den Unterlagen.«

Ich weiß nicht, wie ich das ohne seine Sachlichkeit hinter mich gebracht hätte, aber ich wurde trotzdem wütend. »Haben Sie mir eigentlich zugehört? Paul ist tot, und Sie denken an den scheiß Papierkram! Ist das echt wahr?«

»Sachte, Junge. Nur die Ruhe. Glauben Sie mir, mir ist völlig klar, wie schrecklich das für Sie ist. Und es tut mir sehr leid.«

Ich schloß die Augen. »Okay.« Ich zog an meiner Kippe, ich hatte sie heißgeraucht, sie verbrannte mir die Lippen.

»Ich schicke Ihnen einen Wagen, Malecki. Sofort. Kommen Sie nach Hause.«

»Nein. Morgen.«

»Hören Sie, Mann ...«

»Ich werde nicht drüber diskutieren. Wenn Sie nicht aufhören, leg' ich einfach auf.«

Er seufzte.

»Na schön. Machen Sie keine Dummheiten. Was immer Sie tun, tun Sie's nur, wenn Sie einen kühlen Kopf behalten können.«

Alle wollten mich heute mit ihrer Weisheit beglücken.

»Keine Panik. Ich mach' das schon.«

»Kann ich Ihnen wenigstens für morgen von Freiburg aus einen Flug chartern?«

»Ja.«

»Gut. Ich ruf später noch mal an und geb' die Flugzeiten durch. Ich hol' Sie am Flughafen ab.«

»Danke.«

»Keine Ursache.«

Ich riskierte einen Blick in die Küche, ich hatte seit fast vierundzwanzig Stunden nichts gegessen. Aber da war es noch so voll wie vorher, zu allem entdeckte ich noch Sarahs Rücken in der geschlossenen Reihe. Also trat ich eilig den Rückzug an, ehe sie auf mich aufmerksam wurde. Laß es dabei, dachte ich mir. Ich fühlte mich nicht hungrig, solange ich keinen Alkohol trank, würde es okay sein. Ich ging rauf in mein Zimmer, legte mich hin und stellte meinen Wecker auf halb elf. Als er rappelte, riß er mich aus dem Tiefschlaf.

Ich stand leise auf, im Haus war es still. Ich zog mich an und schlich aus dem Zimmer. Unter Sarahs Tür schien Licht durch. Ich ging auf Zehenspitzen zur Treppe und hoffte inständig, daß ich keine knarrende Diele erwischte. Es ging reibungslos, ich kam unbemerkt aus dem Haus.

Der Schlüssel hing im Flur, wie Klaus versprochen hatte. Ich ging raus, fuhr den Wagen aus der Garage und hielt vor dem Schuppen auf der anderen Hofseite.

Der Schuppen war Ellens Hoheitsgebiet, niemand durfte ihn ohne ihre Erlaubnis betreten, und die erteilte sie sparsam. Aber sie hatte mich ins Herz geschlossen, und über eine dicke Portion Erdbeereis waren wir ins Geschäft gekommen. Ich hatte Glück, Ellen war leicht zu korrumpieren, für den Preis eines Lederfußballs erwarb ich mir ihr absolutes Stillschweigen und das Recht, ein paar Sachen in ihrem Schuppen unterzubringen: eine Drahtschere, einen Schweißbrenner, einen Glasschneider, ein bißchen anderes Werkzeug, eine Taschenlampe, ein paar hauchdünne Handschuhe, eine Rolle Draht, vier Dosen vom besten Hundefutter, vier Teller und ein knisterndes Plastiktütchen, das Tarik mit einem geheimnisvollen Lächeln abgepackt hatte.

Ich verfrachtete alles in den Wagen. Ich kam ziemlich ins Schwitzen, das Schweißgerät war mörderisch schwer. Dann machte ich mich auf den Weg.

Ich fuhr in den Waldweg, der an Brelaus Grundstück entlangführte, an der Seite, die am weitesten vom Haus entfernt lag. An einer Stelle, die ich mir vorher ausgeguckt hatte, hielt ich an. Von der Straße aus war der Wagen jetzt nicht mehr zu sehen, und ich fürchtete keine Gesellschaft auf dem Forstweg zu dieser Stunde. Es war nämlich ganz schön unheimlich da.

Als ich ausstieg, sah ich die Hand vor Augen kaum. In der Nähe rief eine Eule. Na großartig, das paßte.

Ich lehnte mich an den Zaun und wartete, daß meine Augen sich an das Dunkel gewöhnten, dann öffnete ich die Dosen mit dem Hundefutter. Ich verteilte den Inhalt aus dem Tütchen gleichmäßig auf alle vier, rührte mit einem Schraubenzieher um und kippte die Pampe auf die Teller.

Sie kamen wie aufs Stichwort, alle vier zusammen, drohende, knurrende Schatten, aber zum Glück auf der anderen Seite des Zauns. Sie waren perfekt abgerichtet, sie schlugen nicht an, weil ich ja noch auf der richtigen Zaunseite war, sie guckten nur mal. Dem Vorwitzigsten schob ich den ersten Teller hin, sehr bemüht, meine Hand nicht mit unter dem Zaun durchzustecken. Ich hatte mächtigen Respekt vor den Bestien. Er fing munter an zu fressen, und ich verteilte die anderen drei Teller, ehe er umfiel und seine Kumpels Verdacht schöpfen konnten. Das Zeug schien den Geschmack nicht besonders zu beeinträchtigen, sie fraßen gierig, leckten die Teller ordentlich ab und blieben am Zaun stehen, wohl um zu gucken, ob ich noch mehr hatte, und um sicherzugehen, daß ich wirklich nur gekommen war, um ihnen was Gutes zu tun und nicht doch noch einsteigen würde.

Sie strapazierten meine Geduld ungefähr eine Viertelstunde. Ich wurde schon nervös, da kippten sie der Reihe nach auf die Seite, ohne einen Laut.

Ich holte meine Drahtschere, schnitt den Zaun auf und spazierte rein. Zögernd ging ich auf die vier Hunde zu, stubste sie an, nichts. Ich zog den Draht, den stärksten, den ich hatte kriegen können, durch alle vier Halsbänder, zweifach, nein, lieber doch dreifach, und machte sie an dem Zaunpfahl fest, der mir am stabilsten aussah. Man konnte nie wissen, ob sie nicht zu früh wach wurden. Sicher ist sicher, vor allem bei Dobermännern.

Dann kam der haarige Teil. Ich mußte mein ganzes Equipment vom Wagen zum Haus schaffen. Das waren mindestens zweihundert Meter. Ich fluchte, dann kam mir ein genialer Einfall. Ich verbreiterte das Loch im Zaun und fuhr einfach mittendurch, über den makellosen Rasen von Alwin Graf Brelaus Garten. Ich hoffte inständig, daß der Rasen auf ewig ruiniert war.

Dann zog ich die Handschuhe an.

Es ging zwei Stufen rauf auf die Terrasse. Die Glastüren hatten Sprossenfenster. Ich schnitt eins aus, das, welches der Klinke am nächsten war, faßte rein, ertastete einen Schlüssel, drehte ihn um, perfekt. Die Tür war offen, nichts stand mir mehr im Weg.

Ich ließ alles außer der Taschenlampe im Wagen und begab mich auf einen Rundgang. Das Haus war riesig. Die Räume hatten hohe Decken und Parkettböden, meine Schritte hallten mächtig.

Wenn alles, was du hörst, deine eigenen Schritte in einem leeren, nächtlichen Haus sind, in dem du eigentlich nicht sein dürftest, dann kommen sie dir ziemlich laut vor. Ich rieb mir die Arme und erkundete das Erdgeschoß.

Ein bombastisches Wohnzimmer, alles Antiquitäten, versteht sich, ein Musikzimmer, ein Kaminzimmer, ein Fernsehzimmer, eine Küche, eine Vorratskammer, ein Eßzimmer.

Ich ging ins Wohnzimmer zurück und trat plötzlich ins Leere. Meine Stimme klang dumpf und heiser, als ich aufschrie, ich angelte wild um mich und bekam ein Geländer zu fassen. Aha, Treppe. Ich setzte mich auf die oberste Stufe und wartete, bis mein Puls sich beruhigt hatte. Dann ging ich runter.

Bingo.

Es war ein Arbeitszimmer von großzügigen Ausmaßen. Kein Kellerraum, sondern so was wie ein Souterrain, eine gläserne Doppeltür führte in einen tieferliegenden Teil des Gartens. An der Wand standen Regale mit Aktenordnern, dazwischen hingen Jagdtrophäen. Auf dem antiken, lederbezogenen Schreibtisch, der womöglich noch pompöser war als der in seinem Büro, herrschte ein perfektes Chaos, Papier häufte sich, wo man nur hinsah. Hinter dem Schreibtisch stand der Safe.

Ich ging um den Schreibtisch herum und leuchtete den Safe von allen Seiten ab. Er war nicht in die Wand eingelassen, darauf hatte ich gehofft. Er reichte mir ungefähr bis zum Bauchnabel, etwa wie ein großer Kühlschrank. Nur nicht ganz so leicht zu öffnen. Aber es würde schon gehen.

Eine Bank bezahlt für einen Safe in der Größe eines normalen Kleiderschrankes ungefähr achtzig- bis hunderttausend Mark. Wer soviel ausgibt, kann sicher sein, daß nur ein Fachmann oder ein Kilo Plastiksprengstoff das Ding öffnen wird. Die Safes für den Privatmann des gehobenen Mittelstandes kosten vielleicht zehntausend

Mark, und die sind sie kaum wert. Wenn man weiß, wie's geht, sind sie ein Kinderspiel.

Ich beschloß, mich mit den Akten in den Regalen nicht aufzuhalten, vermutlich war alles, was ich wollte, in dem Safe. Ich ging zum Wagen und buckelte mein Schweißgerät die gewundene Marmortreppe runter. Ich sah mir den Safe noch mal von allen Seiten an. Die Tür schien mir stabiler als der Rest, ich entschied mich für die rechte Seitenwand und machte mich an die Arbeit.

Man kann nicht sagen, daß Brelau sich da hatte Plunder andrehen lassen. Das Ding hatte drei Millimeter Stahl. Ich brauchte über zwei Stunden. Damit hatte ich zwar nicht gerechnet, aber es machte eigentlich auch nichts, die Nacht war ja noch jung. Als der Kreis sich schloß, polterte die Safewand einfach so auf den Boden.

Ich steckte die Taschenlampe in den Mund, und mit den Händen klaubte ich das Zeug aus den beiden Fächern. Etwa fünfzigtausend Mark in ordentlichen Bündeln legte ich zurück. Dann hockte ich mich im Schneidersitz auf den Boden und fing an zu lesen.

Das erste, was mir in die Hände fiel, war der Aristokratenclub. Es war ein in Leder gebundenes Büchlein, das schon oft aufgeschlagen und benutzt worden war. Es enthielt die erfundenen Namen der Konten ohne Adressen, die Guthaben, und in Klammern dahinter die Von und Zus, die Namen der wirklichen Kontoinhaber. Alles zusammen über zwanzig Millionen. Ich war beeindruckt.

Als nächstes fand ich einen Lederordner mit ellenlangen Listen mit Namen und Zahlen, die mir nichts sagten, aber ich beschloß, ihn trotzdem mitzunehmen.

Dann eine beeidete, notariell beurkundete Aussage von

Jens Krassberg, der in allen Einzelheiten von seinen Abenteuern in Till Hansens Schlafzimmer berichtete. Gütiger Himmel, gut, daß Till davon nichts gewußt hatte. Ich riß das Ding in kleine Fetzen, schnappte mir eine antike Keramikschale aus dem Regal, legte die Schnipsel hinein und hielt mein Feuerzeug dran.

Die Aufstellung über die an Carola Bruns und ihre Buchmacher geleisteten Zahlungen folgte und ging ebenfalls durchs Feuer.

Den Bericht der Privatdetektei, der mit peinlicher Präzision die Bettgewohnheiten von Frau Agnes Herberat und ihrem käuflichen Lustknaben aus Bamberg darlegte, verbrannte ich nach kurzem Zögern auch, allerdings mit einem boshaften Grinsen. Das hätte ich der alten Gewitterziege einfach nicht zugetraut. Sie war ganz schön einfallsreich, ich konnte mir vorstellen, daß der Junge für sein Geld hart gearbeitet hatte.

Über die anderen Angestellten fand ich nichts, vielleicht hatten sie keine Geheimnisse.

Was immer ich in die Hand nahm, es war eine Bombe.

Ein dickes verschnürtes Paket mit Briefen, die allesamt die wahren Inhaber der Alter-Grenzweg-Nr.-7-Konten geschrieben hatten. Es war die Korrespondenz, auf deren Existenz ich so gehofft hatte.

Ein Bericht über einen groß angelegten Betrug mit Optionsgeschäften, zusammen mit einem japanischen Broker aus München. Ein paar Leute waren daran reich geworden, Brelau und der Japaner zum Beispiel, ein paar andere hatten das letzte Hemd verloren.

Dann wieder ein Bericht von dieser Privatdetektei über Unterschlagungen des Bürgermeisters. Sah so aus, als hätte der alte Förster die Stadtkasse ganz schön erleichtert. Kein Wunder, daß er Brelau die Wünsche von den Augen ablas.

So ging das immer weiter, man konnte wirklich den Glauben an die Menschheit verlieren.

Ziemlich weit unten in dem ganzen Stapel fand ich so was wie eine Brieftasche. Ich schlug sie auf, es war eigentlich doch eher ein Fotoalbum, viele Klarsichthüllen zum Umblättern. In jeder Hülle steckte ein blanko gezeichneter Barscheck. Kein Datum, keine Summe. Nur die Unterschrift. Ich sah sie mir genauer an. Es waren etwa dreißig, alle auf verschiedene Konten ausgestellt. Schwarzenberg ... Gagern ... Margret Förster ...

Endlich fiel der Groschen. Diese Schecks waren Brelaus Altersvorsorge. Wenn einer der sogenannten Kontobevollmächtigten starb, gab es niemanden, der Anspruch auf die Guthaben erheben würde. Die Kontoinhaber wären ja erfunden oder verstorben, die Konten selbst würden in keiner Buchhaltung bei einem Steuerberater oder Nachlaßverwalter in Erscheinung treten. Und dann hatte Alwin Graf Brelau einen unterschriebenen Barscheck in der Hand. Er konnte die Salden einfach einsacken. Das war der Beweis für seine persönliche Bereicherung.

Ich spürte ein bitteres, freudloses Frohlocken. Das würde ihm den endgültigen Todesstoß versetzen.

Nur zögernd legte ich das Album auf meinen Stapel, warf noch einen letzten, liebevollen Blick darauf, dann griff ich nach der nächsten Mappe. Wieder ein Hefter von dieser Detektei, ich erkannte ihr Emblem inzwischen schon auf den ersten Blick. Ich schlug den Deckel auf. Auf der ersten Seite stand ›Beobachtungsobjekt: M. Malecki.‹

Peng! Das war ein Hammer. Sie hatten mich zwei Wochen lang beobachtet, alles, was ich tat, lückenlos, rund um die Uhr. Ich spürte eine fahle Übelkeit.

Zwei, drei Sätze über meine Herkunft, der Werdegang bei Kienast, die Ehe, die Kinder, die Trennung. Die Sache mit Flip und mir hatten sie nicht rausgekriegt. Die Adresse von Daniels Schule, von Annas Kindergarten, Ilonas neue Adresse und dann ein eingerückter Absatz, der mit einem neongelben Marker gekennzeichnet war:

›M. verkehrt auffallend häufig in einem einschlägigen arabischen Lokal in der Düsseldorfer Altstadt, das als Umschlagplatz für illegale Drogen aller Art bekannt ist. Er wurde bislang noch nie wegen eines Drogendeliktes belangt, doch betrachtet man das gesamte Persönlichkeitsbild, liegt der Schluß nahe, daß ...‹

Blablabla.

Es stand nichts Weltbewegendes drin, sie hatten nicht vom Nachbarhaus aus mein Schlafzimmer observiert oder so was, und ich bin ja auch irgendwie kein besonders interessanter Typ. Aber es war trotzdem ganz schön eklig.

Ich riß es in winzige Fetzen, ich ließ meine Wut so richtig daran aus und hatte meine Freude zuzusehen, wie es in Rauch aufging. Ich zündete mir gerade an den Flammen eine Kippe an, als eine leise Frauenstimme sagte: »Los, Jungs, schnappt ihn euch.«

Dann passierten ein paar Dinge auf einmal.

Die grelle Deckenleuchte flammte auf und übergoß das Chaos, das ich angerichtet hatte, mit gleißendem Licht. Ich war geblendet und kniff die Augen zu, Füße polterten, Hände griffen nach mir, ich wurde hochgezerrt, und die Taschenlampe zersprang mit einem dumpfen Klirren in kleine Plastikscherben. Die Zigarette fiel auf den Parkettboden.

Als ich wieder sehen konnte, war es eigentlich schon zu spät, sie waren sowieso zu siebt, es hätte gar keinen Zweck gehabt.

Sie waren alle ziemlich jung, vermutlich die kernige Dorfjugend aus Ellertal. Zwei hielten mir die Arme auf den Rücken, einer hatte mich am Kragen gepackt, und der Junge, den ich an meinem Kofferraum erwischt hatte, stand vor mir und grinste mich an.

»So sehen wir uns wieder«, sagte er fröhlich.

Ich dachte darüber nach, ob er es gewesen war, der die Bremsleitung durchtrennt hatte. Ich fand das wahrscheinlich, und der Gedanke lenkte mich noch für ein paar Sekunden von der bitteren Erkenntnis ab, daß sie mich irgendwie erwischt hatten. Dann schlug er zu.

Soviel Kraft hatte ich dem Kleinen gar nicht zugetraut, ich hatte auch nichts davon gemerkt, als die Situation umgekehrt gewesen war.

Aber schon als er den ersten Schlag in meinen Magen setzte, wußte ich, daß das keine Faust war, und als mein Kopf explodierte und ich einen freischwebenden Backenzahn im Mund spürte, war der Fall klar. Er hatte einen Schlagring.

Der Junge war ein wahrer Sadist, er studierte mein Gesicht und genoß die Wirkung seiner Bemühungen, und er kannte die Stellen, wo man's so in der Regel am liebsten hat. Innerhalb von Sekunden lehrte er mich das Fürchten.

Die Mädchenstimme erlöste mich. »Mach mal 'ne Pause, Richy. Laß noch was übrig.«

Er trat zur Seite, und ich blinzelte, bis ich wieder richtig sehen konnte.

Es war eine kleine Vietnamesin. Sie schlenderte auf mich zu; sie war filigran, ein schönes Mädchen mit langen, pechschwarzen Haaren. Sie trug Röhrenjeans, vermutlich Kindergröße, und eine blutrote Lederjacke. Sie setzte sich auf die Schreibtischkante, warf die Haare in den Nacken und verschränkte die Arme. »Du bist früher gekommen, als wir gedacht hatten. Ich werd 'ne Menge Scherereien haben wegen der Sache mit dem Safe.«

Dazu fiel mir nichts ein.

»Hast du echt gedacht, du könntest hier einfach so lustig einsteigen?«

Ich zuckte unbehaglich mit den Schultern.

Sie lächelte. »Alwin hat das gewußt. Er sagte, er hätte dir mit den gefälschten Formularen eine Fährte gelegt. So was lernt man angeblich bei der Jagd. Er hoffte, daß du herkommen würdest.«

»Und?«

»Und jetzt haben wir dich. Schön.«

»Glückwunsch.«

»Weißt du, ich denke, das Lachen wird dir noch vergehen.«

»Das ist mir gestern schon vergangen.«

Sie nickte und hob die Schultern. »Tja. Leute, die wissen, wie die Dinge hier laufen, sind immer vorsichtig, wenn Alwin zur Jagd fährt. Denn er fährt immer mit dem Bürgermeister zusammen und hat ein perfektes Alibi, während wir unangenehme Dinge für ihn erledigen. So wie gestern, zum Beispiel. Oder heute. Es gibt Leute, die jedes Mal aus der Stadt verschwinden, wenn er zur Jagd geht. Sie sind klüger als du. Du bist einfach in die Falle gestolpert.«

Ja, es sah wirklich danach aus.

»Wir hatten eigentlich vor, dich von den Hunden erledigen zu lassen. Wär 'ne saubere Sache gewesen. Beim

Einbruch von den Hunden überrascht, klarer Fall. Jeder hätte das geglaubt. Ich hätte nicht gedacht, daß du sie eiskalt vergiften würdest. Ich dachte irgendwie, du hättest ein Herz aus Gold. Schade drum. Waren wunderbare Hunde. Jetzt werden wir dich wohl erschießen müssen. Beim Einbruch überrascht und in Notwehr abgedrückt. Müßte hinhauen, was meinst du?«

Ich brachte es nicht fertig, ihr zu antworten.

Scheint, als hättest du nicht lange gebraucht, um Paul zu folgen, Mark, alter Junge. Der Gedanke hatte etwas Tröstliches, das war wie ein Mindestmaß an Gerechtigkeit, es war folgerichtig. Trotzdem trieb mir die Angst den kalten Schweiß aus allen Poren, ich biß mir auf die Zunge, um nicht zu heulen und zu winseln.

»Was ist, Mark? Bist du einverstanden? Na sag schon.« Sie lächelte mich an.

Sie kam mir vor wie eine Abgesandte der Hölle, sie bestand auf einer Antwort, wollte sie als persönliche Trophäe. Sie sah mir in die Augen und wärmte sich im Widerschein ihrer Erbarmungslosigkeit.

Ich fand, es kam nicht mehr drauf an, ich konnte ihr ebensogut den Spaß verderben. »Mach's kurz.«

Sie zuckte leicht mit den Schultern. »Das liegt bei dir. Ich möchte zuerst wissen, wer außer uns weiß, daß du heute nacht hier bist.«

»Keiner.«

»Ich dachte, wir wollten's kurz machen.«

»Es ist aber so. Wenn du Wert drauf legst, schwör' ich's dir.«

»Nein, ich glaube einfach nicht, daß das ein Alleingang ist. Wer hat dir gesagt, wo der Safe steht?«

»Ich hab' mich einfach umgesehen.«

»Und woher wußtest du über die Hunde Bescheid?«

»Ich war letzte Woche mal hier und hab' mir alles angeguckt.«

»Wer hat dir das Gift besorgt?«

»Ich selbst.« Ich legte keinen Wert drauf, ihr zu sagen, daß die Hunde nur einen mordsmäßigen Vollrausch ausschliefen. Sie hätte auf die Idee kommen können zu warten, bis sie wach wurden. Vielen Dank.

»Das ist doch Scheiße, Mann!« Dafür, daß sie so klein war, konnte sie beachtlich brüllen. »Los, Jungs, bringt ihn nach nebenan.«

Sie schleiften mich auf eine Tür zu, eine Neonröhre flammte auf, ein hellgelb gekachelter Raum mit groben Holzregalen, ein geneigter Tisch mit einer Halogenlampe, Pinsel, Papierstöße, klarer Fall: die Fälscherwerkstatt. Wir blieben vor dem Tisch stehen. Das Mädchen lehnte an einem Regal mit bauchigen Glasflaschen.

»Zieht ihm das Hemd aus.«

Mein nagelneues schwarzes Einbrecher-T-Shirt ging in Fetzen.

Sie drehte sich zu dem Regal um, wählte eine der Flaschen aus, zog den Korken raus und tauchte einen ziemlich dicken Pinsel ein. Sie ließ ein paar Tropfen von dem Pinsel auf einen Papierstoß fallen, ein leises Zischen erhob sich, ein winziger Rauchkringel stieg auf.

Der Raum fing an, vor meinen Augen zu schwanken, meine Knie knickten ein, mir wurde hundeelend.

Das Mädchen kam mit dem Pinsel auf mich zu. Die anderen packten meine Arme ein bißchen fester, wie ich hoffte, fest genug. Ich ging leicht in die Knie, sprang mit beiden Füßen vom Boden ab und traf das Mädchen in den Unterleib.

Wir polterten allesamt auf den Boden, ein Reißverschluß riß mir die Wange auf, alles drehte sich. Das Mädchen lag auf dem Rücken, japste und keuchte und spreizte den Arm mit dem Pinsel von sich ab.

Sehr schön, Mark. Und jetzt?

Beim nächsten Anlauf waren sie schlauer. Motorradstiefel stellten sich auf meine Füße, nichts ging mehr. Das Mädchen sah jetzt nicht mehr so entspannt aus, sie war wütend, und irgendwas schien ihr weh zu tun. Ihr Mund war verzerrt. »Letzte Chance, Mark. Wer weiß Bescheid, daß du hier bist und was du hier holen wolltest?«

Sie ließ mir nicht mal Zeit für meine Antwort. Der Pinsel schnellte vor und fuhr zwischen Brust und Bauchnabel quer über meinen Bauch, zweimal, sie malte ein X.

Es dauerte ein oder zwei Sekunden, bis ich es spürte. Zuerst spürte ich Wärme, dann fing es schlagartig an zu fressen, es war, als hätten sich zwei Streifen flüssiges Höllenfeuer über meine Körpermitte gelegt. Es schien sich durch sämtliche Eingeweide durchzubeißen bis in den Rücken. Über meinen Schrei hinweg hörte ich das Knistern meiner Haut, als sie sich zusammenkräuselte und aufsprang und der Säure den Weg in das rohe Fleisch freimachte.

Eine Ewigkeit schien es immer schlimmer zu werden statt besser, ich wand und krümmte mich, wie sie mich auch zu packen versuchten, kalter Schweiß lief meine Wirbelsäule entlang.

Dann pendelte es sich auf ein gleichbleibendes Schmerzniveau ein, es ließ aber eigentlich nicht nach, es war einfach entsetzlich.

Das Brausen in meinen Ohren legte sich ein bißchen,

um so besser hörte ich das Zischen; vielleicht war es nicht so laut, wie es mir vorkam, keine Ahnung.

Ich sah, wie sie den Pinsel wieder eintauchte. Sie wandte sich mir mit einem reizenden Lächeln zu und fragte: »Welches Auge ist dir lieber, Mark? Links oder rechts? Los, haltet seinen Kopf fest.«

»Der nächste, der sich rührt, wird nie wieder im Leben einen Schritt laufen.«

Plötzlich bot sich mir ein perfektes Standbild.

Links und rechts sah ich offene Münder, der Junge mit dem Schlagring hatte sich halb umgewandt und starrte zur Tür, das Mädchen stand mit erhobenem Pinsel zwei Meter von mir entfernt und rührte sich nicht.

Das dauerte ungefähr fünf Sekunden. Die Griffe an meinen Armen ließen mir plötzlich genug Spiel, daß ich mich halb umwenden konnte. Da stand Sarah Goldstein in voller Lebensgröße in der Tür, und sie war ein erschreckender Anblick in ihrem Zorn. In der linken Hand hielt sie eine kleine Automatikpistole, und ihre Augen sprühten Feuer und Verderben.

Unscheinbar fast, aber immerhin anwesend und mit entschlossenem Gesicht, stand hinter ihr Klaus Hofer.

Ich war so erstarrt wie alle anderen. Ein erleichtertes, nervöses Schluchzen suchte einen Weg nach draußen, aber ich ließ es vorerst, wo es war. Ich konnte nicht glauben, daß ich noch davonkommen sollte.

Die Abgesandte der Hölle erholte sich als erste. »Du wärst besser nicht gekommen, Herzchen. Kai, Richy, worauf wartet ihr?«

Sie zögerten eine Sekunde, die Waffe flößte ihnen

wohl Respekt ein, so im Zusammenhang mit Sarahs Gesicht betrachtet, aber lange bitten ließen sie sich nicht. Einer zog eine großkalibrige Pistole aus einem Schulterhalfter.

Ein paar schnelle Bewegungen, zwei ohrenbetäubende Schüsse, zwei Schreie und der beißende Pulvergeruch einer abgefeuerten Pistole. Richy lag am Boden und umklammerte sein Knie, ebenso einer der anderen, die 44er war vor meine Füße geschlittert.

Ich konnte es einfach nicht glauben, daß sie wirklich abgedrückt hatte. Sie hatte einfach ... abgedrückt.

Und wahrlich meisterhaft. Zwei Schüsse, zwei durchschlagene Kniescheiben, die Jungs würden mit dem Laufen wirklich Mühe haben. Für den Rest ihres Lebens.

Ich merkte, daß mir die Nerven durchgehen wollten, ich versuchte, an etwas anderes zu denken, und sah meine vietnamesische Freundin an. Sie staunte nicht schlecht, starrte auf ihre gefällten Gefolgsmänner und sah dann Sarah an.

Sarah erwiderte den Blick, ohne mit der Wimper zu zucken. »Sag ihnen, sie sollen ihn loslassen.«

Sie schüttelte wie benommen den Kopf. »Aber ...«

»Los, sag es ihnen! Sofort!«

Sie zögerte noch, und das hätte sie besser nicht getan. Ein dritter Schuß löste sich, und es war wirklich der beste aller Meisterschüsse, die ich je gesehen habe. Die Pinselspitze explodierte in tausend Splitter, säuregetränkte Teilchen stäubten auf die Hand des Mädchens, sie ließ den Stiel fallen und fing an zu kreischen. »Hey! Scheiße, kann ich mal ans Waschbecken? Bitte!«

»Wenn du dich rührst, bist du tot.«

Ich fand, sie tat gut dran, ihr das aufs Wort zu glauben.

Und das tat sie auch. Sie versuchte, sich die Hand an der Jeans abzuwischen, und wimmerte kläglich.

Ich schwankte, die Scheißkerle ließen mich einfach los, und ich knallte auf den Boden. Ich fand, sie hatten mich so lange gehalten, sie hätten ruhig meinen Schwächeanfall noch abwarten können. Aber wenigstens brachte das Bewegung in die Sache.

Ich sah, daß Klaus auf mich zustürzen wollte, aber Sarah riß ihn zurück. Sie warf mir einen sekundenschnellen Blick zu. »Kannst du aufstehen?«

»Klar.«

Kannst du wirklich, Mark?

Nicht so einfach. Die Säure setzte mir zu, die Ereignisse hatten mir halb die Sinne geraubt, der dritte Anlauf glückte. Ich kickte die Waffe in ihre Richtung, und sie nahm sie in die andere Hand. Ich ging zu ihr rüber, oder, um der Wahrheit die Ehre zu geben, ich schleppte mich. Dankbar suchte ich mir einen sicheren Platz in ihrem Rükken.

Ohne den Blick zu uns umzuwenden, sagte sie: »Mark, zeig Klaus, welche Unterlagen er mitnehmen soll. Beeilt euch.« Und in den Raum rein zischte sie: »Ich mein's ernst, ihr seid noch fünf, und ich hab' jetzt noch dreizehn Schuß. Wer sich rührt, ist ein Krüppel. Oder tot, ich weiß noch nicht genau.«

Sie waren schlau und glaubten ihr.

Klaus half mir zurück ins Arbeitszimmer. Ich zeigte auf alles, was ich aus dem Safe geholt hatte, er klaubte es zusammen und stapelte es auf. Dann machten wir uns an den Aufstieg.

Nach der zweiten Stufe wandte ich mich um. Allein der Anblick ihres kerzengeraden Rückens erschütterte mich, aus irgendeinem Grund schossen mir die Tränen in die Augen.

»Sarah? Kommst du?«

Sie drehte sich nicht um. »Geht vor. Ich hab' das hier im Griff, glaub' ich, ich komm' gleich.«

Als wir oben an der Treppe ankamen, erschien sie am Fuß, sie ging rückwärts, Stufe für Stufe, sie zielte immer noch.

Rückwärts folgte sie uns durchs Wohnzimmer, raus in den Garten. Ich führte sie zu der Stelle, wo der Wagen stand. Klaus rutschte hinters Steuer, Sarah stieg neben ihm ein, und ich krümmte mich auf der Rückbank und ergab mich meinen Qualen.

»Fahr zu einem Krankenhaus, Klaus«, kommandierte sie.

Ich widersprach nicht, ich hatte das Gefühl, daß ich wirklich einen Arzt brauchen konnte.

Es mußte mittlerweile drei oder vier Uhr sein, wir schienen die einzigen Menschen auf der Straße. Ich sah immer wieder aus dem Rückfenster. Der Horror war noch so gegenwärtig, ich konnte einfach nicht glauben, daß es vorbei war.

Aber es war vorbei, niemand folgte uns.

Sarah drehte sich zu mir um, verschränkte die Arme auf der Rückenlehne und sah mich an. Plötzlich wirkte sie ängstlich, kaum zu glauben, daß sie eben noch der furchtbare Racheengel gewesen war. »Geht's?«

»Denk' schon. Was hast du mit ihnen gemacht? Sie folgen uns nicht.«

»Ich hab' sie eingeschlossen. Die Tür geht nach innen auf, es wird eine Weile dauern, bis sie die aufkriegen.«

»Woher wußtest du, wo ich war?«

»Du bist nicht so besonders schwer zu durchschauen. Ich hab' mir überlegt, was ich täte, wenn ich einen halb beschränkten Dickschädel hätte wie du. Außerdem hat Klaus Ellen einer Befragung über die Herkunft ihres neuen Fußballs unterzogen. Sie wurde schließlich weich und erzählte ihm, wie die Sachen ausgesehen haben, die du in ihrer Bude deponiert hattest. Sei froh, daß sie nicht dichtgehalten hat.«

»Bin ich. Wo hast du so schießen gelernt?«

»In einem Kurs. Ich dachte, ein Mädchen allein, na ja, das muß auf sich aufpassen.«

»Und woher hattest du das Ding?«

»Aus deinem Handschuhfach. Ich hab' sie an dem allerersten Morgen entdeckt, als wir alle zusammen hierhergefahren sind. Bei der Autobahnraststätte, als du Paul geweckt hast, hab' ich zufällig ins Handschuhfach geguckt. Bei der nächsten Gelegenheit hab' ich sie mir genauer angesehen. Und ich hab' mich gefragt, was will Malecki mit einer 32er Beretta, die keine Seriennummer hat. Ich hatte Schiß, du würdest irgendwelche Dummheiten machen, und hab' sie eingesteckt. Woher hattest du sie?«

»Von einem Freund. Ich hatte sie total vergessen.«

Im Krankenhaus erlebten wir ein unfrohes Wiedersehen. Der diensthabende Arzt war derselbe wie in der Nacht zuvor, der, der mit im Krankenwagen gewesen war.

Er kam in die Notaufnahme, sah mich und hob beide Hände.

»Nicht Sie schon wieder!«

Er sah sich die Sache an und meinte, wir kämen gut

eine Stunde zu spät, da könnte er auch nicht mehr viel machen, er wollte auch nicht wissen, wie ich dazu gekommen wäre, aber mit dem X sollte ich mich lieber mal anfreunden, das würde bleiben. Ich fand das nicht sehr komisch.

Zu guter Letzt gab er mir eine Salbe, das half ein bißchen, und er gab mir noch eine andere mit, die sollte ich ein paar Tage später nehmen, für die Gewebeneubildung. Schon von dem Wort bekam ich eine Gänsehaut.

»Und wenn es sich entzündet, dann kommen Sie wieder, klar?«

»Okay.«

»Wollen Sie was gegen die Schmerzen?«

»Tolle Idee.«

Er gab mir zwei Tabletten, legte die Packung zu dem kleinen Stapel, machte sich ohne großen Enthusiasmus an meinem Gesicht zu schaffen und wies schließlich auf die Tür. »Und passen Sie mal ein bißchen auf sich auf, ja? Tun Sie mir den Gefallen.«

Auf der Rückfahrt setzte Sarah sich neben mich. Ich ließ einfach alles schleifen und legte den Kopf in ihren Schoß, ich war am Ende. Sie fuhr mit den Fingern durch meine Haare, das angenehmste Gefühl dieses ganzen apokalyptischen Tages.

»Du hättest mir besser gesagt, was du vorhast.«

»Ja.« Ich legte beide Arme um sie, sie war warm und duftete einfach phantastisch, ich schlief schon halb.

Sie hielt ein paar Minuten den Mund, und ich genoß das, nur ihre Hand in meinen Haaren, das fahrende Auto und sonst nichts, das war schon was.

Ich kam nach und nach auf Speed von den Tabletten, der Schlaf entglitt mir. Meine Augen klappten wieder auf. »Habe ich danke gesagt?«

Sie lächelte auf mich runter und schüttelte den Kopf. »Vergiß es, Malecki. Hast du wenigstens was gefunden, was den Ärger wert war?«

»Ja. Praktisch alles. Jetzt geht's ihm an den Kragen.«

Aber nicht mehr heute nacht, dachte ich erleichtert.

Es ging mir besser, die Tabletten hoben mich auf einen sanften Nebel empor, ich konnte plötzlich alles hinter mir lassen. Mit einem traurigen Grinsen setzte ich wieder Segel.

11

Klaus brachte uns um halb zehn zu dem kleinen Wald- und Wiesenflughafen von Freiburg, und Ferwerda holte uns zwei Stunden später in Lohausen ab.

Er zuckte mit keiner Wimper, als er mich sah, fragte nur: »Alles in Ordnung?« und gab sich mit meinem Nikken zufrieden.

Er hatte mir einen Leihwagen besorgt, aber ich gab den Schlüssel gleich wieder ab, ich hatte vor, meine Goldwing noch heute durchzuchecken und morgen früh damit nach Ellertal zurückzufahren. Um ein neues Auto wollte ich mich ein andermal kümmern. Ferwerda fuhr uns zu mir nach Hause, und wir verabredeten, daß wir abends bei ihm vorbeikommen würden.

Auf dem Flug hatte ich mit Engelszungen auf Sarah eingeredet, mit zu mir zu kommen. Mir war es scheißegal, wenn es deswegen zu Hause eine Krise gab. Ich wußte nur, sobald sie mir aus den Augen ging, würde ich schlappmachen.

Sie hatte nachgegeben.

Wir gingen durch die Vordertür. Sie sah sich mit offenem Mund um, machte »Ah« und »Oh«, und als wir in die Küche kamen, sagte sie: »Mann, das ist ein tolles Haus!«

»Ja. Find' ich auch.«

Ich ging ans Fenster, Grafitis Platz zwischen dem Papyrus und dem Drachenbaum war leer, er war wahrscheinlich mal wieder auf Reisen. Im Garten hörte ich Anna lachen.

»Komm, gehn wir raus.«

»Okay.«

Wir fanden sie hinter den Kirschbäumen, Flip saß auf der Steinbank und hielt das Gesicht in die Sonne, Daniel und Anna lagen im Gras und erzählten sich was.

Als sie uns sahen, sprang Anna auf die Füße, sie rannte auf mich zu und wollte an mir hochspringen. Im letzten Moment konnte ich sie bremsen. »Sachte, Prinzessin.«

Ich hockte mich zu ihr runter und nahm sie in die Arme, ohne sie an mich zu drücken.

»Endlich, Papi! Was ist mit deiner Stirn und deiner Backe passiert? Bist du hingefallen?«

»Ja.« Unter anderem.

»Sieht eher so aus, als hättest du den Kopf in die Küchenmaschine gesteckt«, meinte Daniel ohne großes Mitgefühl.

»Geht's dir auch gut?« vergewisserte Anna sich stirnrunzelnd.

»Klar, nur ein bißchen Bauchschmerzen.«

»O je. Hallo. Wer bist du denn?«

»Sarah.«

Sie setzte sich ins Gras und machte keinerlei Anstalten, Anna anzufassen, als spüre sie, daß Anna bei Fremden Wert auf höfliche Zurückhaltung legte. Ich atmete auf. Das war ein erster Punkt.

Daniel war aufgestanden. Er kam näher, begutachtete Sarah mit unbewegter Miene und brachte es dann aber immerhin über sich, hallo zu sagen.

Flip blieb, wo sie war.

Hätte schlimmer laufen können.

»Hey, Flip, kommst du mal?«

Sie öffnete die Augen, stand auf und kam rübergeschlendert.

Sie sah mich bitterböse an, aber so, daß es außer mir keiner mitbekam, dann gab sie Sarah die Hand. »Hallo. Ich bin Flip.«

»Hallo. Sarah.«

Ich hatte einen dünnen Schweißfilm auf der Stirn, zusammen mit einem Pyromanen auf einem Pulverfaß hätte ich kaum nervöser sein können.

Sarah war ganz cool. Ihre ganze Ausstrahlung machte deutlich, daß sie nicht vorhatte, irgendwem zu nahe zu kommen.

»Kann mir einer zeigen, wo ich mal duschen kann?«

Ich warf ihr einen dankbaren Blick zu. Sie wollte mir Gelegenheit geben, ein paar Sachen allein mit meinen Leuten zu bereden.

»Ja, komm«, sagte Anna, sie sprang auf und nahm sie sogar an die Hand. Ich staunte. Vielleicht hatten Anna und ich denselben Geschmack, nah genug verwandt waren wir schließlich.

Als sie außer Hörweite waren, sahen sie mich beide neugierig an, Daniel mit einem unsicheren Grinsen, Flip etwas grimmiger.

Anna kam zurück, dann saßen wir alle vier im Gras. Ich zündete mir eine Zigarette an, Flip auch. Ich hatte keine Vorstellung, wie ich es anfangen sollte. Ich holte tief Luft und redete einfach drauflos. »Hört mal. Ich erwarte keine Höchstleistungen oder so, aber tut mir den Gefallen und seid ein bißchen nett zu ihr. Sie hat wirklich ein paar schlimme Tage hinter sich. Und außerdem hat sie mir gestern nacht das Leben gerettet. Echt, das ist kein Witz.«

Sie starrten mich an.

»Was ist denn passiert?« fragte Daniel ungeduldig. »Mann, du zitterst ja!«

»Ich muß euch was Schreckliches sagen. Paul ist tot.«

Flip und Daniel schnappten nach Luft, Flip faßte sich mit der Hand an die Kehle. Anna guckte mich ein bißchen ratlos an. Der Begriff war nicht viel mehr als eine schwammige, graue Masse für sie, allenfalls begreiflich, wenn es sich um Schmetterlinge handelte. Sie war noch zu klein, um es zu verstehen. Ich wollte trotzdem, daß sie es hörte. Sie würde ihn schließlich auch vermissen, und irgendwie mußte sie die Sache ja angehen. In der Beziehung waren wir wohl alle gleich ratlos, da machte sie keine Ausnahme.

Flip war totenbleich, und Daniel blinzelte verständnislos in die Sonne. »Ein Unfall?«

»Ja. Mit unserem Auto. Die Bremsen haben versagt.«

»Aber ... wieso das denn? Du hast sie letzten Monat noch neu machen lassen!« Das klang ärgerlich, es war, als wollte er es nicht so einfach hinnehmen, so widerspruchslos.

Ich seufzte. Ich wünschte, das mit den Bremsen wäre ihm nicht eingefallen. Ich hatte gehofft, er hätte es vergessen. Aber er war mit mir in der Werkstatt gewesen. Ich sagte nichts.

»Also war's kein Unfall«, stellte er heiser fest.

Ich schüttelte den Kopf.

Anna rückte ganz nah zu mir, legte den Kopf in meinen Schoß, steckte den Daumen in den Mund und sah mich ängstlich an.

»Warst du mit im Wagen?« fragte Flip tonlos.

»Nein.«

Sie nickte. Irgendwie steckte sie es noch am besten weg. Sie stand einfach auf, ging zu ihrer Steinbank zurück, hockte sich darauf und weinte. Da blieb sie, bis es dunkel war, und danach war sie fast wieder okay.

Aber Daniel hatte einen richtigen Schock. Er hatte Mühe, es in seinen Kopf zu kriegen. »Erzähl mir, was passiert ist.«

»Nein.«

»Warum nicht?«

Ich zeigte auf Anna, das war eine gute Ausrede, in Wirklichkeit wollte ich es ihm und mir genausowenig zumuten, es würde ihm sowieso nicht helfen.

»Sie schläft doch.«

Ich guckte auf ihr Gesicht herunter. Tatsächlich. Genau wie ihre Mutter hatte sie anscheinend die Gabe, sich einfach hinzulegen und einzuschlafen, wenn ihr irgendwas zuviel wurde.

»Also?«

»Warum willst du das wissen?«

»Damit ich's glauben kann.«

»Das wirst du schon. In ein paar Stunden.«

»Meinst du ... hat Paul ... gelitten oder so was, als er sterben mußte?«

»Nein. Er ist schon beim Aufprall bewußtlos geworden.« Das hoffte ich jedenfalls sehr.

»Und nicht mehr wach geworden, bevor er gestorben ist?«

»Nur ganz kurz.«

»Warst du dabei?«

»Ja.«

»Oh. Das muß schrecklich für dich gewesen sein.«

Was für ein harmloses, kleines Wort für so ein monströses Entsetzen. Ich nickte stumm.

»Willst du ein Bier oder irgendwas?«

»Ja. Tolle Idee.« Besser, er hatte das Gefühl, daß er irgendwas tun konnte.

Er stand auf, ich blieb mit Anna im Gras sitzen, kurz darauf kam er zurück und brachte mir ein kühles Bier. Dann saßen wir zusammen und redeten nicht mehr.

Es herrschte ein perfektes, friedvolles Schweigen, nur die Vögel zwitscherten in den Bäumen, kein Windhauch rührte sich, wie ein richtiger Sommersonntag. Das verfehlte seine Wirkung nicht. Nach einer Weile stand Daniel unvermittelt auf, murmelte, daß ihm schlecht sei und verschwand im Haus.

Ich ließ ihn zufrieden.

Er würde sich ein paarmal übergeben, dann würde er sich eine Weile einschließen und heulen, und danach würde er wieder mal einen ziemlich schwierigen Schritt auf einem ziemlich steinigen Weg hinter sich gebracht haben. Ich war sicher, daß er dabei lieber allein war.

Alles in allem war es ein denkbar ungünstiger Moment, um Sarah meiner komplizierten Familie auszusetzen, aber es klappte trotzdem ganz gut. Anna erwies sich mal wieder als mein verläßlicher Verbündeter, die Ereignisse schienen sie nur gestreift zu haben. Freundlich und neugierig kundschaftete sie die Beschaffenheit von Papis neuer Freundin aus, sie war völlig unbefangen, und ich ließ die beiden im Garten zurück, wo Anna Sarah zeigte, wohin der Fischteich sollte, und ihr erklärte, wie sie sich das alles gedacht hatte. Ich hatte das Gefühl, die beiden würden ein, zwei Stunden zusammen überstehen, ohne sich anzuöden.

Nachdem ich mich höchst sorgfältig rasiert und das Beste aus dem Schrank gezerrt hatte, was er hergab, stieg ich auf die Goldwing und fuhr nach Benrath.

Pauls Mutter war die Witwe des Tuchfabrikanten Friedhelm Schumann und lebte zurückgezogen in einem großen Haus in einer der vornehmsten Gegenden Düsseldorfs. Ich hatte sie vor ein paar Jahren kennengelernt und gleich sehr gemocht, wenn das das richtige Wort ist. Unsere Verständigung glich der zwischen einem Zulu und einem Eskimo, aber sie war eine bemerkenswerte alte Dame. Paul war das letzte von fünf Kindern gewesen, und sie war jenseits der Siebzig.

Ein zickiges Hausmädchen öffnete mir, fragte barsch, ob ich angemeldet sei und hieß mich warten, nachdem ich ihr erklärt hatte, ich käme in einer dringenden persönlichen Angelegenheit.

Ich war schon wieder nervös.

Schließlich führte sie mich in einen halbdunklen Salon.

Frau Schumann war eine schöne alte Frau, elegant und weißhaarig, sie hatte die gepflegten Hände im Schoß ihres schwarzen Kleides gefaltet und lächelte mir entgegen. »Herr Malecki. Ich freue mich sehr, Sie einmal wiederzusehen. Setzen Sie sich doch.«

Ich war erleichtert, daß sie mir weder Tee anbot noch fragte, wie es ihrem Sohn ginge. Ich hockte mich ihr gegenüber auf die Kante eines Sessels und kam undiplomatisch zur Sache. »Ich bringe sehr schlechte Nachrichten.«

Sie sah auf, ohne mit der Wimper zu zucken. »Paul? Ist ihm etwas passiert?« fragte sie leise.

»Ja. Er ist tot.«

Sie senkte den Blick auf ihre Hände, und es war minutenlang still, bis eine Uhr die halbe Stunde schlug. Als hätte sie darauf gewartet, sah sie mich wieder an. »Erzählen Sie mir bitte alles, was geschehen ist.« Sie sagte wirklich ›geschehen‹.

Ich tat mein Bestes, so schonend wie möglich, aber ich machte ihr nichts vor. Als ich fertig war, folgte wieder eine kurze Stille, dann erhob sie sich, und ich beeilte mich, auch aufzustehen.

»Ich habe nie verstanden, warum Paul diese Arbeit machen wollte. Ich habe ihm immer gesagt, es werde ihm Unglück bringen, von den Fehlern anderer Leute zu leben. Jetzt ist es zu spät.« Sie unterbrach sich kurz und straffte ihre Haltung. »Ich danke Ihnen, daß Sie zu mir gekommen sind, das war sicher ein schwerer Gang für Sie.«

Ich war entlassen, klare Sache. Ich räusperte mich unbehaglich. »Ich weiß, daß Sie das nicht trösten wird, aber ... ich werde dafür sorgen, daß der Mann, der dahintersteckt, nicht davonkommt.«

Sie sah mir für eine Sekunde in die Augen, und ich mußte ein Schaudern unterdrücken. Ich dachte, Brelau konnte vermutlich froh sein, daß er ihr nicht in die Hände fiel. Sie reichte mir die Hand. »Danke. Entschuldigen Sie mich jetzt bitte.«

Ich nahm die Hand vorsichtig, sie wirkte zerbrechlich. »Auf Wiedersehen.«

Ich brachte nichts raus, was Ähnlichkeit mit einer Beileidsbezeugung gehabt hätte, es zog mich magisch zum Ausgang. Ich ergriff die Flucht.

Ich war ja froh und dankbar, daß sie versucht hatte, es mir leicht zu machen, aber ihre Disziplin war mir unheimlich. Klar, ich selbst bin ein undisziplinierter

Mensch. Ich fragte mich, wie Paul so ein lockerer Vogel hatte werden können. Wahrscheinlich, weil er frühzeitig das Weite gesucht hatte. Ich verstand jetzt, warum er seine Mutter jeden dritten Sonntag im Monat zum Tee besucht hatte und ansonsten froh gewesen war, nichts von ihr zu sehen.

Ich kurvte ein paar Runden über die abgelegenen Straßen, vage Richtung Himmelgeist, aber mit ein paar Umwegen. Das Motorradfahren beruhigte mich, ich fand mein neues ›relatives Gleichgewicht‹ wieder. Es war ein komischer Zustand, der um so labiler wurde, je länger die Zeit seit der letzten Einnahme von einer dieser sagenhaften Schmerztabletten wurde, aber ich kam zurecht. Und wenn ich nicht mehr zurechtkam, warf ich eins von den Dingern ein. Fand ich nicht toll, aber ich wußte, daß es nur eine Frage von Tagen war, bis ich mich verkriechen und meine Wunden lecken konnte. Bis dahin mußte ich irgendwie in Form bleiben.

Als ich zurückkam, fragte ich Sarah, ob ich sie nach Erkrath fahren sollte, damit sie Tobias besuchen konnte. War ja nur ein Katzensprung, und ich hatte das Gefühl, daß dieses Thema heiß genug war, daß ich es besser nicht übersehen sollte. Aber sie wollte nicht, sie meinte, es sei nicht gut für Tobias, wenn sie bei ihren Begegnungen in angeschlagener Verfassung war, das würde ihn runterziehen. »Aber es ist sehr lieb von dir, daß du dran gedacht hast.«

Ich zuckte mit den Schultern. Vielleicht wäre es fairer gewesen, sie über meine Motive aufzuklären, darüber, daß ich so ziemlich alles getan hätte, um sie zu überzeugen, daß ich der Mann ihres Lebens war. Ich versuchte, sie zu bestechen. Aber solange ich nicht wußte, warum ich das tat, ließ ich das Thema lieber ruhen.

Wenn sie nur da war.

Mit der Dämmerung kam Grafiti, irgendein geheimnisvoller Katzeninstinkt trieb ihn her, wenn ich zu Hause war. Wir verbrachten eine kostbare halbe Stunde, nur er und ich. Dann fuhren Sarah und ich zu Ferwerda.

Er wohnte auf der anderen Rheinseite in Oberkassel in einem alten Patrizierhaus. Ich war bei verschiedenen Gelegenheiten dagewesen, aber das Haus faszinierte mich immer wieder aufs neue. Er empfing uns in Hemdsärmeln und entschuldigte sich dafür prompt bei Sarah. Sie winkte ab, und wir folgten ihm in sein Arbeitszimmer.

»Ich habe den ganzen Sonntag damit verbracht, mir den Inhalt des Koffers anzusehen, den Sie mitgebracht haben. Und ich bin zu dem Schluß gekommen, daß das den gewaltigsten Donnerschlag geben wird, den ich je erlebt habe. Wir sind im Begriff, uns mit so ziemlich jedem anzulegen, der Geld und Macht hat. Und damit wir keine Fehler machen, will ich ganz genau wissen, wie Sie an diese Papiere gekommen sind. Und ich bin nicht an harmlosen Lügengeschichten interessiert.«

Er hatte in den Raum hineingesprochen, aber dann sah er mich direkt an. »Erzählen Sie mir nicht, diese Unterlagen hätten Sie in der Filiale gefunden. Die Wahrheit, Malecki! Und nach Möglichkeit unter Einhaltung des christlich-zivilisierten Sprachgebrauchs.«

Ich zuckte mit den Schultern. »Ich bin letzte Nacht in

Brelaus Haus eingebrochen, hab' seinen Safe aufgeschweißt und das Zeug rausgeholt. So einfach war das.«

Er starrte mich entsetzt an, ließ sich schwerfällig in einen Sessel fallen und vergrub das Gesicht in den Händen. »Ich hoffe, Sie haben Handschuhe getragen«, kam es dumpf zwischen seinen Fingern hindurch.

»Klar doch.«

Er nickte schwach, dann ließ er die Hände sinken und sah mich scharf an. »Und Sie sind absolut sicher, daß niemand Ihren Einbruch bemerkt hat?«

Das wurde heikler. Ich betrachtete die Bilder an den Wänden. »Niemand, der das vor einem Gericht bezeugen würde.«

»Was soll das heißen??!!«

Sarah war leicht zusammengezuckt. Ich versuchte, ihr einen beruhigenden Blick zuzuwerfen. »Genau das, was ich gesagt hab'. Alles andere ist egal, oder?«

»Nein. Mann, sind Sie eigentlich irre? Los, reden Sie schon! Wer hat Sie gesehen?«

»Es spielt wirklich keine Rolle. Können wir nicht einfach anfangen?«

»Sie machen mich *wahnsinnig*! Goldstein, Verzeihung, Frau Goldstein, könnten Sie mir freundlicherweise sagen, was vorgefallen ist? An seinem Dickschädel kann man sich wirklich nur Beulen rennen.«

»Natürlich. Ein Trupp jugendlicher Schläger hat ihn in Brelaus Haus überrascht ...«

»Sarah, verdammt!«

»Halt die Luft an, Malecki. Du wolltest das unbedingt im Alleingang machen, jetzt steh auch dazu.«

Und dann erzählte sie ihm einfach alles, sie ließ nichts aus. Es klang wirklich schauerlich, so, wie sie es darstellte. Als sie fertig war, warf sie mir einen treuherzigen Blick zu. Ich hätte sie erwürgen können, ich wußte nicht, wo ich mich lassen sollte, ich wünschte, die Erde hätte sich vor mir aufgetan.

Ferwerda starrte stumpfsinnig vor sich hin, und bevor er losbrüllen konnte, ging ich zum Gegenangriff über und erzählte ihm, daß sie es immerhin gewesen war, die zwei von den Typen angeschossen hatte, und überhaupt.

Ich bekam trotzdem das meiste ab, er brüllte, was das Zeug hielt, und feuerte mich im Laufe seiner Kanonade dreimal, das war ein Rekord. Als er fertig war, herrschte eine erholsame, balsamweiche Stille. Ich gönnte mir ein paar Sekunden davon, um ein bißchen Kraft zu schöpfen, dann ging ich an seinen Schreibtisch. »So. Können wir jetzt?«

Er nickte und stand auf.

Er hatte eine Menge Fragen, und soweit wir konnten, beantworteten wir sie, erzählten zu jedem Schriftstück, was wir darüber wußten. Er hatte sich an seinen Schreibtisch gesetzt und machte sich Notizen.

Als wir fertig waren, ging es auf Mitternacht, und ich war so müde, daß ich hätte heulen können. Seit Donnerstag hatte ich keine Nacht mehr vernünftig geschlafen. Ferwerda hatte eine Flasche guten Cognac springen lassen, etwa ein Drittel war noch drin. Sarah saß in dem Sessel, ich auf der Lehne, Ferwerda hinter seinem Schreibtisch, er hatte die Wange auf die Faust gestützt, seine Krawatte hing auf Halbmast. Dann schien er endlich einen Entschluß zu fassen.

»Ich sag' Ihnen jetzt, wie es weitergeht. Eigentlich müßte ich sofort Dr. Kienast anrufen. Aber das werde ich nicht tun. Sie werden jetzt schlafen gehen. Das scheint mir so ziemlich das wichtigste zu sein. Ich werde derweil ein paar Leute aus den Betten werfen, mal sehen, Bergmann, Michels, dann wär' da noch Bäcker ... Na ja, wird reichen. Wir werden uns jetzt gleich an die Arbeit machen und all dies kopieren. Und morgen früh werde ich mit einem Teil der Unterlagen zu einem alten Freund von mir gehen. Er ist der Leiter des Düsseldorfer Finanzamtes. Er wird wissen, an wen wir uns wenden müssen, ich denke, es wird irgendwer im Finanzministerium sein. Vielleicht auch der Minister. Mal sehen.

Erst danach werde ich die Sache dem Vorstand vortragen. Und morgen mittag, wenn Sie ausgeruht sind, werden Sie zurückfahren und den Finanzamtsdirektor in Freiburg aufsuchen. Und Sie müssen mit Brelau reden. Werden Sie das fertigbringen, ohne größeren Schaden anzurichten, oder soll ich lieber mitkommen?«

Ich schenkte ihm ein Totenschädelgrinsen. »Dafür wird's wohl reichen.«

»Hoffentlich. Aber sehen Sie sich vor. Nach allem, was ich gehört habe, werden Sie Ihr bißchen Verstand wirklich brauchen, um keinen Schaden zu nehmen. Er ist ja wohl zu allem fähig.«

»Ja, möglich. Aber er hat ja schon verloren, oder?«

»Ja, ja. Aber er wird auf Rache aus sein.«

Wir verabschiedeten uns bald.

»Bist du sicher, daß du noch fahren kannst?«

»Klar.«

»Na schön.« Sie setzte sich den Helm auf und stieg hinter mir auf.

Ich fuhr los, es klappte hervorragend.

»Bist du sauer auf mich?« brüllte sie.

»Nein. Höchstens ein bißchen.«

»Gehen wir noch einen Kaffee trinken?«

»Okay.«

Ich wendete scharf, wir schlingerten nur eine Sekunde, dann hatte ich sie wieder.

»Tarik, das ist Sarah. Sarah, das ist Tarik.«

»Hallo.«

»Hallo, Sarah. Was möchtest du trinken?«

»Einen Gin Tonic.«

»Mark?«

»Kaffee.«

Sie wirkte in der schäbigen Kneipe deplaciert mit der unaufdringlichen Eleganz, die sie ausstrahlte; es kam mir vor, als wäre der Ort ihr nicht angemessen.

Sie sah das ganz anders. Sie lümmelte sich in ihren Designer-Jeans auf einem der Barhocker rum, sie fuhr auf die Musik ab, neugierig betrachtete sie die Typen, und Tarik und sie hatten auf einen Schlag einen solchen Draht zueinander, daß ich mich ausgeschlossen fühlte. Mit einem traurigen Lächeln redeten sie über Palästina, sie waren so ziemlich derselben Meinung; wenn nur ein paar mehr Juden und Araber so wären wie diese beiden, dann könnte die Welt wohl ein bißchen besser dastehen.

Ich schnappte mir meinen Kaffeebecher, schlenderte zu dem Algerier rüber und beschaffte mir was zu rauchen.

Als wir so gegen drei nach Hause kamen, fanden wir Grafiti in der Diele. Er stand an der Küchentür und starrte mich an, sein Fell war gesträubt, und er blutete an der Pfote.

»Was ist dir denn passiert, Alter? Meine Güte, wann wirst du lernen, daß das keine Frau wert ist, he?«

Er schnurrte einmal kurz und humpelte zwei Schritte auf mich zu, es schien ihn ziemlich erwischt zu haben.

Als ich das Licht in der Küche einschaltete, sah ich Flip. Sie lag zusammengekrümmt vor der Heizung, mit einem Knebel im Mund, ihre Haare blutverklebt. Sarah stand plötzlich neben mir und schrie auf.

»Kümmre dich um sie!«

Ich stürmte die Treppe rauf. Daniels Zimmer: leer. Annas Zimmer: nichts. Badezimmer: auch leer. Ich riß eine Tür nach der anderen auf, ich lief weiter hoch und sah in Flips Zimmer nach. Alles wie ausgestorben. Auf dem Weg nach unten geriet ich ins Stolpern, halb fiel ich, halb lief ich die Treppe runter, zurück in die Küche. Eine Sirene schien in meinem Kopf zu heulen, ich kriegte kaum Luft vor Panik.

Sarah kniete neben Flip, sie hatte ihr den Knebel abgenommen und war dabei, den Draht abzuwickeln, mit dem sie sie an Händen und Füßen gefesselt hatten.

Ich polterte neben ihnen auf den Boden und packte Flip am Arm. Sie schluchzte wild und klammerte sich an mir fest. Ich riß mich los. »Wer war das?«

»Die Alte, die angeblich vom Jugendamt kam. Und zwei Typen.«

»Wann?«

»Keine Ahnung ... so gegen acht.«

»Was ist passiert?«

Sie war drauf und dran, hysterisch zu werden. Ich nahm sie in die Arme, nicht weil sie mir leid tat, sondern weil ich eine Antwort wollte. »Was ist passiert? Los, sag schon!«

Das Weinen wurde immer schlimmer, sie war schneeweiß im Gesicht bis auf zwei kleine rote Punkte, die auf ihren Wangen brannten. Sie zitterte und fing an, sich zu verschlucken, sie schnappte nach Luft und heulte immer unkontrollierter.

Ich schüttelte sie, das nützte nichts. Ich kniff die Augen zusammen und langte ihr eine, das half. Sofort war sie ruhiger, ihr Atem ging rasselnd. Sarah holte ihr ein Glas Wasser. Flip trank einen Schluck, wischte sich mit dem Handrücken über den Mund und schniefte ein paarmal.

»Ich saß hier mit Anna und Daniel, sie waren im Begriff, schlafen zu gehen, wir wollten nur noch ein paar Minuten über alles reden. Daniel sagte was ganz Komisches, er meinte, er hätte das Gefühl, es wäre besser, zu tun, was du gesagt hast und sofort zu verschwinden. Ich sag' ihm, er wär' einfach nur mit den Nerven runter, da klingelt's. Er springt auf und brüllt mich an: ›Mach ja nicht auf!‹ Ich sag' noch: ›Du spinnst doch‹ und geh' zur Tür. Da steht die Alte vom Jugendamt und fragt, ob du heute mal zufällig zu Hause bist. Ich frag' sie, was ihr einfällt, hier andauernd unangemeldet aufzukreuzen, da steht plötzlich ein junger Typ neben ihr, schubst mich rein, und sie machen die Tür zu. Die Frau hat zu den Kindern gesagt, sie sollten mitkommen und keine Schwierigkeiten machen, sie brauchten keine Angst zu haben, es würde ihnen nichts passieren. Aber noch während die Kinder dabei waren, hat einer von den Typen mir mit einem Knüppel eins übergebraten, und der andere hat nach Grafiti getreten. Anna hat so schrecklich geweint ... Ich konnte nichts machen. Mark, echt, ich konnte nichts machen! Scheiße, was hast du uns da nur aufgeladen? Was hast du dir eigentlich dabei gedacht! Du verdammtes Arschloch! Gibt's irgendwas, was das wert ist? Na los, sag's mir! Bist du jetzt endlich mal bedient, oder muß noch irgendwas passieren? Wieso konntest du nicht einfach aufhören, als Paul tot war? Was war so unmöglich daran?«

Sie fing wieder an zu heulen. Ich hörte ihr überhaupt nicht zu, ich wußte gar nicht, daß sie noch da war, ich war in ein kaltes, schwarzes Loch aus Angst gefallen.

Wie durch einen Nebel hörte ich Sarah: »Komm, Flip, steh auf, wir müssen mal deinen Kopf ansehen.«

Flip kam mit Sarahs Hilfe auf die Füße, und die beiden verschwanden aus der Küche.

Und ich tat etwas Erstaunliches. Es war, als hätte mir einer einen Schlüssel in den Rücken gesteckt und mich aufgezogen. Ich stand auf, ging ins Wohnzimmer und sah mich aufmerksam um. Zuerst schnappte ich mir die alte E-Gitarre, die an der Wand lehnte, und schlug ihr auf der Tischkante den Korpus ab. Mit einem dumpfen Detonationsgeräusch zersprang die gläserne Tischplatte. Mit dem Gitarrenhals prügelte ich auf alles ein, an dem ich vorbeikam, ich ließ nichts aus: die Vitrine, der Schrank mit der Wasserpfeife, das Bücherregal. Nur an den Sesseln war nichts zu machen.

Glas und Holz splitterten, Scherben fielen wie Hagel und sammelten sich in flachen Hügeln auf dem Teppichboden, glitzerten wie kleine Edelsteingebirge. Ich zertrümmerte die nagelneue Stereoanlage, warum ich die CDs verschonte, keine Ahnung. Ich kam gerade erst in Fahrt, und ich fand immer noch was, auf das es sich einzudreschen lohnte. Ich machte Kleinholz aus dem Tischgestell, schließlich zersplitterte der Gitarrenhals, und ich machte mich mit einer großen Scherbe daran, die Polster der Sessel aufzuschlitzen. Das machte aber keinen Krach und brachte es nicht, ich fand noch ein paar unversehrte Flaschen, ich schlug die erste am Hals ab und zertrümmerte die restlichen.

Dann war wirklich alles getan, es kehrte Ruhe ein.

Ich war in Schweiß gebadet und keuchte wie verrückt. Ich war eigentlich gar nicht in der Verfassung für solche Gewaltakte, meine Hand blutete, und das X brannte wieder wie das Feuer der Hölle. Ich lauschte einen Moment der Stille, da war etwas Totes an dieser Stille, klar, ich hatte mein kleines Reich gnadenlos abgeschlachtet. Ich stand inmitten einer Wüste aus Zerstörung und verzweifelte. Ich könnte nicht mal beschwören, daß ich geatmet hab', da hörte ich ein komisches Summen. Ich wußte sofort, daß das zertrümmerte Telefon klingelte. Als hätte ich einen Schlag zwischen die Schultern bekommen, stolperte ich aus dem Trümmerfeld zurück in die Küche und schnappte mir den anderen Apparat. »Ja?«

»Ich bin's.«

»Daniel!«

»Oh, Scheiße, es war, als ob ich's gewußt hätte. Ich wollte mit Flip und Anna in die Stadt, wie du gesagt hast, aber noch während wir drüber stritten, kamen sie und ...«

Ich hörte so was wie einen dumpfen Aufprall, und Daniel schrie kurz auf, dann stöhnte er leise, aber jetzt nicht mehr nah am Telefon, der Hörer war wohl hingefallen.

Mein Magen hob sich, ich kniff die Augen zu.

Eine Frauenstimme im Hintergrund sagte barsch: »Ich hab' dir doch gesagt, was du sagen sollst, also jetzt mach endlich!«

Es knackte und rauschte in der Leitung, der Hörer wurde wieder aufgehoben. »Bist du noch dran?«

»Ja, mein Junge. Tu lieber, was sie sagt.«

»Ich soll dir sagen, du darfst keine weiteren Schritte unternehmen. Du hast bis morgen abend Zeit, alle Unterlagen zurückzugeben. Mit sämtlichen Kopien. Um acht Uhr, da, wo du sie gestohlen hast, sagen sie. Und keine Bullen. Sie haben gesagt, wenn du einen Fehler machst, dann siehst du uns nie wieder.«

»Hab' keine Angst, Daniel. Ich werde alles tun, was sie sagen. Bist du halbwegs in Ordnung?«

»Ja.« Es war eine klägliche Lüge, er klang verängstigt und vollkommen ratlos.

»Was ist mit Anna?«

»Okay. Sie tun ihr nichts. Ist Flip tot?«

»Nein. Ihr fehlt nichts.«

»Grafiti?«

»Auch okay. Versuch einfach die Nerven zu behalten und dir keinen Ärger einzuhandeln, Daniel. Ich hol' euch raus, so schnell ich kann. Du kannst dich auf mich verlassen.«

»Ja. Ich ...« Aber die Leitung wurde unterbrochen.

Wie in Zeitlupe legte ich den Hörer auf. Ein Brausen wie eine mächtige Brandung war mitten in meinem Kopf, ich konnte keinen klaren Gedanken fassen.

Sarah fand mich einige Zeit später über ein Foto von meinen Kindern gebeugt, das ich eingehend studierte, als hätte ich gerade nichts Besseres zu tun.

Ich hatte es aus meiner Brieftasche gekramt, es steckte seit Ewigkeiten darin, aber jetzt starrte ich es an, als sei es mir fremd.

»Mark, reiß dich zusammen, verdammt!«

»Ich kann nicht. Ich kann nicht mehr. Er hat meine Kinder ... er hat sich meine Kinder geschnappt.«

»Ja. Es tut mir so leid. Aber er wird sie schon zurückgeben. Wir müssen uns einfach nur geschlagen geben, das ist alles.«

Sie stellte sich vor mich hin, und ich legte den Kopf an ihren Bauch, ihre Hände fuhren durch meine Haare. Das war wie ein paar Sekunden Pause von diesem nicht enden wollenden Jammertal, ich kam wieder ein bißchen zu mir.

»Was ist mit Flip?«

»Sie schläft jetzt. Es ist nur eine kleine Platzwunde, der Schock war wohl schlimmer.«

»Na gut.« Ich sah auf meine Uhr. Halb fünf. »Ich muß zur Zentrale fahren und die Unterlagen zurückholen. Bis heute abend um acht will er sie zurückhaben.«

»Ich komm' mit dir.«

»Nein, bitte bleib am Telefon.«

»Ja, du hast recht. Bist du auch sicher, daß du das jetzt schaffst?«

»Klar.« Ich schnappte mir die Schlüssel und kam wankend auf die Füße. Viel war nicht gerade los mit mir.

»Ach, und geh nicht nach nebenan. Ist ein trauriger Anblick.«

Sie zuckte mit den Schultern. »Hab's schon gesehen. Das wird schon wieder.«

Weiß der Teufel, was ich ohne ihre Ruhe angefangen hätte.

Ich nickte, stand noch ein paar Sekunden unentschlossen rum, dann ging ich raus.

Ich fuhr langsam und viel zu vorsichtig, einmal legte ich mich hin, zweimal fast. Kurz hinter Bilk kam mir ein Taxi entgegen. Ich winkte wie ein Verrückter, er wendete und hielt neben mir. Er steckte den Kopf aus dem Fenster.

»Willste umsteigen?«

»Ja.«

»Dann mal los.«

Ich stellte die Maschine ab und stieg ein. »Zur Kö. Bankhaus Kienast.«

Er nickte, warf mir einen neugierigen Blick zu und brachte mich in ein paar Minuten in die Stadt. Ich bat ihn, ein bißchen auf mich zu warten, er könnte die Uhr ruhig laufen lassen, und er meinte, unter den Umständen könnte ich mir Zeit lassen.

Ich hatte Glück, sie waren gerade dabei, abzuschließen und wieder nach Hause zu fahren. Olli Bergmann, Burkhard Michels und Peter Bäcker standen hinter Ferwerda und warteten auf den Lift, als die Türen aufglitten und ich ausstieg. Sie starrten mich ziemlich erschrocken an, ich winkte ihnen müde zu und bedeutete Ferwerda, mit mir zurückzukommen.

Er nickte und folgte mir.

»Hey, was ist? Können wir vielleicht jetzt mal nach Hause oder so?« rief Olli.

»Ja, klar.«

Sie stiegen ein und verschwanden.

Ferwerda schaltete das Licht in seinem Büro ein. »Was ist passiert?«

»Meine Kinder sind gekidnappt.«

»Gütiger Himmel!« Er sah mich entsetzt an. »Haben Sie schon was gehört?«

»Ja. Sie wollen die Unterlagen bis heute abend um acht zurückhaben. Mit allen Kopien.«

Ferwerda schnalzte ungeduldig mit der Zunge und verzog das Gesicht. »Wollen Sie nicht lieber mit der Polizei reden?«

»Nein. Ich werde ganz genau tun, was sie wollen. Kein Risiko. Brelau hat einfach gewonnen, von mir aus, mir ist es egal, ich will meine Kinder zurückhaben. Unversehrt. Rücken Sie den Koffer raus. Sofort.«

Er zog die Augenbrauen hoch. »Sie kriegen den Koffer, keine Bange. Hören Sie mal, ich bin doch kein Unmensch! Ich denke nur, wir sollten nichts Unüberlegtes tun. Und alles gut abwägen.«

»Wie meinen Sie das?«

Er bedeutete mir, mich hinzusetzen und brachte mir einen Cognac. Ich trank, mir wurde ein bißchen wärmer, und ich spürte so was wie Ruhe.

Er verschränkte seine Wurstfinger auf der Tischplatte und sah mich an. »Ich bin ein bißchen irritiert. Brelau wird ganz genau wissen, daß, selbst wenn wir ihm neunundneunzig Kopien geben, wir sehr wahrscheinlich immer noch eine hundertste behalten. Natürlich werden wir mit Kopien nicht dasselbe erreichen wie mit den Originalen, vor allem dann nicht, wenn er die Originale vernichtet und nicht rausrücken kann, wenn die Steuerfahndung bei ihm klingelt, aber daß sein eigener Kopf rollt, muß ihm doch klar sein. Daß es für ihn keine Rettung mehr gibt. Wozu also die Kindesentführung?«

»Keine Ahnung. Vermutlich wird er von weiter oben unter Druck gesetzt und fürchtet seine Kundschaft mehr als uns. Mir ist auch egal, wofür er sie will. Ich will sie ihm nur zurückgeben. Ohne Bullen, ohne Tricks.«

»Ja. Das ist klar. Aber Sie müssen wenigstens berücksichtigen, daß es eine Falle sein könnte. Daß er Sie nur wieder zu seinem Haus locken will, allein, um dieses Mal zu vollenden, was er vorgestern nicht tun konnte.«

»Möglich. Aber es bleibt mir nichts übrig, als das Risiko einzugehen. Und jetzt geben Sie mir bitte den Koffer.«

»Wir haben drei komplette Sätze Kopien. Ist es Ihnen recht, wenn ich einen davon behalte?«

Ich überlegte eine Sekunde. Es würde kein Risiko bedeuten. Brelau konnte ganz einfach nicht wissen, wie viele Kopien angefertigt worden waren.

»Ja.«

Er nickte und stand müde auf. »Kommen Sie.«

Es gab in der Zentralrevision einen Safe, groß wie eine Garage. Ferwerda hatte die Schlüssel, ein paar Leute kannten die Zahlenkombination. Darunter auch ich. Wir öffneten und gingen rein, der Koffer stand direkt an der linken Wand. Im Regal darüber lagen drei hohe Packen Fotokopien, schon nach Themen vorsortiert und beschriftet und ordentlich verschnürt. Ich nahm mir zwei von den Packen und den Koffer, die Schnüre schnitten in meine Hand, es war ein bißchen viel Gepäck auf einmal.

»Kommen Sie, Malecki, ich werde Ihnen was abnehmen.«

»Jetzt brauch' ich morgen doch einen Wagen. Ich muß ja außerdem auch ... die Kinder mit zurücknehmen.«

»Sie können mit mir fahren.«

»Aber ...«

»Nein, keine Diskussionen. Ich werde morgen auf jeden Fall nach Ellertal fahren, mit Ihnen oder ohne Sie.«

»Also gut.«

»Ich hole Sie und Goldstein um halb elf ab. Versuchen Sie, noch ein paar Stunden zu schlafen.«

»Okay.«

»Wollen Sie mir die Unterlagen bis dahin anvertrauen?«

»Warum nicht.«

Wir fuhren runter, er schickte das Taxi weg und fuhr mich nach Hause.

Sarah war mit dem Kopf auf den Armen am Küchentisch eingeschlafen, eine Zigarette war im Aschenbecher bis zum Filter runtergebrannt.

Ich faßte sie vorsichtig an der Schulter, sie schreckte hoch. »Ach, du bist's.«

»Noch was gehört?«

»Nein. Nichts mehr.«

»Komm.«

Ich schleppte mich ziemlich mühsam die Treppe rauf, Sarah ging mit hängenden Schultern vor mir her.

Ich fiel regelrecht auf mein Bett, ich hatte keine Power mehr, um mich auszuziehen, und sobald das Licht aus war, sah ich Schreckensbilder vor mir, nahezu unbeschreiblich, in der Dunkelheit waren meiner Angst keine Grenzen mehr gesetzt.

Sie kam von der anderen Seite und kuschelte sich an meinen Rücken. Sie war unruhig, die Federn quietschten, ich hörte ihr Feuerzeug klicken. »Es ist so unfair. Es ist so verdammt unfair. Ich könnte verrückt werden.«

Ich schlief einfach ein.

Als Ferwerda um halb elf kam, waren wir startklar. Ich hatte so ungefähr drei Stunden geschlafen, das war nicht gerade die Welt, es ging mir auch nicht besser, aber ich war nicht mehr so völlig erledigt.

Er fuhr einen großen BMW. Wirklich ein komfortables Auto, der Motor gab nur ein leises Brummen von sich, und wir schienen über die Straßen zu schweben.

Ich lehnte mich zurück, sah nichts und hörte nichts, es wurde auch nicht viel gesprochen. Ab und zu rauchte ich eine, wir brauchten knapp fünf Stunden.

»Wohin soll ich fahren?«

»Am besten erst mal nicht durch den Ort«, meinte Sarah. »Biegen Sie da hinten rechts rein, da, die Straße mit den Bäumen, die führt zum alten Maienfeld-Hof. Da wohnt der Pastor.«

»Ah, das ist unser Mann hier, richtig?«

»So ist es.«

»Halten Sie mal an, bitte. Ich will ein Stück laufen.«

Er warf mir einen skeptischen Blick zu. »Das ist mir aber gar nicht recht. Sie werden doch wieder irgendwas Dummes anstellen.«

»Nein, nur ein Stück laufen. Wenn Sie nicht halten wollen, kann ich auch abspringen.«

Er kam mit einem Seufzer zum Stehen. Ich machte die Tür auf.

»Vergiß nicht wieder die Zeit«, rief Sarah von hinten.

»Bestimmt nicht.«

Ich wartete, bis der BMW in die Straße zum Maienfeld-Hof eingebogen war, dann ging ich weiter geradeaus.

Kurz bevor ich an die Kurve kam, wo Paul und Angy verunglückt waren, verließ ich die Straße und ging rechts davon auf einer Weide weiter. Schon von weitem hatte ich das Flatterband an der Absperrung der Unfallstelle gesehen, ich fühlte mich nicht in der Lage, daran vorbeizugehen. Nach einer halben Stunde kam ich in die Stadt.

Es war früher Montagnachmittag, alle möglichen Leute trieben sich auf den Straßen rum, Hausfrauen machten Einkaufe, alte Männer saßen auf den Bänken am Marktplatz, ein paar Kids fuhren Skateboard.

Manche überquerten die Straße und gingen auf dem gegenüberliegenden Bürgersteig weiter, um mir nicht zu begegnen. Ich hatte meistens freie Bahn, nur ein paar hoben den Kopf und sahen mich an, und die wenigen Blicke fand ich freundlicher als in den Wochen zuvor.

Ich betrat die Bank und warf einen kurzen Blick in die Runde. Alle saßen an ihren Plätzen und warfen mir mehr oder weniger haßerfüllte Blicke zu, nur Tills Schreibtisch war leer und der Bildschirm blind, er war nicht da. Kluger Junge.

Ich ging geradewegs zu Brelaus Büro. Der Bürgermeister war bei ihm.

»Verpiß dich und warte draußen, Förster, ich brauch' nicht lang.«

Sie sahen mich entgeistert an, der Bürgermeister schnappte nach Luft und warf sich in die Brust. »Was fällt Ihnen ein, Sie ...«

Brelau klopfte ihm beruhigend auf den Rücken. »Sei so gut, Wilhelm. Tu ihm den Gefallen.«

Wilhelm schob ab und machte die Türe zu.

Brelau wirkte übernächtigt und hohlwangig, ein schwacher Schatten grauen Bartwuchses ließ ihn noch schmaler wirken. Nicht, daß er es versäumt hatte, sich zu rasieren, nur war er blasser als gewöhnlich, und darum fiel es auf.

Es schien, als ließen die Dinge ihn auch nicht mehr so ganz kalt. Aber seine Augen waren farb- und ausdruckslos wie immer, sein Mund verzog sich zu einem sarkastischen Lächeln. »Sie sind ...«, er sah auf seine Uhr, »mehr als vier Stunden zu früh dran, Malecki. Und am falschen Ort.«

»Ich weiß. Ich will auch nur was klarstellen: Von mir aus können Sie mit Ihren Unterlagen und Ihren ganzen Betrügereien zur Hölle fahren, mir ist das alles egal. Ich will nur meine Kinder zurück. *Und wenn du ihnen auch nur ein Haar krümmst, du jämmerliche Ratte, dann bring' ich dich um. Ich mein's wirklich ernst.*«

Er lächelte. »Machen Sie keinen solchen Wirbel. Sie stehen doch nach wie vor mit leeren Händen da. Besser, Sie vergessen nicht, daß Sie im Augenblick sozusagen von meiner Gnade abhängen.«

Ich machte einen Schritt auf ihn zu, und er schnellte in die Höhe. »Wenn Sie mich anfassen, verliert Ihr Junge eine Hand.«

Er sagte das in aller Ruhe, mit seinem gewohnten kultivierten Tonfall, und ich stand mit hängenden Armen da wie vom Schlag getroffen. Ich hatte eine Gänsehaut, und mein Brustkorb krampfte sich zusammen.

»Okay. Okay. Ich werd' Ihnen nicht zu nah kommen. Aber vergessen Sie nicht, was ich gesagt habe. Ich werde Sie nicht übers Ohr hauen, aber ich will meine Kinder heil zurück. Wenn nicht, dann hab' ich wirklich nichts mehr zu verlieren. Daran sollten Sie lieber denken.«

Er schob die Unterlippe vor und nickte kurz. »Ich werde das berücksichtigen. Bis heute abend, Malecki.«

12

Um Viertel vor acht holte ich mir Klaus' Wagenschlüssel.

Ich lud die ganzen Klamotten aus dem Kofferraum des BMW um. Die Schlüssel gab ich Ferwerda nicht zurück, ich steckte sie unauffällig ein.

Ferwerda war den ganzen Nachmittag in Klaus' Wohnzimmer auf und ab gelaufen wie Papillon in Dunkelhaft und hatte ungeduldig vor sich hin gegrollt. Ich traute ihm nicht. Ich fürchtete, er könnte die Nerven verlieren, wenn ich nicht schnell zurückkam, und irgendwas Dummes tun. Ohne seinen Wagen konnte er nicht viel Schaden anrichten, der alte Maienfeld-Hof lag mitten im Nirgendwo, und ich glaubte nicht, daß Ferwerda gewillt oder in der Lage war, seinen BMW kurzzuschließen.

Ich schlug den Kofferraumdeckel zu und ließ mich mit zugeschnürter Kehle und einem Stöhnen hinter das Steuer fallen.

Sarah saß auf dem Beifahrersitz.

Ich erschrak dermaßen, daß ich um ein Haar aufgeschrien hätte.

»Nein, Sarah.«

»Doch. Ich werde auf jeden Fall mitkommen.«

»Nein. Sie haben gesagt allein, und sie haben gesagt, ich würde meine Kinder nie wiedersehen, wenn ich einen Fehler mache. Also bitte. Steig aus und laß mich fahren.«

»Sie haben nicht gesagt allein, sondern ohne Bullen. Du machst keinen Fehler. Los, fahr schon.«

Ich gab nach, ich hatte keine Kraft, mit ihr rumzustreiten. Und ich glaubte, daß sie recht hatte. Sie würden es nicht krummnehmen, wenn sie mitkam, Brelau konnte sie immer noch gut leiden. »Wo ist die Beretta?«

»Oben in meinem Zimmer.«

»Also meinetwegen.«

Die Fahrt dauerte kaum eine Viertelstunde. Diesmal hielt ich an der Vorderseite des Hauses. War richtig komisch.

»Rutsch hinters Steuer und laß den Motor laufen. Wenn irgendwer außer mir rauskommt und Hand an den Kofferraum legt, dann fährst du los, kapiert?«

»Ja. Viel Glück, Mark.« Sie beugte sich zu mir rüber und drückte mir einen schnellen Kuß auf den Mundwinkel. Ich stieg aus.

Ein paar Marmorstufen führten hinauf zur Eingangstür, links und rechts wachten zwei grimmige Steinlöwen. Ich ging langsam die Stufen hoch und klingelte.

Der Weg durch den nächtlichen Garten hatte mir trotz allem besser gefallen. Er war passend gewesen. Jetzt stand ich an der Tür und klingelte wie ein Bettler, ich hatte das Gefühl, daß Brelau von vornherein in der besseren Position war.

Die Abgesandte der Hölle öffnete mir. »Hallo, Mark!« Sie lachte fröhlich. »Geh nur vor ins Wohnzimmer, du kennst dich ja aus.«

Sie folgte dicht hinter mir.

Brelau saß in einem Sessel. Er hatte die Beine übereinandergeschlagen und lächelte siegesgewiß, in der Hand hielt er ein Glas.

»Ich hoffe, Sie verzeihen, wenn ich Ihnen nichts anbiete.«

Er wartete auf eine Antwort, aber er bekam keine.

»Wo sind die Unterlagen?«

»Draußen im Wagen.«

»Und der schießwütige rote Teufel sitzt am Steuer«, fügte das Mädchen hinzu.

Brelau lächelte noch ein bißchen breiter. »Sarah Goldstein. Sieh an.«

»Sie ist unbewaffnet.«

»Das glaub' ich sogar. Los, holen Sie die Papiere rein.«

»Nein. Zuerst will ich die Kinder sehen.«

Er nickte und sah das Mädchen an. »Hol sie.«

Sie ging durch eine Tür, ich erinnerte mich, dahinter war eine Treppe.

Sie ließ sich viel Zeit. Ich sah hinaus in den Garten, um nicht die Nerven zu verlieren.

Auf dem Rasen tollten die Hunde. Es dämmerte, war eigentlich schon fast dunkel.

Endlich hörte ich Schritte. Mein Atlaswirbel knackte, so heftig fuhr mein Kopf herum.

Sie kam durch die Tür, mit jeder Hand hielt sie eins meiner Kinder am Kragen gepackt.

»Papi?« Es kam ganz leise und ungläubig. Annas Augen war riesig und gerötet, ich konnte sehen, daß sie viel geweint hatte. Sie zappelte und sah mich flehentlich an. Daniel war blaß und grimmig, er hatte ein blaues Auge, und seine Lippe war aufgeplatzt, aber er schien okay zu sein.

»Laß sie los.«

»Erst holst du die Sachen.«

»Komm mit ihnen an die Tür. Ich will, daß ich sie die ganze Zeit sehen kann, während ich an den Kofferraum gehe. Wenn ich zurückkomme und den ersten Fuß auf die Treppe setze, läßt du sie los.«

»Nein. Wenn du auf der obersten Stufe ankommst.«

»Meinetwegen.«

Sie sah fragend zu Brelau, er nickte.

Wir gingen raus in die Halle, hinter mir hörte ich, daß Anna zu weinen anfing. Ich drehte mich um, hockte mich zu ihr runter und nahm sie in die Arme.

»Hey! Nicht flüstern!« protestierte das Mädchen.

Ich sah sie an. »Was hast du? Fürchtest du die Tücken eines fünfjährigen Mädchens?«

»Geh endlich weiter. Na los!«

Ich öffnete die Tür. Sarah wartete mit laufendem Motor. Ich stieg runter, und Miss Vietnam blieb mit Anna und Daniel in der Tür stehen. Ich öffnete den Kofferraum, nahm den Koffer in die eine, die Kopienstapel in die andere Hand und ging zurück. Ich setzte einen Fuß auf die oberste Stufe und wartete. »Los. Jetzt laß sie gehen.«

Sie ließ die Kinder los und stieß sie grob weg, Anna stolperte. Daniel fing sie auf, dann gingen sie an mir vorbei, sahen mich ängstlich an und stiegen die Stufen hinunter.

»Geht zu Sarah in den Wagen.«

Hinter den Mauerpodesten, auf denen die Löwen ruhten, kamen zwei Typen hervor. Der eine schnappte sich Anna und hob sie hoch. Der andere hatte mit Daniel kein so leichtes Spiel, aber schließlich bekam er ihn zu fassen, drehte ihm den Arm auf den Rücken und drängte ihn zur Treppe zurück.

»Hey! Was soll das! Du verdammtes Miststück!!« Ich ließ die Klamotten fallen und schnappte mir das Mädchen. Ich packte sie an der Kehle und würgte sie.

»Laß los!« röchelte sie. »Mann, mach nicht so ein Theater! Wir wollen doch nur erst nachsehen, ob alles komplett ist!« Sie schnappte nach Luft. »Laß mich los, du Arschloch, oder die Kinder müssen's ausbaden!«

Ich ließ sie los. Ich schloß für eine Sekunde die Augen. Sah so aus, als hätte ich mich wieder verladen lassen.

Sie war so nett, mir den Koffer abzunehmen, ich folgte ihr mit dem Rest, hinter mir kamen die Typen mit Anna und Daniel. Sie legte den Koffer neben Brelau auf den Tisch und klappte ihn auf. Er hob lächelnd die Schultern. »Sie werden verstehen, daß ich mich nicht auf ihr Wort verlassen kann. Wenn alles komplett ist, können wir uns in Frieden trennen.«

»Na schön. Aber sie sollen die Kinder loslassen.«

Brelau gab ihnen ein Zeichen, und sie ließen sie los. Ich winkte sie zu mir rüber und schob sie hinter meinen Rükken.

Die Tür ging auf, und noch drei Kerle kamen rein. Zwei erkannte ich wieder von vorgestern, der dritte war älter als der Rest, so um die Dreißig, er hatte auffallend tiefe Augenfalten und war schon fast völlig grau. Der Kinderschänder.

Anna erkannte ihn und stieß erschrocken die Luft aus, sie klammerte sich an meinem Bein fest.

Ich knirschte mit den Zähnen, legte eine Hand auf ihre Schulter und wandte mich zum Fenster. Es war jetzt dunkel, ich konnte den Garten nicht mehr sehen, um so besser die Reflektion der Szene hinter mir.

Brelau ließ sich Zeit. Das machte mich nervös. Irgendwie hatte ich das Gefühl, daß die Zeit gegen mich lief. Er saß in seinem Sessel, nippte an seinem Glas und beugte sich über die Papiere auf seinen Knien. Er machte kleine Häkchen auf einer Liste und legte alles, was er begutachtet hatte, auf einen Stapel am Boden.

Ich zündete mir eine Zigarette an, und als sie aufgeraucht war, noch eine.

Schließlich richtete er sich auf, und ich drehte mich wieder zu ihm um. »Sehr schön, Malecki. Alles vollständig.«

»Ja.«

»Und Sie sind absolut sicher, daß dies hier alle Kopien sind, die es gibt?«

»Natürlich.«

»Wunderbar. Wie schön, daß Sie zu guter Letzt doch noch Vernunft angenommen haben.« Er lachte in sich hinein.

»Dann sind wir ja jetzt wohl fertig.« Ich schob die Kinder vor mir her zur Tür. Es kribbelte in meinem Nakken.

»Nur eine Kleinigkeit noch.«

Ich blieb stehen. Ich drehte mich langsam um, neben mir stand einer von den Typen.

»Faß mich ja nicht an!«

Er wich zurück.

Ich sah zu Brelau. »Was?«

»Nun, es betrifft den höchst bedauerlichen Unfall, den Herr Schumann mit Ihrem Wagen hatte.«

»Und?«

»Leider hat irgend jemand veranlaßt, daß die Spurensicherung der Polizei das Fahrzeug untersucht. Diese Leute sind wirklich erstaunlich. Obwohl der Tank explodiert ist und der Wagen völlig ausgebrannt, konnten sie feststellen, daß die Bremsleitung schon einige Zeit vor dem Unfall durchtrennt wurde. Es sieht also so aus, als sei es gar kein Unfall gewesen.«

»Das ist mir bekannt.«

»Tatsächlich? Tja, jedenfalls hat Pastor Hofer am gestrigen Sonntag, statt eine christliche Predigt zu halten, von der Kanzel aus eine lächerliche Anklage gegen mich erhoben bezüglich dieser Angelegenheit. Anschließend hat er eine Aussage bei der Polizei gemacht. Dieser Verrückte wartet schon seit langem auf eine Gelegenheit, mir Schwierigkeiten zu machen. Das Ganze ist sehr unangenehm für mich. Nun hat ein Freund von mir, ein Anwalt, heute ein kleines Schriftstück aufgesetzt. Sie brauchen es nur zu unterschreiben, dann ist die ganze Sache erledigt.«

»Sie haben einen ziemlich kranken Sinn für Humor, Brelau.«

»Lesen Sie es doch erst einmal«, schlug er jovial vor.

Der Kinderschreck baute sich drohend vor mir auf und wies auf eine Ecke des Zimmers. Ich ging rüber, und er folgte so dicht, daß er mir in die Hacken trat.

In der Ecke stand ein zierlicher Sekretär aus Rosenholz, glaube ich, sehr alt, mit kunstvoll gedrechselten Beinen, einer Onyxplatte und einem Aufbau mit winzigen Schubladen. Irgendwie sah er so aus, als gehörte er Frau Brelau. Auf dem Sekretär, neben einer Onyxschale mit Stiften, lag ein Blatt Papier. Oben drüber stand ›Schuldanerkenntnis‹.

In dem Text erklärte ich, M. Malecki, geboren am ..., daß ich an den Bremsen gefummelt hatte, weil ich es auf

Angy abgesehen hatte. Ein herzzerreißendes, aber durchaus glaubwürdiges Eifersuchtsdrama. Es war wirklich unglaublich. »Los! Unterschreib schon«, drängte der Kinderschänder.

»Laß mich doch erst mal zu Ende lesen.«

Mein Gehirn arbeitete auf Hochtouren. Ich zog an meiner Zigarette, um Zeit zu gewinnen, und senkte den Kopf über das Schriftstück. In dem Sprossenfenster vor mir beobachtete ich die Szene im Raum und wägte meine Chancen ab. Ich wußte, wenn ich es wieder ihnen überließ, die Initiative zu ergreifen, dann würde es furchtbar werden.

Der Kinderschänder stand direkt hinter mir, versperrte mir teilweise die Sicht und hatte seine Hand neben meiner auf die Onyxplatte gestützt. Ich drückte meine Zigarette darauf aus.

Für eine Sekunde hörte ich das Knistern der Haare auf seinem Handrücken, dann fing er an zu kreischen, hoch und schrill, es ging mir durch Mark und Knochen. Ich schnappte mir den Brieföffner aus der Schale, fuhr herum, rannte meine Tochter über den Haufen und sprang. Brelau, sein Sessel und ich polterten zu Boden. Wir rollten ein Stück, aber ich war im Vorteil, weil ich nicht so überrumpelt war wie er. Ich packte ihn von hinten, zerrte ihn auf die Füße und drückte die Spitze des Brieföffners gegen seinen Hals.

Offenbar achtete Frau Brelau peinlich darauf, daß das Ding regelmäßig geschliffen wurde, es ging durch seine Haut wie ein Fleischermesser durch Butter, und ich zog schnell die Hand zurück. Um ein Haar hätte ich ihm wirklich die Kehle durchgeschnitten. Und das wollte ich ja nicht. Noch nicht.

Er spürte das Blut seinen Hals hinablaufen, und das entnervte ihn.

Er stieß einen quiekenden Schrei aus, grunzte aufgeregt und riet seinen Leuten: »Tut, was er sagt. Macht keine Dummheiten, er meint's ernst.«

Und er meinte es tatsächlich ernst. Aber weiter als bis hierher hatte er noch nicht gedacht. »Daniel, Anna, tut die Sachen wieder in den Koffer. Wenn einer sie hindert, stech' ich das Schwein ab, Leute.«

Meine Kinder waren starr vor Entsetzen, so hatten sie mich wohl noch nicht gesehen. Es gibt Sachen, die man vor seinen Kindern lieber geheimhält.

»Los, macht schon.«

Daniel nickte wie benommen, dann zog er Anna zum Tisch rüber, sie hielt ihm den Koffer auf, und er stopfte die Sachen hinein. Sie brauchten nicht lange.

»Bringt das alles raus zu Sarah in den Wagen und steigt ein.«

Daniel hob den Koffer hoch. Er war eigentlich zu schwer für ihn, aber er schaffte es. Anna versuchte einen der verschnürten Papierstapel und sah mich ängstlich an. »Zu schwer.«

»Ist egal. Laß es liegen und geh zum Auto.«

»Okay. Kommst du?«

»Ja. Gleich.«

Ich sah ihr nach, ich war so unendlich erleichtert, und dann fingen die Dinge wieder an, schiefzulaufen.

Der Blick, den ich mir gegönnt hatte, war zu lang gewesen. Ich guckte gerade noch rechtzeitig wieder hin, um mit anzusehen, wie das Mädchen mir ein Messer in den Bizeps des Armes rammte, der den Brieföffner hielt. Bis zum Heft. Mit der anderen Hand packte sie mein Handgelenk und riß es von seiner Kehle weg. Während ich mich mit ihr rumbalgte, entwand sich Brelau meinem Würgegriff, sprang zur Seite und brüllte: »Schnappt ihn, worauf wartet ihr! Los, und zwei hinter den Kindern her!«

Das Messer wurde aus meinem Arm gezogen und Blut quoll raus, ich polterte zu Boden und riß sie mit. Ich hörte, daß die Hunde wie verrückt anschlugen, die ganze Welt drehte sich, ich spürte ein Knie im Magen, wie von fern hörte ich das drohende Murmeln vieler Stimmen, ein zweiter Messerstich traf meine Hand, dann ein dumpfer Aufprall am Hinterkopf, und schlagartig ging mir die Lampe aus.

Als ich wieder zu mir kam, herrschte vollkommene Stille. Ich konnte nicht richtig sehen, aber da war ein Kissen unter meinem Kopf, eindeutig, und jemand verband meinen Arm. Ich blinzelte.

Es war der Notarzt.

Er sah mich verzweifelt an. »Sagen Sie mal, hatten Sie vor, noch länger in dieser Gegend zu bleiben?«

»Nein.«

Dann fiel es mir wieder ein, und ich schreckte auf. »Die Kinder ...«

»Sachte. Legen Sie sich wieder hin. Es ist alles in Ordnung. Dieses Mal ist eine ganze Armee gekommen, um Sie zu retten, mit Fackeln und Mistgabeln.«

»Was?«

»Warten Sie's ab. Würden Sie jetzt bitte mal stillhalten, damit ich das verbinden kann?«

»Ist es schlimm?«

»Nicht schlimmer als sonst.«

Ich legte mich wieder hin, schloß die Augen und wartete, daß er fertig wurde. »Wer hat Sie gerufen?«

»Der Pastor.«

»Wie lang war ich bewußtlos?«

»Viertelstunde.«

»Lieber Himmel.«

»Tja, Junge. Sie sollten mal anfangen, Rücksicht auf Ihre Gesundheit zu nehmen. Sie machen ja nie 'ne Pause. Eines Tages werden Sie nicht mehr aufstehen. Sie sind echt ein Fulltimejob.«

»Ja, ja. Was ist da draußen los? Was waren das für Stimmen, die ich gehört habe? Warum haben die Hunde gebellt?«

»Werden Sie ja gleich sehen.«

»Sind Sie jetzt langsam mal fertig?«

»Nur noch einen Moment. Oder soll ich's beim nächsten Mal fertigmachen?«

»Wirklich sehr witzig.«

Kurz drauf ließ er endlich von mir ab.

Er half mir auf, und ich stellte fest, daß ich mich nach wie vor in Brelaus Wohnzimmer befand. Ich folgte ihm raus zur Eingangstür, und was ich da sah, das konnte ich einfach nicht glauben.

Da stand ein ordentlicher Zug von wenigstens hundert, nein, eher zweihundert Leuten, fast jeder trug eine Fackel oder irgendwas in der Richtung. Sie bildeten eine schweigsame, abwartende Linie, immer drei nebeneinander, ein zuckender Feuerschein hüllte sie ein, man konnte es mit der Angst kriegen. An der Spitze des Zuges stand Klaus Hofer im vollen Ornat, wirklich schick. Er trug ein großes, schlichtes Holzkreuz. Er winkte mir zu und lachte. Hinter ihm, in den vorderen Reihen, entdeckte ich Martin Thoma mit Katja, und, o Wunder, Frau Herberat und Herrn Tobler. Neben Klaus stand Ferwerda, und er schüttelte den Kopf, was das Zeug hielt.

Hinter Klaus' Wagen stand der Ambulanzwagen, und dahinter zwei Streifenwagen. Im vorderen saß Alwin Graf Brelau mit hängenden Schultern zwischen zwei Bullen, in dem dahinter Miss Vietnam, der Rest war wohl in dem Mannschaftswagen, der den Konvoi abschloß.

Ich konnte es einfach nicht fassen, ich sank auf die unterste Treppenstufe und stützte den Kopf in die Hände. Sarah kam auf mich zugelaufen, sie lachte, ließ sich neben mich fallen und küßte mich aufs Ohr. »Guck dir das an, Malecki! Diese verdammte Stadt ist endlich wach geworden!«

13

Wir fuhren noch in derselben Nacht zurück. Unterwegs erfuhr ich endlich, was sich im einzelnen ereignet hatte.

Klaus hatte in der Sonntagsmesse eine eigenartige Predigt gehalten. Er hatte mit einem Zitat aus der Bibel angefangen, dann hatte er plötzlich sein Buch zugeknallt, so daß alle davon wach wurden, und dann irgendwas gesagt, was so ähnlich wie »Die Kirche soll ein Ort der Wahrheit sein« gewesen sein muß. Er hatte sie im wahrsten Sinne des Wortes abgekanzelt, hatte ihnen mächtig eingeheizt und ihnen vorgeworfen, daß sie es duldeten, daß unter ihnen einer war, der Menschen ermorden ließ und sie alle unter Druck setzte, ohne sich zu wehren.

Dann hatte er für heute abend eine Fackelprozession ohne genauere Angaben über Ziel und Zweck angeordnet und jedem mit dem ewigen Höllenfeuer gedroht, der es wagen würde, fernzubleiben. Zu dem Zeitpunkt hatte er noch nicht wissen können, daß meine Kinder entführt werden würden, aber er kannte die Dinge, wie sie in Ellertal waren. Vielleicht hatte er gewußt, daß sich was zusammenbraute.

Nachdem ich losgefahren war, war er mit Ferwerda und seinem gesamten Haushalt zum vereinbarten Treffpunkt gegangen, wo die Leute auf ihn warteten. Er hatte sich vor die Menge gestellt und ihnen erzählt, was mit meinen Kindern passiert war und wie die aktuelle Lage sich darstellte.

Dann waren sie losgezogen.

Einfach unglaublich.

»Sie sind wirklich keine Sekunde zu früh angekommen«, sagte Daniel düster.

Er saß neben mir auf der Rückbank, Anna schlief auf meinem Schoß, Daumen im Mund. Ich war froh, daß ich so nah mit ihnen zusammensitzen konnte.

Ferwerda nickte heftig. »Allerdings wäre die Sache nur halb so brenzlig verlaufen, wenn dein Vater mir nicht die Wagenschlüssel gestohlen hätte.«

»Ach, dummes Zeug.«

»Also, hören Sie mal, Malecki, Sie werden doch wohl zugeben müssen, daß ...«

»Können wir das nicht morgen besprechen?« schlug Sarah schläfrig vor.

Er seufzte. »Na schön. Aber wir werden weder morgen noch sonst irgendwann diese Woche irgendwas besprechen. Sie haben beide den Rest der Woche Urlaub. Ich meine, Sie haben die ganze harte Arbeit gemacht, um den Rest werden sich jetzt mal andere kümmern.«

Während dieser sechs Tage blieb das Wetter unverändert herrlich. Sarah verbrachte viel Zeit bei uns. Wir lagen im Garten und taten nichts, wir erholten uns von unseren Mühen, und ich fand ein bißchen Ruhe, um die ersten zaghaften Schritte zu unternehmen. Ich konnte das nicht ewig aufschieben, ich mußte mal anfangen, meinen Verlust in Angriff zu nehmen.

Es ist nicht gerade eine Kleinigkeit, einen Freund zu finden, auf den du zählen kannst, jedenfalls nicht für mich, der ich doch der geborene Eremit bin und in dieser Hinsicht immer den Weg des geringsten Widerstandes gehe. Ich meine, wenn man mal genau hinguckt, sind die meisten Typen die Mühe doch echt nicht wert. Ich tat mich schwer mit der Erkenntnis, daß es so unwiederbringlich war.

Sarah stand mir zur Seite oder ließ mich zufrieden, wie ich es eben gerade brauchte. Es waren gute Tage.

Wir holten Tobias zu uns.

Ich war anfangs ziemlich ratlos. Es erschreckte mich, daß er so gar nichts zu verstehen schien, wenn man mit ihm redete. Seine Muskulatur war völlig unkontrolliert, Speichel lief ihm aus dem Mund, er stieß mich ab. Anna war es, die mir vorwarf, ich würde mich blöd anstellen. Und sie zeigte mir, was ich tun mußte, um in seine Welt reinzukommen.

Während wir uns für ein paar Tage auf eine Insel verkrochen hatten, schlugen die Wellen draußen in der Welt meterhoch.

Einmal am Tag schlich ich mich heimlich mit dem Telefon in eine stille Ecke und telefonierte mit Ferwerda. Was er erzählte, war meistens ziemlich schrecklich.

Eine landesweite Steuerfahndung war angelaufen, sie reichte von Hamburg bis Konstanz und von Düsseldorf bis nach Frankfurt an der Oder.

Keiner wurde verschont.

Es hatte ein paar Tragödien gegeben.

Leute, die ihr ganzes Vermögen Brelau anvertraut hatten und jetzt, wo die Konten gesperrt waren, ohne einen Pfennig dastanden, hatten mit Panik reagiert. Einem war die Frau gestorben, und er konnte nicht mal mehr ihre Beerdigung bezahlen. Vorher war er ein steinreicher Mann gewesen. Er hatte sich erschossen. Einer war durchgedreht und hatte seinem Anlageberater, der ihn an Brelau vermittelt hatte, den Schädel mit der Axt gespalten. Er saß in der Geschlossenen.

Es war furchtbar.

Die einzig gute Nachricht war, daß es wirklich übel für Brelau aussehen würde, wenn alle Unterlagen an die Behörden gegangen waren. Es würde wohl auf irgendwas in Richtung zehn bis fünfzehn Jahre rauslaufen.

Am Dienstag nach Ostern fand ich mich wie früher so gegen halb elf, elf zur Arbeit ein. Ich öffnete die Tür zu meinem Büro, und der Anblick von Pauls leerem Schreibtisch schlug mir entgegen wie ein Todeshauch.

Ich ging zögernd hinein, stellte mich vor seinen Schreibtisch, malte mit einem Finger Muster in die dünne Staubschicht und starrte ins Leere. Dann kippte ich die Marshmallows in den Mülleimer.

Ich war nicht bei seiner Beerdigung gewesen. Beerdigungen machen mich einfach krank, ich hatte mir das schlichtweg erspart, ihm wäre das sowieso egal gewesen.

Burkhard Michels kam hereingestürmt. »Hör mal, Mark ...«

»Raus hier! Verpiß dich!«

Er ergriff die Flucht. Ich hörte ihn murmeln, daß ich ja wohl immer bescheuerter würde, dann war ich wieder allein.

Ich dachte noch darüber nach, ob ich vielleicht in diesem Fall besser eine Ausnahme gemacht hätte, ob's besser für mich gewesen wäre, zu der Beerdigung zu gehen, da ging die Tür wieder auf. Ich holte schon Luft, um den nächsten anzubrüllen.

»Ich hab' gehört, hier ist ein Platz frei?«

Ich freute mich fast. »Komm rein, Goldstein.«

Manchmal hatte Ferwerda einfach geniale Ideen. Und wir waren ja nun wirklich ein gutes Team. Egal, wie das mit uns weitergehen würde, aber wir waren ein tolles Team. Fast so wie ... na ja.

Wir beschäftigten uns ein paar Tage damit, die Ermittlungen im Fall Ellertal voranzutreiben. Wir lernten den Typen kennen, der Brelaus Job übernehmen sollte, und klärten ihn über die Lage vor Ort auf. Ihm verging die Lust an seinem neuen Job.

Abends fuhren wir zu Tarik oder sonst irgendwohin in die Stadt, oder wir fuhren zu mir, manchmal blieb sie da, manchmal stieg sie weit nach Mitternacht in ihren Kombi und fuhr in ihr verdammtes Hotel zurück. Wenn sie nicht da war, schlief ich nicht.

Und dann kam die Arbeit mit einem Mal ins Stocken.

Es passierte nichts mehr, wir bekamen keine neuen Ermittlungsaufträge, und plötzlich wurde uns der Zugriff zu den Unterlagen verweigert. Das war am Freitag. Ich ging zu Ferwerda.

»Hey, Mark, wart mal 'ne Sekunde ...«, rief seine Sekretärin mir hinterher. Das interessierte mich nicht, ich ging rein.

Er saß an seinem Schreibtisch und starrte vor sich hin.

Als ich reinkam, sah er auf. »Was machen Sie denn hier?«

»Ich will eine Erklärung.«

»Komisch, ich wollte Sie gerade rufen lassen. Aber Sie könnten sich trotzdem mal angewöhnen anzuklopfen, ich meine ...«

»Was ist los? Warum läuft die Sache nicht mehr?«

»Malecki, besitzen Sie eine Krawatte?«

»Nein.«

»Würden Sie die Freundlichkeit haben, meine zu borgen?«

»Was soll der Schwachsinn? Was ist mit Ihnen?«

»Sie haben einen Termin bei Dr. Kienast. Jetzt gleich.«

Ich schwieg.

»Gucken Sie nicht so, ich kann's nicht ändern.«

»Was will der Kerl? Hab' ich schon wieder was ausgefressen? Warum können Sie mich nicht feuern? Das wär' mir echt lieber.«

»Unsinn, darum geht es nicht. Es geht um hohe Bankpolitik.«

»Damit hab' ich nichts zu tun.«

»Doch. In diesem Fall schon.«

»Was soll das heißen? Seien Sie doch nicht so geheimnisvoll.«

»Doch. Ich habe nicht die Absicht, mit Ihnen über diese Sache zu reden. Das habe ich auch zu Dr. Kienast gesagt. Daraufhin meinte er, dann würde er das eben selbst tun. Sie sollen jetzt gleich kommen. Also? Was ist mit der Krawatte?«

»Lächerlich. Ich werde nicht für einen Kienast meine Weltanschauung ändern.«

»Also schön. Wie Sie wollen. Aber tun Sie mir einen Gefallen, Malecki, wollen Sie?«

»Und zwar?«

»Seien Sie ein höflicher Junge. Und reißen Sie sich zusammen.«

»Darauf kann ich mich nicht einlassen, wenn Sie mir nicht sagen, worum's geht.«

»Nein. Das werde ich nicht.« Er seufzte tief. »Gehen Sie schon. Ich wünsche Kienast, daß Sie heut in gnädiger Stimmung sind.«

Ich ging ein bißchen verwundert zu unserem Büro zurück und steckte den Kopf durch die Tür. »Ich hab' das große Los gezogen. Audienz. Kienast.«

»Was?«

»Mehr weiß ich nicht.«

»Haben wir Mist gebaut?«

»Glaub' nicht, keine Ahnung. Bis später, Schatz.«

»Viel Glück. *Und sag nicht Schatz zu mir, du Arschloch!*«

Ich ging zum Lift und entschwebte ins Allerheiligste. Die oberste Etage. Die Präsidentensuite.

Erstes Vorzimmer:

»Mein Name ist Malecki. Angeblich hab' ich einen Termin bei Dr. Kienast.«

»Und da wollen Sie so hingehen?«

»Wollen wir die Trikots tauschen?«

»Tse!«

Zweites Vorzimmer.

»Malecki, ich möchte zu Dr. Kienast.«

»Dann tu dir keinen Zwang an, Süßer.«

Drittes Vorzimmer:

»Ich heiße Malecki, ich möchte zu Dr. Kienast.«

»Sind Sie angemeldet?«

»Glaub' schon.«

Sie sah mich mißbilligend an. »Augenblick.« Sie hob den Telefonhörer ab, ihre Fingernägel waren bonbonrosa. »Herr Doktor, ein Herr Malecki.«

Sie lauschte ergeben und legte dann auf. »Sie können reingehen.«

Gregor Kienast der Vierte war ein beeindruckender Mann, ohne Zweifel. Er war der Vorstandssprecher des Unternehmens, das seit zweihundert Jahren im Familienbesitz war und erst 1974, als sich nach der Herstatt-Affäre die Gesetze änderten, in eine Aktiengesellschaft umgewandelt worden war. Die Aktienmehrheit lag immer noch in der Familie. Es war immer noch seine Bank, und das wurde an jedem Zoll seiner Erscheinung deutlich.

Er war groß und hatte eine Kleiderschrankstatur. Er war vielleicht zwanzig Jahre älter als ich, trug einen dunkelgrauen Anzug, der hervorragend zu seinem grauen Haar paßte, und die rechte Hand, die sich mir entgegenstreckte, war kräftig und gepflegt. Er trug einen Siegelring. So was wollte ich auch immer schon mal haben, ich könnte ihn an Daniel weitervererben.

Als er lächelte, wurde ein Kranz tiefer Falten um seine Augen sichtbar. Schien, als hätte ich es mit jemandem zu tun, der gern und oft lachte.

»Ich bin erfreut, Sie endlich persönlich kennenzulernen, Herr Malecki. Ich habe schon viel von Ihnen gehört.«

Wie unangenehm. »Das kann nicht viel Gutes gewesen sein.«

»Das ist immer eine Frage der Perspektive. Bitte, nehmen Sie Platz.«

Wir saßen in weißen Ledersesseln, die so niedrig waren, daß ich das Kinn fast auf den Knien hatte, und so weich, daß man glatt einschlafen konnte.

Er griff nach einer fertig gestopften Pfeife und zündete sie an. Es war Pauls Pfeifentabak. Das machte mir zu schaffen.

»Kann ich Ihnen eine Zigarette anbieten?«

»Ja, danke.«

Er öffnete ein lederbezogenes Kistchen und reichte es mir. Es waren mehrere Schachteln drin, aber alles Scheiß-Marken. Ich entschied mich für eine Dunhill als das kleinste Übel.

»Ich will Ihnen lieber gleich ankündigen, daß das, was ich Ihnen sagen will, Ihnen sehr unangenehm und unverständlich erscheinen wird.«

»Dann wäre ich dankbar, wenn Sie schnell zur Sache kommen.«

Er lachte leise, blasiert für meinen Geschmack, griff nach einem Pfeifenbesteck und stopfte nach. Dann sagte er: »Also gut. Ich will Ihre Zeit nicht über Gebühr in Anspruch nehmen. Es geht um Ihren beispiellosen Ermittlungserfolg in Ellertal. Wie ich gehört habe, haben Sie viel riskiert, ich bin beeindruckt.«

Er wollte mich einwickeln, das war klar, ich nahm mich in acht. »Das hatte persönliche Gründe.«

»Ja, ich weiß. Ich denke, ich kenne die ganze Geschichte. Und ich bedaure, daß all das passiert ist. Aber trotzdem. Mein Respekt. Ich habe seit Ihren bemerkenswerten Entdeckungen oft mit Dr. Ferwerda gesprochen. Und er ist offenbar der Ansicht, daß Sie für die Haltung des Vorstandes wenig Verständnis aufbringen werden.«

»Die da ist?«

»Nun, sehen Sie, Sie werden sicherlich zugeben, daß jede Medaille zwei Seiten hat.«

Ich ließ mich auf keine Antwort ein, und er fuhr fort. »Da macht auch diese Sache keine Ausnahme. Zweifellos ist es schrecklich, in welch verbrecherischer Weise Brelau den Staat und die Kunden unseres Hauses betrogen hat, und es gibt nichts, was das rechtfertigt. Genau wie Sie bin ich der Ansicht, daß es eine Frage der Gerechtigkeit ist, daß dieser Mann nicht ungeschoren davonkommt. Darin sind wir uns einig, richtig?«

Ich zog an meiner Kippe und dachte, daß er mich wie einen Vollidioten behandelte, und das ging mir ebenso auf die Nüsse, wie es mich mißtrauisch machte. Aber um Ferwerdas willen machte ich gute Miene. »Vermutlich ja.«

»Gut. Fest steht, daß Brelau es sicherlich verdient hat, auf längere Zeit ins Gefängnis zu wandern. Und jetzt kommen wir zu der anderen Seite: seine Kunden, oder, man könnte auch vielleicht sagen, seine Opfer. Diese Leute haben sich allesamt schuldig gemacht, sie haben Steuern hinterzogen, obgleich die meisten sie sich gut hätten leisten können, sie haben die Last der Steuern auf kleine Leute abgewälzt, die diese nur schwer aufbringen können. Das war nicht richtig. Aber wenn ich Ihren Bericht über die Aussage von Herrn Hansen richtig deute, dann hat Brelau diese Leute auch geradezu zum Steuerbetrug verführt, nicht wahr? Sagten Sie nicht, Hansen hätte selbst mit angehört, daß Brelau einem Kunden sagte, Tricks dieser Art seien absolut üblich? Das würde praktisch jeder so machen?«

Er sprach jetzt engagiert und gestikulierte viel. Dann machte er eine Pause und sah mich an. Er schien Wert auf eine Antwort zu legen, er war ein Stratege.

»Also, ich denke, diese Leute haben alle sehr genau gewußt, was sie taten.«

»Also gut. Sie lassen die Entschuldigung nicht gelten, das ist Ihr gutes Recht. Aber ...«

»Können Sie mir nicht sagen, worauf Sie hinauswollen? Ich hab' viel Arbeit da unten liegen und ...«

Er nickte, klopfte die Pfeife aus und legte sie weg. »Also gut. Wie Sie wollen. Wir werden alle Ermittlungen in dieser Sache sofort einstellen.«

Ich wollte etwas sagen, aber ich konnte mich nicht schnell genug sammeln, er sprach schon weiter.

»Wir befinden uns in einem höchst unangenehmen Dilemma. Und wenn ich es Ihnen erklärt habe, werden Sie zugeben müssen, daß wir den einzig gangbaren Weg einschlagen.«

»Was soll das heißen, Sie stellen die Ermittlungen ein? Was bedeutet das?«

»Es bedeutet, daß die Angelegenheit von nun an im Sande verlaufen wird. Es ist ja weiß Gott genug Unheil geschehen.«

»Aber ...«

»Es wird Sie vielleicht interessieren, daß Dr. Ferwerda die Meinung des Vorstandes nicht teilt. Deswegen hat er sich auch strikt geweigert, Ihnen die Sache zu erklären. Und weil er vermutlich wußte, welche Haltung wir einnehmen würden, hat er alles, was bisher geschehen ist, auf eigene Verantwortung veranlaßt. Hätte er die Sache direkt in meine Hände gelegt, wäre nie ein Wort davon nach außen gedrungen.«

Ich wollte fragen, warum. Aber ich konnte nicht. Mir war, als hätte mir einer mit einem Stahlrohr vor die Stirn geschlagen. Ich öffnete den Mund und schloß ihn wieder.

»Sie können das nicht verstehen, das ist mir klar. Darum werde ich es Ihnen erklären.«

»Moment. Sie wollen sagen, es hätte überhaupt keine Steuerfahndung gegeben, wenn Ferwerda ... Dr. Ferwerda sie nicht eigenmächtig veranlaßt hätte?«

»Richtig. Das zu tun, fällt in seine Kompetenzen, darum kann man ihm offiziell nichts vorwerfen. Aber er hat genau gewußt, daß er damit gegen die Interessen der Bank handelt.«

»Sie haben recht, ich verstehe überhaupt nichts mehr.«

»Wie ich eingangs sagte, alles ist eine Frage der Perspektive. Es geht um die Prioritäten. Hätte ich als Privatmann zu entscheiden, würde ich nicht zögern. Ich wäre völlig Ihrer Ansicht, daß jeder, der in die Sache verwickelt ist, zur Rechenschaft gezogen werden muß. Aber ich kann mir keine privaten oder emotionalen Entscheidungen leisten. Ich habe ein großes Unternehmen zu leiten, es sind mehr als fünftausend Arbeitsplätze, an die ich zu denken habe. Sehen Sie, einer von Brelaus besten Kunden ist der Vorstandsvorsitzende eines Stahlkonzerns, der zu unseren größten Kunden gehört. Sämtliche Bankgeschäfte werden über uns abgewickelt, wir stehen mit fast dreißig Millionen Mark an Krediten zur Verfügung. Wir sind die Hausbank. Wenn wir diese Sache weitertreiben würden, würde der Mann seinen Posten verlieren. Aber Sie können jede Wette eingehen, daß sein Nachfolger ein Freund von ihm sein würde. Wir würden das Unternehmen als Kunden verlieren, sie würden dieselben Kredite morgen bei der Deutschen Bank oder bei jeder anderen Großbank bekommen.«

»Hören Sie, Dr. Kienast, das kann doch irgendwie nicht wahr sein. Wenn dieser Kerl in der Sache drinhängt, dann muß er seinen Posten eben räumen. Sie können doch nicht zulassen, daß die ganze Affäre unter den Tisch fällt, nur weil Sie einen großen Kunden verlieren können.«

»Sie verstehen immer noch nicht, worum es geht. Der Stahlkonzern ist nur ein Beispiel. Sie können es beliebig übertragen. Auf die Flugzeugbaufirma, den Brotfabrikanten aus Kassel, den Textilmagnaten in Krefeld, die Reederei und die Werft in Kiel ... Es sind alles große Kunden. Und es sind diese großen Kunden, von denen eine Bank wie unsere lebt. Nicht die Flut der kleinen Privatkunden, die bringen uns nur Verluste ein. Die Industriellen sind es, die große Auslandsgeschäfte abwickeln und einen hohen Kreditbedarf haben, an denen wir Geld verdienen. Nicht zu vergessen unsere Verbindungen zur Politik. Auch da werden viele große Geschäfte gemacht, öffentliche Investitionen, allein die Beziehungen, es ist unmöglich, das zu riskieren. Lieber Himmel, Sie haben ja nicht mal vor dem Hochadel haltgemacht! Haben Sie überhaupt eine Ahnung, welchen Einfluß diese Leute auf unser Image haben? Wissen Sie eigentlich, in was für einem knallharten Konkurrenzkampf wir stehen? Wir sind doch beliebig austauschbar! Nur unser gutes Image sichert uns unsere Zukunft. Auch die Ihre. Das müssen Sie doch verstehen.«

»Nein. Tut mir leid. Ich verstehe nur, daß Sie all diese Betrüger davonkommen lassen wollen.«

»Nein, ich will es nicht. Aber ich habe keine Wahl. Es steht zuviel auf dem Spiel. Dr. Ferwerda hat schon eine Menge Schaden angerichtet. Wir sind fieberhaft damit beschäftigt, das Schlimmste noch abzuwenden.«

»Und zu vertuschen, was sich nur irgendwie vertuschen läßt.«

»Wenn Sie es so formulieren wollen, ja.«

»Und Brelau wird mit einem Schreck davonkommen.«

»Ich fürchte. Natürlich werden wir uns von ihm trennen. Außerdem läuft gegen ihn ein Ermittlungsverfahren wegen des Unfalles und so weiter. Aber davon abgesehen ... Wo kein Kläger ist, ist eben auch kein Richter. Es tut mir leid für Sie, Herr Malecki, ich kann mir vorstellen, daß es hart für Sie sein muß, aber ...«

»Hart?«

Tausend Gedanken wirbelten durch meinen Kopf. Ich dachte an Miss Vietnam und einen dicken Pinsel, von dem Säure tropfte, und Sarah, als sie mit versteinertem Blick abdrückte. Ich dachte an Daniel, seine Stimme am Telefon, sein blaues Auge und sein grimmiges, weißes Gesicht, Annas ängstlichen Blick und ihr namenloses Entsetzen. Und ich dachte an Paul, wie er im Dreck lag und ein letztes Mal die Augen aufschlug. An Angy, die mit gebrochenem Genick in ihrem Gurt hing an ihrem Verlobungsabend.

»Hart? Wovon reden Sie eigentlich? Es geht doch nicht um mich! Es sind Leute gestorben, um die es geht! Es ist eine Frage der Gerechtigkeit!«

»Nein. Das glauben Sie nur. In Wirklichkeit ist es nur eine geschäftspolitische Entscheidung.«

»Ich werde das nicht zulassen.« Mein Herz fing an zu rasen, ich konnte nicht sitzen bleiben, alle Muskeln in meinen Armen und Beinen verhärteten sich. Ich sprang auf und lief vor ihm auf und ab.

»Sie haben gar keine Wahl«, sagte er gelassen, fast gelangweilt.

»Wenn Sie sich da nur nicht täuschen. Wenn's sein muß, schleppe ich die Unterlagen selbst zum Finanzminister, ich mach' das schon irgendwie.«

»Die Unterlagen werden vernichtet.«

»Nein!«

»Das ist das sicherste. Wenn Sie es nicht verstehen wollen, Malecki, dann nehmen Sie es zur Kenntnis!«

»Ich denke nicht daran! Haben Sie echt geglaubt, ich würde mir angucken, wie Sie das ganze Pack reinwaschen und alles, was passiert ist, sinnlos machen? Sie müssen verrückt sein!«

»Also, jetzt hören Sie mal ...«

»Nein. Ich hab' genug gehört. Sie wollen die ganze Sache unter den Teppich kehren, weil das bequemer ist. Aber ich werde nicht tatenlos zugucken. Damit werden Sie ganz einfach nicht durchkommen.«

Er richtete sich auf und sah zu mir hoch. Er lächelte mich an. Mitleidig. »Sie sehen den Dingen nicht ins Auge. Gerade jetzt, während wir uns unterhalten, wandern die gesamten Akten durch den Reißwolf. Die Entscheidung ist längst gefallen. Es wird keine weiteren Ermittlungen geben.«

»Das ... können Sie nicht tun.«

»Doch, sicher. Ich habe einen einstimmigen Vorstandsbeschluß und ...«

Ich war schon fast an der Tür, ich wollte runter in die Revision, ich wollte retten, was zu retten war.

Kienast war zwar nicht mehr der Jüngste, aber er schien den Fitneßraum im dritten Untergeschoß häufig benutzt zu haben. Er schnellte hoch wie eine Stahlfeder und stellte sich mir in den Weg. »Seien Sie doch vernünftig, Mann, Sie können sich keiner Vorstandsentscheidung widersetzen. Ich fürchte, Sie überschätzen Ihre Möglichkeiten. Es war Ihr Job, die Sachen heranzuschaffen, und das haben Sie getan. Was jetzt damit passiert, sollten Sie Leuten überlassen, die mehr Weitblick haben als Sie. Aus diesem Grund sitzen Leute wie ich an Schreibtischen wie meinem und Leute wie Sie ... na ja.«

Ich hörte ihn nicht mehr.

Ich hörte nur noch das Brodeln und Zischen in meinen Ohren. Schwach, wie von fern hörte ich meinen Puls, er raste. Meine Augen sahen, wie ich ihn an den Aufschlägen packte, aber es erreichte mein Gehirn nicht.

Er war ungefähr einen halben Kopf größer als ich, aber als ich ihn mit der Schuhspitze in die Eier trat, krümmte er sich weit genug zusammen, daß sein schmerzverzerrtes Gesicht in vernünftiger Höhe war. Ich verschränkte die Hände und schlug seine Nase ein, ich schlug sie regelrecht zu Brei. Blut spritzte auf meine Hände und mein Hemd, er sackte zusammen. Ich sah an seinem Mund, daß er schrie, aber ich hörte ihn nicht, es war ein Stummfilm.

Er hatte überhaupt keine Chance, sich zu wehren, er war schon k.o., bevor ich warm wurde. Er wich wankend zurück, und ich folgte ihm. Ich trat ihn vors Schienbein, und seine Knie knickten ein, ich packte ihn wieder, damit er mir nicht hinfiel, stieß ihn gegen die Wand und prügelte erbarmungslos auf ihn ein.

Als er an der Wand zu Boden glitt, hinterließ er eine

unappetitliche Blutspur. Ich wartete nicht, bis er am Boden angekommen war, ich trat ihn in den Bauch und in die Nieren, ich zielte immer genau, bevor ich hintrat.

Die Jungs vom Sicherheitsdienst kamen zu dritt, aber sie hatten es nicht leicht. Wenn sie mich packten, riß ich mich los und trat weiter auf mein regloses, blutendes Opfer ein. Sie haben ausgesagt, ich hätte wie ein Irrer gebrüllt, *»Er ist tot, du elendes Schwein, und das kümmert dich einen Scheißdreck, er ist verbrannt, und du denkst, du kannst die Ratte davonkommen lassen ...«*

Ich weiß es nicht, aber es wird schon so gewesen sein, wenn sie alle das behaupten. Es blieb ihnen nichts anderes übrig, als mich niederzuknüppeln. Sie brachen mir zwei Rippen und das Schlüsselbein. Niemand hat mich deswegen sonderlich bedauert. Und das ist wohl kein Wunder. Ich hatte Kienast so ziemlich jeden Knochen gebrochen.

Das war vor vier Wochen. Seit vier Wochen verbringe ich meine Tage und Nächte in diesem sechs Quadratmeter großen Loch, und ich kenne all die versauten Inschriften auf den blaßgelben Wänden auswendig. Hier werde ich vorläufig bleiben. Vermutlich für eine lange, sehr lange Zeit. Unabsehbar.

Ich weiß nicht, wie lange ich noch durchhalte. Nicht mehr sehr lange, glaub' ich. Auf Dauer kann ich das nicht ertragen. Nachts denke ich manchmal, ich höre in meinem Kopf leise scharrende, knisternde Geräusche, ich höre, wie mein Verstand auseinanderbröselt.

Wer immer sagt, daß ich genau das und Schlimmeres verdient habe, hat vermutlich recht. Eigentlich finde ich das auch. Es hat eine Weile gedauert, bis ich glauben konnte, daß ich das wirklich getan habe, und ich finde seither nicht mehr, daß ich ein besonders sympathischer Kerl bin. Ich muß oft dran denken, was ich zu Daniel gesagt habe an dem Tag, als er seinem Freund den Kiefer gebrochen hat. Und dann muß ich mich immer zusammenreißen, damit ich nicht stumpfsinnig vor mich hin lache. O Schande, ich denke, ich gehe wohl wirklich vor die Hunde.

Und das für nichts. Alles ist umsonst passiert. Denn sie sind ja alle davongekommen. Alle außer mir.

Epilog

Die Tür ging auf, Lamprecht kam rein. Er war mit Abstand der schlimmste von den Schließern. Er jagte mir Angst ein. Er hatte unmißverständlich klar gemacht, daß er mir von ganzem Herzen gönnte, hierzusein, er stand nicht besonders auf Typen wie mich. Wenn er übler Laune war, war ich sein bevorzugtes Opfer. Der Gefängnisarzt wunderte sich, warum meine Rippen nicht heilen wollten. Lamprecht und ich wußten, daß sie sehr wohl wollten. Aber sie bekamen keine rechte Chance.

Ich setzte mich auf.

»Besuch, Malecki. Willst du dich rasieren?«

»Nein.«

»Dann komm.«

Ich stand auf, und er faßte mich am Arm. Ich konnte nichts dagegen tun, auch wenn es mir die Tränen in die Augen trieb. Es war eins von den Dingen, an die ich mich irgendwie würde gewöhnen müssen.

Ich kannte den Weg schon. Er brachte mich in den deprimierenden, quadratischen Raum, in dem ich schon ein paarmal meinen Anwalt getroffen hatte. Tarik hatte mir den Anwalt besorgt. Tarik kümmerte sich überhaupt um die hunderttausend wichtigen Dinge, um die ich mich nicht mehr kümmern konnte, und ich bin überzeugt, der Anwalt war ein As. Aber irgendwie war klar, daß er nicht viel tun konnte. Das hatte er mir auch gleich gesagt. Meistens kam er, um mir irgendwelche Hiobsbotschaften zu bringen, daß Daniel und Anna in Kürze ins Heim kommen würden, zum Beispiel, weil ihre Mutter sich mit unbekannter Adresse und auf unbestimmte Zeit nach Kalifornien abgesetzt hatte.

Ich kriegte schon immer das Zittern, wenn er kam.

Aber heute war es nicht der Anwalt. Es war Sarah.

Sie stand auf, als wir reinkamen. »Keine Berührungen«, knurrte Lamprecht, und sie setzte sich wieder. Er verfrachtete seinen Fettarsch auf einen Stuhl in der Ecke.

Ich setzte mich ihr gegenüber auf einen Holzstuhl. »Ich hab' doch gesagt, daß du nicht herkommen sollst.«

»Es ist aber wichtig.«

Irgendwas tobte in mir, ich war drauf und dran, sie anzubrüllen. Ihr Anblick machte mich krank, sie schien einen Schwall frischer Luft mitzubringen. Sie sah aus wie immer, wunderschön und unantastbar, sie sah nach Freiheit aus.

»Also?«

»Hast du die Zigaretten bekommen?«

»Ja.«

Ich hatte sie bekommen, eine ganze Stange. Lamprecht hatte sie mir abgeknöpft, gestohlen, ehe ich auch nur die erste rauchen konnte.

Er sah auf und grinste mich häßlich an. Mach nur das Maul auf, sagte der Blick, los, tu mir den Gefallen. Ich tat ihm den Gefallen nicht. Wozu.

Unser Blickwechsel entging Sarah. Sie spielte mit dem Verschluß ihrer Handtasche. »Ich hab' gekündigt.«

»Weiser Entschluß.«

»Ferwerda auch.«

»Nein, echt?«

»Ja.«

Sie sah mich an, ihre Augen strahlten, ich sah auf meine Hände.

»Dr. Kienast geht es besser. Er kommt nächste Woche aus dem Krankenhaus.«

»Glückwunsch.«

»Sie werden dich bald rauslassen, Mark.«

Ich fuhr auf, es hätte nicht viel gefehlt und ich wäre aufgesprungen und hätte den mickrigen kleinen Tisch umgestoßen. »Was soll der Blödsinn? Wenn's Kienast bessergeht, wird das an der Anklage nichts ändern.« Sie warf Lamprecht einen kurzen Blick zu und redete dann schnell und leise: »Dr. Ferwerda und ich haben lange überlegt, was wir tun sollten. Dann sind wir einfach nach Hamburg geflogen und zum *Spiegel* gegangen. Sie waren brennend interessiert. Weißt du, es sind nicht alle Unterlagen vernichtet worden. Ferwerda hat sie. Und er hatte immer noch die Kopien, die er in der Nacht gemacht hat, als die Kinder entführt wurden. Wir sind mit allem, was wir hatten, in die Redaktion. Wir haben ihnen erklärt, was passiert ist. Sie werden es ganz groß rausbringen. Sie wollen, daß die Öffentlichkeit erfährt, was vertuscht werden sollte.«

»Na toll.«

»Mark, hör mir doch mal zu!«

»Hast du 'ne Zigarette?«

»Hier. Ferwerda hat mit Kienast gesprochen und mit dem Chefredakteur vom *Spiegel* und mit dem Finanzministerium. Mann, er ist wirklich noch viel cleverer, als wir alle gedacht haben, und ich glaube, er würde für dich durchs Feuer gehen. Er spielt sie einfach alle gegeneinander aus. Er hat ihnen einen Kuhhandel vorgeschlagen: Das Ministerium hat zugesichert, kein Verfahren gegen das Bankhaus Kienast einzuleiten, wenn Ferwerda ihnen die Originalunterlagen überläßt, die er bereit ist rauszurücken. Der *Spiegel* hat sich einverstanden erklärt, nicht auf eigene Faust weiterzurecherchieren, wenn Ferwerda ihnen Kopien der von ihm ausgewählten Unterlagen überläßt und sie die ganze Wahrheit über Brelau schreiben dürfen. Er wird nicht davonkommen, Mark! Er ist praktisch schon gestorben. Und Kienast zieht die Anzeige gegen dich zurück, wenn Ferwerda die Unterlagen über die vier größten Kunden zurückhält. Jetzt bleibt ihm gar nichts anderes übrig, wie's aussieht, hat Ferwerda ihn eiskalt mit der Alternative erpreßt, alles, was er hat, der Presse zu überlassen. Du bist sozusagen ein freier Mann, Malecki. Es kann nur noch eine Frage von Tagen sein.«

»Gib mir noch 'ne Zigarette.«

»Hier, bitte. Verdammt, warum guckst du mich so komisch an? Willst du nicht vielleicht mal was zu dem sagen, was ich dir hier erzähle?«

»Sarah, das ist doch alles Scheiße. Ich frag' mich, warum du mir das antust, hierherzukommen und mir dann auch noch irgendeinen Schwachsinn zu erzählen, der sich nach Hoffnung anhört.«

»Sag mal, hast du mir nicht zugehört oder was?«

»Doch. Und das ist ja auch alles ganz nett mit groß rausbringen und so weiter. Aber das hat doch mit mir nichts mehr zu tun. Das ändert doch nichts dran, daß ich fast jemanden umgebracht hätte. Es ist zu spät, irgendwas zurückzuziehen, es ist Anklage erhoben. Die Staatsanwaltschaft hat die Sache in die Hände genommen, verstehst du das denn nicht? Kannst du mich nicht in Ruhe lassen?«

Sie schüttelte wild den Kopf. »Du bist derjenige, der nichts versteht. Ferwerda hat Kienast gezwungen, seine Aussage zu ändern. Darum wird auch die Anklage abgeändert. Bei dem Haftprüfungstermin sind die näheren Umstände überhaupt nicht berücksichtigt worden. Aber an denen kommen sie jetzt nicht mehr vorbei, weil der *Spiegel* es alles ans Licht bringt. Es wird einen neuen Termin geben, Frieser hat das schon veranlaßt, ich hab' eben noch mit ihm telefoniert.«

»Wer zum Teufel ist Frieser?«

»Oh, verdammt, Malecki! Das ist dein Anwalt!«

»Ach richtig.«

»Und in dem Prozeß, soweit er überhaupt stattfindet, wirst du Bewährung kriegen. Kapierst du das nicht, die Situation hat sich vollkommen geändert. Sag mal, interessiert dich das eigentlich alles nicht? Haben sie dich etwa kleingekriegt? Glaub ja nicht, daß du damit durchkommst! Hast du überhaupt eine Vorstellung, was da draußen abgeht, wie Ferwerda sich für dich ins Zeug legt?«

»Und warum sollte er das alles für mich tun, he? Das ist doch lächerlich.«

Sie grinste. »Er hat allerdings eine Bedingung.«

»Und zwar?«

»Er hat einen neuen Job. Bei der Secura Versicherung. Er wird die Abteilung leiten, die in zweifelhaften Schadensfällen bei Lebensversicherungen ermittelt. Er will, daß du mitkommst. Als Rechercheur.«

»Das ist der größte Schwachsinn, der mir je untergekommen ist. Ihr seid doch alle verrückt geworden.«

»Aber wieso denn? Denk doch mal drüber nach. Es wird irrsinnig spannend sein rauszukriegen, was Frau Superreich angestellt hat, um Herrn Superreich aus dem Weg zu räumen und seine Lebensversicherung zu kassieren! Oder etwa nicht?«

»Ach, hör doch auf. Ich hab' für den Rest meines Lebens genug von solchen Sachen.«

»Verdammt, Malecki, laß mich bloß nicht hängen! Ich hab' keine Lust, diesen dämlichen Job allein zu machen!«

»Was denn ... du wirst das machen?«

»Klar, warum nicht?«

Sie grinste, und ich stöhnte.

»Da ist noch was, Mark. Es gibt noch eine zweite Bedingung.«

»Ich wußte, es war zu gut, um echt zu sein. Was ist es?«

»Der *Spiegel* will ein Exklusivinterview ...«

»Vergiß es.«

»Sie haben gesagt, wenn du willst, ohne Namen und Fotos. Du sollst am besten einfach alles aufschreiben, was passiert ist ...«

Das hab' ich wohl getan.

Es ist tiefste Nacht, das ganze Haus schläft, nur Grafiti hat ein Auge geöffnet. Wir sitzen in meinem funkelnagelneuen Wohnzimmer, das uns wohl beiden nicht so gut gefällt wie das alte. Draußen tobt ein mächtiger Frühjahrssturm. Er ist ein bißchen zu spät dran, aber mir ist er willkommen. Er hat mir einen guten Grund geliefert, Feuer im Kamin zu machen.

Es ist ein dicker Stoß Papier geworden, und wenn ich so durchblättere, denke ich, ich werde wohl ein paar Sachen rausnehmen, bevor ich es den Typen in der Redaktion schicke. Sie rufen schon an und machen Streß, aber sie werden sich noch ein bißchen gedulden müssen.

Ich weiß noch nicht, wie das aussehen wird, was ich ihnen zu guter Letzt überlassen werde ...

Das hier jedenfalls ist die Wahrheit.

Als der angesehene Geschäftsmann Arthur Wohlfahrt stirbt, soll sein ältester Sohn Magnus die Firma übernehmen, während dessen jüngerer Bruder Taco eine Karriere als Komponist anstrebt. Magnus erkennt schon bald, daß sich hinter der untadeligen Fassade der Firma dubiose Dinge abspielen: Sein Vater war mit der Drogenmafia im Geschäft und ist keines natürlichen Todes gestorben!

Als Magnus sich weigert, weiterhin große Beträge aus der Drogenszene zu waschen, initiiert sein Gegner Ambrosini einen Mord, für den nur einer ein Motiv zu haben scheint: Magnus Wohlfahrt. Dieser steckt in der Klemme, bis er Hilfe von Natalie erhält, einer Frau, die mehr als ein Geheimnis umgibt. Aber dann fällt Ambrosini, der weiß, wo Magnus verwundbar ist, etwas Neues ein – und der labile Taco wird zur Schachfigur im tödlichen Spiel ...

ISBN 3-404-14984-X

Zwanzig Jahre hat Hendrik Simons nichts von seinem Vater in Südafrika gehört, da steht eines Tages dessen Anwalt aus Pretoria vor ihm. Van Relger berichtet, daß Simons senior in ernsten Schwierigkeiten steckt: Der Geschäftsmann Terheugen, der zur deutschen Neonazi-Szene gehört, hat unbemerkt große Summen in die Goldminengesellschaft der Simons investiert. Durch eine Heirat mit Hendriks Halbschwester Lisa will er noch mehr Anteile unter seine Kontrolle bringen. Van Relger fordert Hendrik auf, seine Kenntnisse als Börsenmakler zu nutzen und Terheugen aufzuhalten – vergeblich. Erst als der Anwalt unter mysteriösen Umständen ums Leben kommt, begreift Hendrik, daß es Terheugen um mehr geht als um Geld. Der junge Makler setzt alles auf eine Karte – und beginnt ein Spiel, das zur tödlichen Falle für ihn werden kann ...

ISBN 3-404-14985-8

»Heiliger Florian, verschone mein Haus, zünde lieber das Dach meines Nachbarn an.« Nach diesem Prinzip entsorgt die Wohlstandsgesellschaft ihren Müll in der dritten Welt, und keiner will Genaueres wissen. Da bildet auch Mark Malecki keine Ausnahme, denn er hat genug eigene Probleme als alleinerziehender Vater. Doch als seine Freundin Sarah ihn bittet, ihr bei der Aufklärung eines Versicherungsbetrugs zu helfen, führen seine Ermittlungen ihn zu einem Müllschieberring – einer Organisation, die mit illegaler Abfallbeseitigung Millionen verdient und auch skrupellos jeden »entsorgt«, der die Geschäfte gefährdet. Als ein Mord geschieht, wollen Mark und Sarah den Müllschiebern das Handwerk legen. Sie erkennen zu spät, daß Giftmüll nicht nur ein Handelsgut, sondern auch eine gefährliche Waffe sein kann ...

ISBN 3-404-14986-6

»Die Königin des historischen Romans«
WELT AM SONNTAG

England 1064: Ein Piratenüberfall setzt der unbeschwerten Kindheit des jungen Cædmon of Helmsby ein jähes Ende – ein Pfeil verletzt ihn so schwer, dass er zum Krüppel wird. Sein Vater schiebt ihn ab und schickt ihn in die normannische Heimat seiner Mutter. Zwei Jahre später kehrt Cædmon mit Herzog William und dessen Erobererheer zurück. Nach der Schlacht von Hastings und Williams Krönung gerät Cædmon in eine Schlüsselposition, die er niemals wollte: Er wird zum Mittler zwischen Eroberern und Besiegten. In dieser Rolle schafft er sich erbitterte Feinde, doch er hat das Ohr des despotischen, oft grausamen Königs. Bis zu dem Tag, an dem William erfährt, wer die normannische Dame ist, die Cædmon liebt ...

ISBN 3-404-14808-8